读客外国小说文库

熊猫君激发个人成长

IL DISPREZZO

鄙视

[意] 阿尔贝托·莫拉维亚 著

沈萼梅 刘锡荣 译

MORAVIA
莫拉维亚作品

江苏凤凰文艺出版社
JIANGSU PHOENIX LITERATURE AND
ART PUBLISHING

图书在版编目（CIP）数据

鄙视 /（意）阿尔贝托·莫拉维亚著；沈萼梅，刘
锡荣译 . — 南京：江苏凤凰文艺出版社，2021.6
ISBN 978-7-5594-5705-9

Ⅰ.①鄙… Ⅱ.①阿… ②沈… ③刘… Ⅲ.①长篇小
说 - 意大利 - 现代 Ⅳ.① I546.45

中国版本图书馆 CIP 数据核字 (2021) 第 058147 号

鄙视

［意］阿尔贝托·莫拉维亚 著　　沈萼梅　　刘锡荣 译

责任编辑	丁小卉
特约编辑	夏文彦　　王　品　　徐陈健
装帧设计	陈艳丽　　René Magritte
责任印制	刘　巍
出版发行	江苏凤凰文艺出版社
	南京市中央路 165 号，邮编：210009
网　址	http://www.jswenyi.com
印　刷	北京中科印刷有限公司
开　本	880 毫米 ×1230 毫米 1/32
印　张	8.5
字　数	155 千字
版　次	2021 年 6 月第 1 版
印　次	2021 年 6 月第 1 次印刷
标准书号	ISBN 978-7-5594-5705-9
定　价	62.00 元

江苏凤凰文艺版图书凡印刷、装订错误，可向出版社调换，联系电话：010-87681002。

MORAVIA

IL DISPREZZO

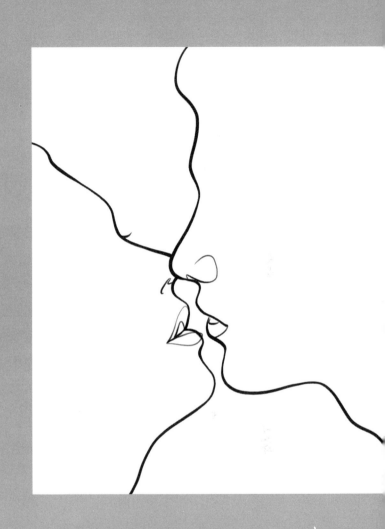

第一章

如今我可以肯定地说，婚后头两年，我与妻子的关系很和美。我是想说，那两年之中，我们深厚和融洽的感情带有某种朦胧的色彩。说得直白一点，在那种处境中的人，头脑比较简单，对任何事情都不做分析判断，对所爱的人只是一味地爱，顾不上加以品评。总而言之，当时埃米丽亚在我眼里是十全十美的，我觉得我在她眼里也是这样。或许是我看到了她的缺点，她也同样看到了我的缺点，但由于爱情产生的某种神秘的嬗变力量，双方的缺点在对方的眼里不仅是可以宽容的，甚至是可爱的，缺点也成了优点了，尽管那是一种极为特殊的优点。不管怎么说，我们相互都没有什么看法：因为我们彼此相爱。故事发生的时候，我还一如既往地爱着埃米丽亚，对她没有任何成见，可是她却发现了，或者说是自以为发现了我的某些缺点，因而就开始对我有了成见，不再爱我了。

人越是不计较幸福，就越是感到幸福。说来也怪，那两年，有时候我甚至都觉得腻烦了。自然，那时候我并不觉得自己有多么幸福。我觉得我做的跟大家没有什么两样：爱自己的妻子，并被妻子所爱；我觉得这种爱是普通而又正常的事，就是说，一点也没什么稀罕的；犹如人们呼吸的空气，有的时候不知道珍惜，只有在缺少空气时才觉得空气之珍贵。那个时候，要是有人说我是幸福的，我甚至会觉得诧异；我很可能会回答说我并不幸福，因为尽管我爱我妻子，而且我妻子也爱我，我却无法保证将来的日子会怎样。确实，当时我们只是勉强能够维持生计。我在一家不起眼的报社里写影评，另外还干一些记者的工作；我们租了一间带家具的房间，与房东合住一套；可买可不买的东西我们常常买不起，有时候连起码的生活用品也买不起。这样的生活怎么谈得上幸福呢？不过，对此我倒是从来没有抱怨过什么，而且我后来才发现，其实，在那段日子里我恰恰是一个真正彻底幸福的人。

结婚两年之后，我们的生活条件得到了改善，因为我结识了一位电影制片人，他的名字叫巴蒂斯塔。我为他写了我的第一部电影剧本，开始时我只把它视为临时性的工作，因为我在文学上曾有过很大的抱负，可我不曾料到后来编写电影剧本竟成了我的职业。与此同时，我与埃米丽亚的关系却越来越糟。我的故事就从我开始从事电影编剧，以及我与我妻子关系开始恶化讲起，这两件事几乎是同时开始的，它们之间又有着直接的关联，这一点以后可以看得很清楚。

　　回想起来，我仍隐约地记得一件事，在当时看来，这事并不起眼，可后来却变得至关重要。一天，在市中心一条大街上，埃米丽亚、巴蒂斯塔和我在一家餐厅吃了晚饭，巴蒂斯塔提议到他家去玩玩，我们接受了他的邀请。随后我们三个人都来到了巴蒂斯塔的小汽车跟前，那是一辆红色的豪华小轿车，体积不大，只能坐两个人。巴蒂斯塔已坐在驾驶座上，他打开了车窗，从汽车的那一边探出头来说："很抱歉，只有一个位子。莫尔泰尼，您得自己想办法……除非您愿意在这儿等我，我再开回来接您。"埃米丽亚站在我身边，穿着一件敞领无袖的黑色丝绸晚礼服，这是她唯一的晚礼服，手臂上搭着皮质斗篷：虽说已是十月份，但天气还挺暖和的。我望着她，她很美，但不知为什么，我发觉平时安详而又娴静的她，那天晚上表现出从未有过的不安和烦躁。我高兴地说道："埃米丽亚，你就先跟巴蒂斯塔走吧……我叫辆出租车在后边跟着你们。"埃米丽亚看着我，然后，迟疑而又慢吞吞地回答道："让巴蒂斯塔先走一步，我们俩一起乘出租车去不更好吗？"这时，巴蒂斯塔把头伸出车窗外，开玩笑似的大声说道："好哇，您是想让我自个儿走。"埃米丽亚说："不是这个意思，可是……"突然，我发现她那平时总那么平静而又和谐的漂亮面容，现在却阴沉了下来，而且因为犹豫和尴尬显得有些扭曲。我急忙说道："巴蒂斯塔说得对，你去吧，你跟他先去，我叫辆出租车。"这回埃米丽亚让步了，或者说是服从了，她上了汽车。不过，现在我在写这个故事时才想起当时那种异样的感觉，当她坐在巴蒂斯塔旁边时，车门还开着，她望着我，尴尬的目光中夹杂着恳求和厌恶。不过，当时我并没在意。我果断地关上了车门，像是关上保险箱门似的。汽车开走了，我吹着口哨，高兴地朝附近的出租车招呼站走去。

制片人的家离餐厅不远。正常情况下，我乘出租车差不多可以与巴蒂斯塔同时到达，或者最多稍晚一点到。然而，半路上，在一个十字路口发生了一起车祸：一辆出租车与一辆私家车撞上了，两辆车都遭受了损伤，出租车的挡泥板撞弯了，小汽车的一侧撞坏了。两位司机当即下了车，他们相互指责，争吵谩骂起来，一群人随即围了上来，一名警察过来后好不容易才把他们拉开，记下了他们的姓名和地址。整个过程中，我都相当耐心地等在车里，甚至还挺开心，因为我吃饱喝足了，而且巴蒂斯塔在用餐后还提出请我参加一部电影剧本的编写工作。不过，由于争吵和冲突持续了十分钟，或许是一刻钟左右，我到制片人的家时已经晚了。当我走进客厅时，我看到埃米丽亚跷着二郎腿坐在一把扶手椅里，巴蒂斯塔站在角落里的一个旋转酒柜跟前。巴蒂斯塔快活地招呼我；埃米丽亚却以埋怨甚至恼怒的口吻责问我这么久都上哪儿去了。我轻描淡写地回答说发生车祸了，我发现自己是以一种回避的、像是有什么事情想瞒过去似的口吻说的。其实，当我对自己所说的事情并不看得很重时，往往就采用这种口气。但埃米丽亚却不放过，始终以那种特别的声调追问我："一起车祸……什么车祸？"于是，感到惊异的我，也许甚至有几分惶恐不安的我，就一五一十地讲述了车祸的经过。不过，这回我似乎又过分渲染夸张了，好像生怕别人不相信似的；总之，我意识到自己的过错就在于起初太有所保留，而后来又太精确了。不过，埃米丽亚不再刨根问底了，巴蒂斯塔却满面春风而又和蔼可亲地在桌上摆放了三个酒杯，请我喝酒。我坐了下来。我与巴蒂斯塔边聊边开玩笑，我们在他家待了两三个小时。整个晚上，巴蒂斯塔都那么兴高采烈，侃侃而谈，我几乎没有发现埃米丽亚闷闷不乐。再说，她历来都是那么缄默不语，羞羞答答的，因为她生性胆怯，所以，我对她的缄默并没有感到惊异。不过，平时她至少以微笑的目光参与大家的谈话，然而，那天晚上她却连一丝笑容都没有，这倒颇让我感到诧异。后来，巴蒂斯塔又跟我一本正经地谈论我与他合作的影片，他给我讲了故事梗概，还向我介绍了导演以及与我搭档的编剧的情况，最后他叫我第二天到他的办公室去签署合同。埃米丽亚趁无人说话的当儿，站起身来，说累了，想回家了。我们与巴蒂斯塔告了别，走出他家，下到底层，来到街上，然后又一言不发地走到出租车招呼站。我们上了车，车子立即就开了。巴蒂斯塔的提议使我喜出望外，我按捺不住自己喜悦的心情，对埃米丽亚说道："这部电影剧本来得真是时候，否则，我不知该怎么过日子……我本来都想去借一笔钱了。"埃米丽亚直截了当地问道："当电影编剧能得多少酬金？"我说了酬金总数，并补充道："这样一来，我们的生计问题就解决了，至少今年冬天不成问题。"说着，我去拉埃米丽亚的手。她由着我握住她的手，到家之前，她始终没再说话。

第二章

从那天晚上以后，编写电影剧本的事进展得很顺利。第二天早晨，我就到巴蒂斯塔那里签了编剧的合同，并得到了第一笔预付金。记得那是一部无足轻重的喜剧言情片，一向创作态度严肃的我，满以为自己不适合编这一类影片的剧本，可是，在编写过程中，我却发挥出了意想不到的天赋。同一天，我还与导演和另一位编剧第一次碰了面。

我当电影编剧的生涯是从去巴蒂斯塔家喝酒那天晚上开始的，对此，我可以确切地指明；而我与我妻子之间的关系究竟是从何时开始恶化的，我却很难确切地说清楚。自然，我也可以把那天晚上看作我们夫妻关系开始恶化的标志。可是，正如人们常说的，那是事后聪明；再说，埃米丽亚对我态度的变化，是在过了一段时间以后才显现出来的。然而，她的态度的确是在那天晚上以后才开始有了变化的，确实，我真说不好究竟是从什么时候埃米丽亚心中的天平才开始失去平衡的，也不知这种失衡究竟会引起什么后果。那段时间，我们几乎天天见到巴蒂斯塔，类似那天晚上头次在他家里那样的细节不胜枚举；可以说，那些事情当时在我看来都很平常，但后来却都多多少少有一种特殊的意味。我只想举一个例子：每次巴蒂斯塔邀请我们，埃米丽亚总是先表现得很勉强，不太想陪我去，而她的神情和托词又总是那么模棱两可。她总是找某种与巴蒂斯塔无关的借口推托不去；同样我也总是轻而易举地指明她的借口站不住脚，我执意追问她是否不喜欢巴蒂斯塔，问她究竟是为了什么。而最后她总是回答说，并不是她不喜欢巴蒂斯塔，说她对他并无什么可指摘的，只是不想与我们一起出去，因为这种晚上的聚会使她疲惫，实际上是令她厌烦了。我不满足于这些泛泛的解释，于是又暗示她与巴蒂斯塔之间是不是有什么瓜葛，即便巴蒂斯塔没有意识到这一点，或者也不想知道这一点。然而，我越是一个劲地提示她是否对巴蒂斯塔没有好感，她似乎越是一个劲地否定。最后，她就全然不犹豫了，代之以明朗而又坚决的态度。于是，我不再怀疑她和巴蒂斯塔之间的感情，或是巴蒂斯塔对她有什么举止。接着，我就摆出一大堆她应该参加我们的聚会的种种理由：我没有一次外出不带着她，巴蒂斯塔深知这一点，巴蒂斯塔喜欢有她在场，每次他请我们，都这样关照："自然，您得带上您的妻子一起来。"她倘若无故缺席，必定会惹巴蒂斯塔不高兴，说不定还会触怒他，而我们的生活却全依仗他。总之，她提不出任何托词不出席，我却能说出很多冠冕堂皇的理由要她出席，所以，尽管她很疲惫也很厌烦，最终也只好赴会了。埃米丽亚通常都凝神听我阐述这些理由；应该说，我给她讲道理时，我的面部表情与手势比我说的话更有意思，所以，最后往往以她的让步而告终，她默默地穿好衣服，准备跟我出去。当她已准备停当，在临走前的最后一刻，我总要最后再问她一次是不是真不想陪我去，这倒并不是我怀疑她的回答，而是为了让她不怀疑自己有自主的自由。这时，她总是以明确的方式回答说她高兴陪我去，这样我们才走出家门。

不过，这一切都是我后来总结出来的，正如我已经说过的那样，发生过的好多事情，当时我都没在意，后来回想起却都意味深长。当时，我只意识到埃米丽亚对我的态度开始恶化，而我却没有去加以任何解释和定义。家庭气氛开始发生了变化，变得更压抑了，就如晴朗的天空暴风骤雨即将来临似的。我开始觉得她不再像以往那样爱我了，因为我发现她不像新婚时那样老想挨近我。那时，当我说："你瞧，我又得出去了，一去就得几个小时，我会尽快回来的。"她虽不表示异议，但看得出她是满脸忧郁地顺从着，明显不乐意我走。所以，我常常不是借故把工作推掉不出去，就是尽可能地带她一块去。当初她是那么离不开我，以至于有一天，我需要去意大利北方短期出差，她送我去火车站，在挥手告别的时候，我见她把脸扭到一边，以免我见到她泪流满面。那次，我故意装出没看到她那痛苦的样子，但整个旅途中，我都后悔让她那么羞涩而又难以克制地哭泣了。从那以后，我就不再丢下她一个人自己外出旅行。可现在，每当我向她宣布我得外出时，她脸上不仅没有任何反应和伤心的表情，而且还看着书，连眼皮都不抬，只是平静地回答说："好吧，知道了，吃晚饭时再见……你得准时回来。"有时候，她甚至希望我在外面的时间越长越好。比如，我对她说："我得出去一会儿，五点钟回来。"她却回答道："随你在外面待多久……因为我也有事。"有一天，我似乎还感觉到她好像十分愿意我外出不在家，虽然她没有直接这样表达，而只是说，既然我整天总是忙这忙那的，索性以后只在吃饭时见面算了，这样，她就可以安心地办她自己的事了。事实上事情并不完全是这样：电影编剧工作只需下午不在家；剩余的时间我总是尽量跟她在一起。不过，从那天以后，我上午也往外面跑。

埃米丽亚表现出不愿意我出门的那段日子里，我外出时的心情非常轻松愉快。因为她不乐意我离开她，证明她对我怀有深切的爱。但一旦我发现她对我的外出不仅没有表现出不高兴，而且巴不得能自己一个人待在家时，我心里就感到莫名的痛苦，像是一个人突然失去了立足之地似的。现在，我不但下午出去写电影剧本，而且早上也常常毫无目的地出去，仅仅是为了品味一下由于埃米丽亚对我的无动于衷而产生的新的痛苦的滋味。可是，她对我整天在外并没表现出什么不高兴，反倒挺平静，我觉得她甚至还有一种难以掩饰的轻松感。起初，为了安慰我自己，我极力设法去理解她的冷漠，心想，已经结婚两年了，夫妻之间再亲热，爱情也必然让位于习惯，正因为双方都认定自己被对方爱着，所以夫妻之间常常缺乏激情。但我感觉到事情并非如此：与其说我是这么想，还不如说我是这么感觉，因为想法往往是靠不住的，尽管表面看来，思想往往比隐约和模糊的感觉更确切。总之，我觉得埃米丽亚对我的外出已经不在乎了，并不是因为她认为我是由于工作需要而不得不离开家，因而无碍于我们的关系，而是因为她不再那么爱我了，或者说她根本不爱我了。肯定是因为发生了什么事，她的感情才有了变化，想当初，她对我的感情曾是那么炽热和专一。

第三章

　　我初次碰到巴蒂斯塔的那段时间，尽管不能说是绝境，但也得说是我面临的一段极其困难的日子。我真不知该如何摆脱那种困境。那时候，我购买了一套房子，没钱付清全款，也不知从哪里去筹齐这笔钱。头两年，埃米丽亚与我住在一间租来的、带有家具的大房间，跟房东太太合住一套。也就是埃米丽亚，换个别的女人，谁都忍受不了这种临时凑合的办法。不过，我想，埃米丽亚能忍受这种住房条件，是向我证明了一个忠诚的妻子能给予丈夫的最大的爱。埃米丽亚确实是常人称道的贤妻；然而，她对家庭的爱中，有一种超越任何女人所共有的自然本性的东西。我是说，她有某种强烈的、近乎嫉妒的激情，几乎是一种超越了她本性的渴望，而且这种渴望像是祖传下来的基因，与生俱来。她出身贫苦，我认识她的时候，她是打字员。我想，在她对家庭的感情中时时无意识地流露出贫苦的人们那种沮丧的企盼，多年来他们一直无法为自己建立一个哪怕是十分简陋的窝。我不知道她是否早就打算通过我们的婚姻实现她拥有一座房子的夙愿；不过，回想起来，我难得见到她掉泪，只有一次，那是在订婚后不久，当我向她直言不讳地道明自己尚无法替她弄到一所哪怕是租来的房子时，我还说我们暂时得先在一间带有家具的房间里住一段时间。她很快就克制住不哭了，但我认为她的哭泣似乎不仅表示了她因自己对未来幸福的憧憬的破灭而痛感绝望，还显示了这种梦幻本身所蕴含的力量，对她来说，与其说这是梦，不如说这是生活的动力。

就这样，婚后头两年，我们生活在一间租来的房间里，埃米丽亚总是把房间收拾得干净整齐，光洁明亮。显然，她在有限的条件下，尽可能把那个房间想象成自己的家；她没有自己的家具摆设，但她竭力把她当家庭主妇的意识倾注在那些破旧的家什之中。我写字台上的花瓶中总插有鲜花；我的文件资料都收拾得井井有条，像是有吸引我工作的魅力，令我感到十分亲切和宁静；小桌子上的茶具旁总放有餐巾纸和一盒饼干；地上和椅子上从来不会有一件衣服或别的不该放在那儿的东西，就像在狭窄的、临时性的住所里，这种事是司空见惯的。女用人匆匆打扫过一遍之后，埃米丽亚自己总要再仔细地打扫一遍，把房间里一切能发亮的物件都擦得光洁明亮，就连窗子最小的铜把手和角落里的地板木条也不放过。晚上她喜欢自己铺床，她不愿意让女用人帮忙，她把她的薄纱衬衣放在床的一边，把我的睡衣放在另一边，毯子折叠得好好的，一对枕头放得齐齐的。早晨，她比我先起床，去房东的厨房准备早点，并且亲自托着盘子给我端来。她总是默默地、周详地做着这一切，不引人注目，却做得那么卖劲，那么认真，那么细腻和投入，使人窥见隐藏在她内心的深情厚谊。然而，尽管她做着如此感人肺腑的努力，租来的房间究竟还是租来的，她努力想要赋予她自己和赋予我的梦却始终无法圆满。所以，当她精疲力竭或沉浸在爱的激情中时，她总抱怨，温柔地，几乎是平静地抱怨。真的，她的性格就这样，不过，她不时地、显然是很痛苦地问我，这样临时凑合的生活何时是个头。我深知，尽管她很克制，但这乃是一种真正的痛苦。一想到我迟早得设法满足她的愿望，我心里就感到十分惆怅。

就像我已说过的那样，我终于下决心买一套住房，不是因为我有办法，其实我并没有什么办法，而是因为我深知她很痛苦，而且总有一天，她的这种痛苦会超越她的承受能力。那两年里我攒了一小笔钱，加上我借来的那些钱，这样，就可以付清第一期分期付款。不过，在操办这一切的时候，我并没有作为丈夫给妻子置办房子的那种喜悦心情；恰恰相反，我心里很不安，有时甚至很焦虑，因为几个月以后到该交第二期钱款时我还不知怎么办呢。那些日子里我是那么失望，甚至抱怨起埃米丽亚来。从某种程度上来说，正是因为她那么热衷于置家，我才被迫迈出这么草率和危险的一步。

然而，埃米丽亚一听到我要买房子时流露出来的那种由衷的喜悦，以及后来我们第一次走进尚未装修好的那套住房时，她所显露出来的、在我看来是那么非同寻常而又那么奇怪的激情，令我顿时就忘掉了自己的焦虑和不安。我认为，埃米丽亚那么热衷于买房子是符合人之常情的；再说，我觉得那天她所表现出来的激情似乎隐含着某种情欲，似乎我终于给她买了一套房子的做法本身就使我在她心目中不仅变得更可爱了，而且从纯肉体意义上也变得跟她更亲近、更贴心了。我们去看房子时，埃米丽亚只是跟我在空寂的房子里转，我对她讲着每个房间的用途，以及以后摆设家具的设想。可是，看完了房子后，当我走近窗口想去打开窗子，想让她饱览窗外的景致时，她挨近了我，全身紧紧地搂住了我，轻声地请求我吻她。她是第一次表现出这个样子，平时在感情生活上她总是那么拘谨，甚至十分腼腆。她这种激情和说话的声调勾起了我的绵绵情丝，我按她的意愿吻了她。我们从未这么有力、这么投入地吻过，可就在这长长的、持续的亲吻中，我感到她又更用力地、全身心地搂住了我，像是引诱我更进一步坠入情海爱河中去；随后，她就迫不及待地脱去裙子，解开衬衣的纽扣，用她的腹部顶住我的腹部。接完吻后，她又轻声地在我耳边低声细语，像是轻轻吹口气似的，声音那么和谐悦耳而又销魂，像是要我跟她做爱；说着就用她全身的重量把我拽倒在地面上。我们就在我本想去打开的那扇窗户底下，在满是灰尘的地板砖上做爱。然而，在这种无节制的、异乎寻常的性交中，我不仅感受到当时她对我的爱，而且还特别感到她是在发泄自己想要一所房子的那种被压抑的欲念，对她来说，这种欲望十分自然地通过无法预料的性感宣泄出来。总之，我想，在那污秽的地面上，在那半明半暗的冰冷而又空荡的套房里所完成的性交中，她是委身于给了她房子的男人而不是丈夫。而那些空无一物、回荡着话语声的房间，那些还散发着未干的油漆味和水泥味的房间，似乎牵动了她体内最隐秘、最敏感的部位，那乃是以往我给予她的一切爱抚和柔情所始终未能激奋之处。

从我们去看空房子到迁居新房，其间相隔两个月。在此期间，我们签署了购房合同，合同上署的都是埃米丽亚的名字，因为我知道，这样她高兴，我们还把我用很有限的钱购置的那些不多的家具都归置在一起。正像我所说的那样，买房子最初的满足感过去了以后，我为以后的事深感不安，有时甚至感到绝望。现在我的确挣了不少钱，这是真的，但只够勤俭节约过日子，只能攒下几个钱；然而，靠节省下来的这些钱当然是不够交付下一笔钱的。更令人难受的是我不能对埃米丽亚吐露一丝我的绝望心绪：我不愿意扫她的兴。如今我回想起来，那一段日子是我最痛苦焦虑的时期了，从某种程度说，也是我给埃米丽亚的爱最少的时期。实际上，我不能不这样想，她压根儿就未曾考虑过我是怎么才能筹齐那么多钱的，尽管她对我们当时的实际处境是再清楚不过了。想到这儿，我暗自诧异，有时候甚至对她很恼火，她可倒好，整天兴高采烈地忙得不亦乐乎，一心只想着去商店转悠，寻找布置家里的物件，而且每天都以平和的语气对我列举她要买的新东西。我寻思着，她这么爱我，怎么就猜不到我为筹措买房子的钱款而忧心如焚呢？不过，我知道她大概以为既然我买了房子，那我肯定早就筹措好必要的钱款了。我心事重重、一筹莫展，却看到她这么泰然而又心满意足的样子，就越发觉得她这样未免太自私，至少是太无动于衷了。

当时我的内心是那么不平静，我甚至觉得我在我自己心目中的形象都改变了。这以前，我一直把自己看作一个知识分子，一个文化人，一位剧作家，是一个搞艺术的人。我一直对艺术怀有莫大的激情，并觉得我生来就有搞艺术的天赋。这么说吧，这种精神上的素质也影响着我的形象：我觉得自己像个年轻人，身体瘦削，眼睛近视，有点神经质，面容苍白，穿着打扮上不修边幅，这就是我为了文学荣誉而献身的明证。可是，在那段时间里，我在那种令人烦恼和痛苦的重压下，这种大有作为而又令人振奋的形象却让位于另一种完全不同的形象了：一个可怜巴巴的、陷入痛苦深渊之中的穷人，一个无法抵御妻子的爱而做出力所不能及的事的男人，而且天晓得还得为钱犯愁操心多久。我觉得自己的仪表也变了：我不再是那个尽管当时还不出名，却年轻有才华的剧作家，而成了一副穷酸模样的报刊撰稿人，低档的报刊杂志的合作者；或者说是个私人公司或国家机关里的寒酸的小职员。为了不让妻子痛苦，这个男人一直对妻子掩饰着自己内心的焦虑。他跑遍全城去寻找工作，却又常常找不到；因为心里老惦着那笔欠款，以至于常常在夜里惊醒过来。也许，那种形象催人泪下，但没有光彩，更没有尊严，就像书中读到的那种因循守旧的书呆子，我憎恶这种形象，因为我寻思着，随着岁月缓慢的流逝，即使我不情愿，最后也会不知不觉地落得这般地步的。反正，情况就是如此：我没有能跟一个与我志同道合、兴趣爱好相同又能理解我的女人结婚，却娶了一个没有什么文化素养的普通打字员，她身上有着她所属阶层的一切偏见和奢望，只是因为她貌美我才娶了她。若是跟前一类女人结婚，我就可以应付贫困潦倒的拮据生活，在一间书房或一间配有家具的房间里凑合，豪情满怀地期盼着能在戏剧创作上获得成就；可是跟后一类女人结了婚，我就不得不设法弄到她梦寐以求的房子。我绝望地想道，也许我必须以永远放弃文学创作这一远大的抱负作为代价。

当时，还有一件事增加了我应付物质上的困乏之感时的焦虑不安和无能为力。我就像被一股不灭的火焰烧软、扭曲了的铁条似的，当时我感到因为贫困，我的心灵也受压抑而变得软弱和扭曲了。我意识到自己情不自禁地羡慕起那些不为这种生活的贫困所困扰的人，以及那些富有的人和特权阶层；而且我发现自己在羡慕他们之余，还不禁萌生出一种怨恨，这种怨恨不仅不局限于对某些人和某种生活条件，还总是难免地推而广之，抽象地演化成一种人生观。总之，经历了那些经济拮据的日子，我深感对贫困的恼恨以及人在穷困潦倒时的难受滋味，从而逐渐产生了对不公正世道的逆反心理，那不光是对我个人的不公正，也是对其他许多像我一样的人的不公正。我意识到精神状态里的这种出于个人利害关系的反感情绪所引起的难以察觉的变化，以及在我被扭曲了的思想上所引起的那种毫无偏见的反应，总是不可抗拒地朝同一个方向发展；我的言谈总不知不觉地离不开同一个话题。同时，我发现自己越来越同情某些政治党派，它们宣称要为消除那个社会的种种罪恶的弊病而进行斗争，而我正是把自己因为贫困而蒙受的痛苦最后都归咎于那个社会了：我结合自身的处境，认为这确实是一个使好人蒙受痛苦，纵容坏人为非作歹的社会。缺乏文化教养的普通人往往是觉察不到这一切的。似乎是一种神秘的炼金术使人把利己主义转化为利他主义，把仇恨转化为爱，把怯懦转化为勇敢；但对于习惯于检讨和审视自己的我来说，对这种转化过程是再清楚不过的了，就像是我对发生在另一个人身上的转化一目了然似的。不过，我意识到自己整天都是在为物质生活上的需要而奔波，只从利害关系考虑问题，从而把纯粹的个人动机转化为普遍的道理了。在战后那动荡的岁月里，几乎所有的人都加入了某个党派，而我却没有，因为我觉得不能像大多数人那样把政治用来为个人的动机服务，我认为只能为思想信仰而投身政治，而我恰恰始终缺少这种信仰。令我特别恼火的是，我感到自己的思想言行往往是根据我个人的利害得失行事，像变色龙似的随波逐流，以适应当时我所处的困境。"那么，我是跟所有的人一样了？"我愤愤地想道，"莫非我跟许多今世囊空如洗的人一样，只满足于梦想人类重新轮回转世吗？"但这种愤怒是十分无力的。后来，有一天，我感到从未有过的绝望和沮丧，一位与我长期有来往的老朋友说服了我，我申请加入了共产党。不久以后，我就想，这样一来，更显示出我不是一个尚未成名的年轻才子，而更像是一个饥肠辘辘的报刊撰稿人，或是逐渐变成寒酸的公职人员了，这是我最担心的。如今，事情已发展到这个地步，我已进入了党内，无法再退出。埃米丽亚一得知我入党的消息，她做出的反应非同一般："不过，这样一来，只有共产党人才给你工作干，其他党派的人都会拒绝与你来往的。"我没有勇气向她说出我当时的想法，我是想说，要不是为了让她高兴买下那套价格昂贵的房子，我是绝不会入党的。而事情也就到此为止了。

我们终于搬进了自己的家。说来也巧，真像是天意，我们搬进新房子的第二天，我就遇见了巴蒂斯塔，正如前面所述，我当即就被聘为他将要制作的一部影片的编剧。有好长一段时间，我感到一种好久以来从未有过的轻松和愉快：当时我想，我只要写出四五部电影剧本来，就能付清购置套房所需的钱款，然后，就重新从事我的新闻专业和我所看重的戏剧创作。与此同时，我对埃米丽亚的爱变得前所未有的强烈，有时候，我甚至十分内疚，责备自己曾把她想得很坏，认为她是个自私而又冷漠的女人。然而，这种气氛的缓和历程很短。我生活的天地几乎立刻又笼罩着阴云。不过，起初出现的只是一片小小的云彩，尽管那是朵乌云。

第四章

　　我与巴蒂斯塔是在十月份的第一个星期一见面的。一星期以后，我们搬进了装修完毕的套房里。这套房子的确不大，更不豪华，这是我煞费苦心才找到的：只有两个大房间，一个宽敞的客厅，长方形的，还有一个比例适中的卧室。卫生间、厨房、女用人的更衣室都很小，就像现代的房子，都小得不能再小了。另外，还有一个没有窗子的小房间，埃米丽亚想把它当作更衣室。套房在一座刚落成的大楼顶层，那楼房光滑洁白，像是用石膏建造的，坐落在一条微微下斜的小街上。街道上的整个一侧是一整排与我们的楼房相似的房子，街道的另一侧是一座私人别墅的花园围墙，枝叶茂盛的大树的枝杈从围墙里伸展出来，景致十分美丽。我让埃米丽亚注意看，透过宽阔的花园里树木稀疏的枝杈，可以隐约地瞥见弯弯曲曲的甬道，还有喷泉和空地，似乎我们与公园之间没有隔着一条街道和一堵围墙，只要我们愿意，任何时候都可以去那儿散步。

我们是下午搬进套房的，整个白天我都有事，我都记不得我们是在哪儿、和谁吃的晚饭。我只记得将近半夜时，我站在卧室的中央，对着三开门衣柜的穿衣镜照自己，慢慢地解下领带。突然，我在镜子里看见埃米丽亚从双人床上拿起一个枕头朝客厅门走去。我惊讶地问道："你干什么？"

我说话时身子没动。我仍然是在镜子里看到她在客厅门口停住了脚步，扭过头来以随意的口气说道："我到客厅那边的沙发上去睡，你不会生气吧？"

"就今天晚上？"我诧异地问道，还是摸不着头脑。

"不，往后就永远这样了，"她匆匆回答道，"跟你实说了吧，我盼着有一所新房子，也是为了这个……你总喜欢开着窗睡觉，我受不了，每天早晨鸡一叫我就醒，之后就再也睡不着了，一整天脑袋都是昏昏沉沉的，你说说，你不会因此生气吧？我想我们分开睡更好。"

我百思不得其解，起初我对这样一件意想不到的事情只是感到难言的恼怒。我朝她走去，说道："可是，这样不合适……我们只有两间屋子，一间屋子里有床，另一间屋子有靠背椅子和沙发……你这是为什么？沙发椅尽管可以搭成床，可是睡在沙发上不舒服。"

"我一直没有勇气向你提出来。"她垂下眼睛，不看着我，回答道。

"这些年来，"我坚持道，"你从来没有抱怨过……我以为你已经习惯了。"

她仰起了头，看来她挺高兴，她又把话题转到她提出的借口上："我从来没有习惯过……我一直睡不好……尤其是最近以来，也许是因为我神经过于紧张了，我几乎一点都睡不着……至少我们要早一点睡……可我们总得折腾到很晚，那么……"她没把话说完，就朝客厅走去了。我追上了她，急忙对她说道："等一下，要是你愿意，我完全可以不开窗睡觉……好吧……从今往后我们就关着窗睡吧。"

这么说着的时候，我发现我这样做不仅是亲切地表示顺从；实际上，我是想试探她。只见她摇摇头，微微一笑，回答道："不！你干吗非得做这种牺牲呢？你老说关着窗闷得很……我们最好分开睡。"

"对我来说，这是一个十分微不足道的牺牲，我向你保证……我会习惯的。"

她犹豫不定，然后以意想不到的坚定态度说道："不，我不愿意你做任何牺牲……无论是重大的牺牲还是微小的牺牲……我就睡在客厅。"

"可要是我对你说我不高兴，我要你与我一起睡呢？"

她又犹豫了。随后，她以平时那种温厚的口吻说道："里卡尔多，看你成了什么样子……两年之前我们结婚那会儿，你不愿意做这样的牺牲……而现在你不管如何都愿意这样做……你这是怎么回事？那么多夫妇都分床睡，他们照样很恩爱……这样，早晨你要去上班时，你更自由些……你也就不会再吵醒我了。"

"可你不是说你听到公鸡报晓就醒来吗？我又不是一大早就出门……"

"唉，你真固执。"她不耐烦地说道。这一回，她不再听我的，从房间里走了出去。

我一个人留在卧室，独自坐在床上，这张此刻只有一个枕头的床，颇有些预示着分离和抛弃的意味，我惘然若失地待了片刻，望着埃米丽亚在那儿消失不见的那扇打开着的门。我头脑里滋生出一个疑问：埃米丽亚不再愿意跟我睡觉，是因为她真是讨厌白日的光亮，还是她就是不愿意再跟我睡了呢？我倾向于第二个假设，尽管我全心全意地愿意相信第一个假设。不过，我觉得要是我接受埃米丽亚的解释，我就会产生一种疑问。我不想对自己承认，但最后的疑问却是：莫非埃米丽亚已不再爱我？

正当我沉浸在这些思绪之中凝视着房间时，埃米丽亚又来来去去地从衣橱里拿出两条叠好的床单、一条毯子和一件睡衣到客厅里去。那时正值十月初，天气还很暖和，她穿着透明的薄衬衣在房子里转悠。我始终没有描绘过埃米丽亚，但现在我想描绘一番，不为别的，就为说明那天夜里我的感情。埃米丽亚长得并不出众，但出于对她的感情，在我看来她是个非凡的女人，比我认识的任何女人都显得庄重。这种庄重的仪表是她生来就有的呢，还是我那心醉神迷的目光赋予她的呢？这我说不好，我只记得新婚之夜，当她脱去高跟鞋之后，我在房间中央朝她迎去时，心中暗自惊异，发现她的脑袋刚刚够到我的肩膀，也就是说我比她高出一头。但后来当她挨着我躺在床上时，我又有新的发现：她赤裸的身体显得那么宽大，那么有力，尽管我知道她绝对不是个肥胖的女人。她的肩膀很美，脖子也很美，是我见过的女人中最美的，如画中人似的，圆润、丰满而又优雅，动起来娇滴滴、软绵绵的。她的脸呈褐色，鼻子挺挺的，举止端庄；性感的嘴唇那么新鲜，总带着笑，两排晶莹洁白的牙齿像是被唾液滋润得闪光发亮；大大的眼睛，是美丽的棕褐色，明亮有神，很性感，当沉溺在情爱中时，那眼光却奇怪地变得那么黯淡和茫然。就像我已经说过的那样，她真的并不出众，但不知为什么，她总显得那么美，也许是她那婀娜多姿的、柔软的腰部衬托出了她胯部和胸部的线条；也许是因为她腰直胸挺，仪态庄重；也许是因为她的自信和气度，以及那两条挺直结实的长腿所显示的青春活力。总之，她身上有那种无意流露的、天生的秀美庄重的气质，所以才本能地显得更为神秘和难以捉摸。

那天晚上，当她从房间到客厅来来去去的时候，我的目光跟随着她，我说不清自己是难过还是难堪，我的目光从她那平静的脸庞扫视到她的身体，并透过她那轻纱般薄薄的衬衣，扫视她那时隐时显的肉体的色泽和线条轮廓，我脑海里突然又着魔似的浮现出那团疑云，我疑心她不再爱我了，似乎我们俩的躯体之间已无法接触和沟通了。我从未有过这种感觉，我一下子都蒙头转向了，而又不敢相信。爱情，当然而且首先就是感情，但也是两个身体以难以言喻的、近乎精神的方式的结合。那就是我一直享受过的但没有意识到的结合，它是一种必然而且完全自然的东西。我的眼光像是变得明亮了，终于看清了一桩原本明显的事实。我终于意识到，直到那天之前还是无形的这种结合，如今可能不复存在，而且已经不存在了。我像是一个突然发现自己被挂在悬崖峭壁上的人一样，下面是万丈深渊。一想到我们夫妻间的亲密关系竟无缘无故地变得那么陌生、淡漠和隔阂了，心里就有一种说不出的滋味。

　　我心烦意乱，感情上不能自拔，埃米丽亚这时却走进卫生间洗起澡来，这能够从水龙头流出的水声推断出来。我强烈地感到自己的冲动，又竭力想尽快地克制住自己。在那之前，我毫无困难地、下意识地爱过埃米丽亚。我的爱总是神奇般地表现为无需思索的、心血来潮的、富有灵感的一时冲动，而且我一直觉得那种爱是发自我内心，且只发自我内心。如今，我才第一次意识到这种爱的冲动源于埃米丽亚的冲动，并由它培植滋生。见她变化这么大，我生怕自己不再有能力像以往似的那么容易、那么本能、那么自然地爱她了。总而言之，我那强加于人的无情的举动取代了过去那种水乳交融的奇妙结合，如今我才意识到这一点，而从她那方面……我不知道她采取的是什么样的态度，但我的直觉告诉我，如果我是强加于人，那么，正像我说的那样，她只能是被动地应付，或者比这更糟。

从房间里进进出出的埃米丽亚这时正从我身边走过。我突然下意识地冲了过去，抓住了她的一只胳膊，说道："你过来……我想跟你谈谈。"

她开始时一个劲地往后退，但很快就让步了，走过来坐在床上，仍然与我保持着一定的距离："谈谈？你想跟我谈什么？"

不知为什么，一股痛楚突然涌上心头，我的喉头像给堵住似的说不出话来。也许是胆怯，因为我们之间从未出现过这样的局面，不过，这就更能证明我们之间的关系已经发生了变化。我说道："是的，我想跟你谈谈。我觉得我们之间发生了某些变化。"

她斜了我一眼，坚定地回答道："我不懂你说的话……什么变啦？什么也没变。"

"我没有变，可你变了。"

"我根本没变……我依然是我。"

"以往你更爱我……我外出把你一个人扔在家里你就很不高兴……以前你不但不讨厌与我一起睡……而且恰恰相反。"

"哦，原来是为了这个，"她大声说道，但我注意到她说话的口气并不那么肯定，"我知道你会往这方面去想的……但你为什么一定要这么折磨我呢？……我不愿意跟你睡，是因为我想好好睡觉，而跟你在一起我睡不着，这就是一切。"

现在我觉得我们的话题与我们的坏心情迅速地融合在一起，就像蜡烛遇上火焰似的熔化了：她穿着那件能窥见肉体和身体最隐秘部分轮廓的有褶皱的薄纱衣，站在我的身边。我渴求她的温情，奇怪的是她居然不理会，不拥抱我，还一个劲地说个不停，不像往日似的，只要我们的视线一触碰，她就紧紧地搂住我。另外，怀有这种欲望的我，不仅希望自己能重新点燃起对她的激情，而且还想点燃起往日她对我的那种激情。我低声说道："如果没有发生变化的话，那你就以行动向我表明。"

"可是我每日每时都在向你表明。"

"不，我要你现在。"

我一边这么说着，一边凑近了她，猛地揪住了她的头发，强制地让她吻我。她顺从地由着我，但到最后一刹那，却轻轻地扭过头去避开了，这样，我的嘴唇就触碰到她的脖子上了。我放开了她，说道："你不愿意我亲你？"

"不是这个意思，"她一面执拗地、懒洋洋地用手梳拢着头发，一面低声说，"要是只亲一下，我很愿意给你亲……可是你会没完没了的……现在时候不早了。"

我听了这番令我反感的解释很生气："做这类事有什么晚不晚的。"

此时，我又抓住她的一只胳膊把她拉到身边，还想亲吻她。她喊了一声：

"哎哟，你弄疼我了。"

其实，我只是碰了碰她，回想起我们夫妻以往恩爱的时候，我有时把她使劲地紧搂在怀里，她都一声不吱。我恼怒地说道："可你以前从不觉得疼呀。"

"你手重得很，"她回答说，"你自己不知道……你把我都卡出印来了。"

她有气无力地说道，但我发现，她没有任何娇媚作态的意思。

"行啦，行啦，"我粗暴地说道，"你究竟愿不愿意亲我？"

"亲你就亲你，"她温存地挨近我，在我的前额上轻轻地吻了一下，"现在你让我去睡吧，时间不早了。"

我不明白她为什么这样。我又用双手一下搂住她的腰部以下，接近丰满的胯部之处。"埃米丽亚，"我凑近她往后仰着的脸，"我要的不是你这样的亲吻。"

她推开了我，又说了一遍，这一回她说话的口气的确很不客气了："哎呀，你放开我……你弄疼我了。"

"不会，不可能。"我咬牙切齿地扑在她身上。

这一回她拼命挣扎了几下就脱了身，站了起来，像是突然打定了主意，毫不羞涩地说道："要是你想做爱，那我们就做爱……但你别弄疼我，你这么使劲地拽着我受不了。"

我惊讶不已。我不禁想，这一回她说话的口气真够冷淡的，语气那么直截了当，没有半点感情投入。我合着双手，垂着头一动不动地在床上坐了片刻。而后，我又听见她在说："好吧，要是你真想做爱，那我们就……你想吗？"

我没抬头，低声说道："好，我想。"那不是真话，那时我已经不想跟她做爱了，不过，我想忍痛彻底体验一下这种新奇的、陌生的感觉。我听见她在说："那好吧。"随后，我听见她在我身后沿着床边在房间里走动。我想，她现在只需脱去衬衣就行了。回想过去，我总是以着魔似的眼光望着她做这一简单的动作，就像童话故事里的强盗，在说完了魔咒之后，看到山洞的石门慢慢地打开，眼前呈现出来的是璀璨夺目的金银财宝似的。可这一次我却不想看，因为我明白自己会带着不再是那么天真纯洁的、异样的目光去看她了，尽管那仍然是充满欲望的目光，但那是由于她的冷漠而使我变得残酷无情的目光，我不该有也不该用如此的目光对她。我仍然低垂着头，双手放在小腹上，弓着腰坐在床边。过了一会儿，我听见床上的弹簧微微地嘎吱作响，她上了床，躺在了被子上。仍然能听到某种窸窣声，像是有谁想在床上躺舒坦了，随后她仍以她那骇人的陌生声调说道："行了，来吧……你在等什么呀？"

我没回过头去，也没挪动身子，但我突然扪心自问道，以往我们之间的关系是不是始终如此。是的，我立刻回答道，几乎总是如此，她总是先脱去衣服，并躺在床上：她不这样又能怎么样呢？但同时一切又完全不一样。她说话的声调，乃至床铺弹簧发出的嘎吱声，以及身体压在被单上的窸窣声都透出那种冷漠的、不情愿的、机械的服从，这在过去是从未有过的。可当时一切都在飘飘欲仙、如醉如痴之中，令人销魂地迅速地完成了。有时往往会发生这样的事，脑子在想什么事，把随便一样什么东西，如一本书、一把刷子、一只鞋搁在某个地方了，一旦思想集中起来后，却怎么也找不着了，最后竟在意想不到的特别的地方，比如，在柜橱顶部，在某个隐秘的角落，在一只抽屉里找到了它，可是却花费了九牛二虎之力，在我的情爱中也是这样。一切都在心醉神迷之中迅速地完成了。在这之后，我总是依偎在埃米丽亚的怀里，似乎已记不得一切是怎么发生的，也记不得从我们平静地毫无欲望地面对面坐着到我们紧紧地搂在一起达到性高潮之间，我都干了什么。可现在，我与她都完全没有这种投入了。如今我本可以用尽管充满欲望却冷漠的目光观察她的一举一动，无疑她也可以平静地观察我的行动。突然，我心灵中形成的那种越来越强烈的愤怒和厌恶的感觉，勾勒出一个清晰的形象：站在我面前的已经不是昔日我所钟爱的并且爱我的妻子，而是一个敷衍应付而又缺少经验的妓女，她被动地屈从我的性欲要求，只求性交时间短一些，少累着她自己的身子。这种形象突然像幻影似的出现在我的眼前，后来，我又觉得这个幻影在我背后转悠，同在我身后的床上躺卧着的埃米丽亚融为一体了。这时，我站起身来，头也不回地说道："没关系……我不想再做爱了……我去那边睡……你待在这里好了。"我踮着脚尖朝客厅的门走去。

沙发床上反着铺好了床单，埃米丽亚的衬衣摊放在被子上，衣袖伸展着。我拿起这件衬衣和她放在地上的拖鞋以及放在扶手椅上的那件晨衣，回到卧室里，把所有东西都放在了一把椅子上。不过，这一回我情不自禁地抬起眼睛望着她。她依然摆着那种姿势卧躺在那儿，对我说道："来吧，你过来！"她全身赤裸，一只胳膊垫在后颈窝下，脑袋朝我，眼睛睁得大大的，但目光冷漠而又迷惘，另一只胳膊伸放在身体上，手遮盖住阴部。我想，这一次她不再是妓女了，而像是海市蜃楼中呈现的形象，四周笼罩着一种不可思议的怀旧气氛，似乎她不是近在咫尺，而是在某个非常遥远的地方，远在现实和我的感情之外。

第五章

那天晚上，我的确预感到，对我来说，一个困难重重的时期开始了，但说来也怪，这种预感并不像人们所想象的那样产生于埃米丽亚对我的态度的变化。毫无疑问，她显得很冷淡，毫无情意，也正因为如此，与其以这样的方式得到爱，还不如放弃算了。但是我爱她，而且爱情不仅赋予人以幻想，还能使人遗忘。第二天，不知是怎么回事，原来我对头天晚上发生的事情看得很重，后来却又觉得并不那么重要了，逐渐减轻了其中敌对的成分，把它转化成了无足轻重的意见不合。实际上，人往往容易忘却自己不想记住的事情；另一方面，埃米丽亚也使我忘却了那天晚上的事，因为几天以后，她不再拒绝我的爱，尽管她仍然没放弃独自睡觉的做法。这次虽然她也同样表现得冷淡和被动，并引起了我的反感，这是真的，不过，事情往往是这样，第一天晚上觉得无法忍受的事情，几天之后，不仅觉得可以容忍了，而且能欣然接受。总之，我是不知不觉地滑落到那种地步的，诡辩和渴求幻想的灵魂的需要，使头天的那种冷淡竟然也变成了温馨的爱。我原本觉得埃米丽亚的举动像个妓女，但不到一个星期，我却习惯了以那样的方式爱她，并就以那样的方式被她所爱；因为在我心灵深处也许生怕她根本不会再爱我了，我感激她的这种冷漠和被动，并把它看作维持我们情爱关系的正常方式。

不过，要是我继续幻想着埃米丽亚依然能像过去那样爱我，或者说，我即使不把我们的爱出现的问题提出来，那么，别的事情也会像窥视灯一样向我展示我们之间发生的变化。这别的事情就是我所从事的编剧工作。我暂时放弃了戏剧创作的抱负，而从事电影编剧只是为了满足埃米丽亚想有一套房子的欲望。只要埃米丽亚肯定爱我，我觉得做电影编剧的工作并不繁重；但自从那天晚上发生那件事后，我觉得我的工作中微微掺入了某些令人气馁、不安和烦恼的因素。我已经说过，我接受这份工作，实际上是出于对埃米丽亚的爱，为了这种爱，即便是让我从事自己毫无兴趣的异常卑微的工作，我也会欣然接受的。如今这种爱已不复存在，工作也就失去了它的意义和目的，在我看来，干电影编剧就荒谬地成了单纯地为他人作嫁衣了。

在这里，我想就电影编剧这个职业多说几句，不为别的，只是为了让读者更好地理解我在那个时期的心情。众所周知，编剧多半是跟另一个编剧或导演合写剧本或者纲要，随后再把剧本拍成电影。编剧在一个电影剧本里得根据剧情的发展，把演员的动作和台词以及摄影机拍摄的不同角度等，一一详细注明。因此，电影剧本同时也是戏剧、哑剧、电影技术、布景道具和戏剧导演的综合。现在，尽管电影编剧在电影中的作用很重要，仅次于导演，但由于电影艺术在其发展过程中至今所遵循的固有规律，编剧的作用总是难免变得次要和不显眼了。如果人们从直接的表现力来评价艺术的话，而且确实不知怎么以别的方式来加以评价的话，那么电影编剧尽管竭尽全力把自己奉献给电影，但他仍然是一个无法表现自己，聊以自慰的艺术家。这样，尽管他绞尽脑汁创作剧本，他只是一个设想意境，虚构情节，从技术上、心理上和文学上想办法出点子的人；随后，由导演根据自身的才能采用这些材料，并表现出来。总而言之，编剧是个不出头露面的人，是个耗费自己的心血去成全别人的人；尽管一部电影的成功与否三分之二取决于他，但在电影的大海报上看到的往往总是导演、演员和制片人的名字，从来看不到电影编剧的名字，他往往可以在这不显眼的工作中达到非凡的水平，并得到优厚的报酬，但他永远不能说："这部电影是我写的……我在这部影片里表现了我自己……这部片子就是我。"只有导演才能这么说，实际上导演是唯一能说了算的人。电影编剧只能满足于为自己所得到的钱而工作，不管他情愿还是不情愿，钱成了他工作的唯一目的。这样一来，电影编剧只是用那笔钱去享受生活，钱成了他辛苦付出的唯一成果。于是为了钱，编剧编出一部又一部的电影剧本，从喜剧编到悲剧，从惊险片编到言情片，从不中断，从不间歇，颇似某些家庭女教师，教出一个又一个的孩子，对一个孩子还没来得及培养起感情就得离开他，然后又重新开始教另一个孩子，而她们的劳动成果最后却都归功于孩子的母亲，那个唯一有权称孩子为儿子的人。

除了这些根本无法逆转的弊端之外，根据影片的不同质量和不同种类，以及合作者的不同性格，编剧这个职业还有其他一些同样烦人的弊端。导演则恰恰相反，导演在制片人面前是享有一定的自主权和自由的，而电影编剧却只有权利接受或是拒绝制片人要他写的剧本，而一旦电影剧本被采纳后，他就不能以任何方式选择自己的合作者：他被别人选择，而不能选择别人。往往是这样，编剧的选择往往是根据制片人对他的印象如何和制片人自身利益，或者凭制片人一时的心血来潮，或者是纯粹出于偶然的巧合，而编剧却往往不得不跟他所不喜欢的、文化素养都不如他、待人接物和言谈举止都让他看不惯的人合作。合作编写电影剧本不像在办公室或工厂里工作，每个人都有独立于他人的一份工作，相互之间如果不能说完全没有关系，那也能说很少有什么关系。合作编写一部电影剧本意味着大家从早到晚生活在一起，把自己的聪明才智、自己的灵魂、自己的心灵与其他合作者交融在一起。总之，就是说在编剧本的那两三个月过程中，得人为地创造出虚假的密切关系，目的仅仅是要炮制出一部电影来，说到底，就像我前面说过的那样，目的是为了钱。这种密切的关系是极其糟糕的，比想象中更令人厌烦，更令人疲惫，更令人不堪忍受，因为它是建立在无声的精神折磨之上，就像从事某种科学实验的科学家们所经受的那种痛苦磨难似的，只是电影编剧从事的是语言实验。为了尽快地炮制出电影剧本来，导演常常一大早就把合作者召集在一起；从大清早一直到深更半夜，编剧就坐在那儿不停地侃侃而谈，然而，往往因为兴之所至，或是因为疲惫不堪，把话题扯到十万八千里。有的讲淫秽笑话，有的发表自己的政治见解，有的分析某个著名人士的心态，有的议论男女演员，有的倾诉个人遭遇。同时，工作间里烟雾腾腾，桌子上的稿纸旁边堆满了咖啡杯子，早晨来时还仪表端庄、头发梳理得整整齐齐的编剧们，晚上一个个都变得头发蓬乱，邋邋遢遢，满身汗味，那种样子比逼迫一个冷漠而又倔强的女人就范还要狼狈。实际上，炮制一部电影剧本惯常所采用的生硬方式，酷似对人的才智的一种强奸，与其说是建立在灵感和共鸣的基础上，还不如说是出于主观的愿望和利益。当然，也许最后拍出来的电影质量很高，导演和合作者事先也都有一定的默契并相互尊重，工作环境也比较理想，这是人类生活中常见的现象，尽管往往并不尽如人意。不过，这种协调的合作并不多见，就像质量高的电影也并不多见一样。

　　编写第二部电影剧本的合同不是跟巴蒂斯塔，而是跟另一个制片商签订的，合同签订以后，我突然就没有了勇气和意愿，我开始对我刚才谈到的一切不如意的地方感到越来越反感和恼怒。天天如此，一起床后，没有片刻沉静和空闲的时候，头脑里整天得往外挤电影剧本的灵感，犹如在灼热的阳光曝晒下的荒漠，没有半点阴凉之处。每次我走进导演的家，每次听到导演在书房迎候我时总说"那么，昨天晚上你考虑过了？你想出解决的办法来啦？"那一类话的时候，我就有种厌烦和逆反的情绪。以后的全部工作进程都显得那么令人不耐烦和惹人讨厌；如前所述，导演和电影编剧往往东扯西拉，离题十万八千里，极力想让冗长的讨论变得轻松愉快些，在整个剧本的写作过程中，我与合作者之间总不时地出现互不理解或是愚钝可笑的情况，或是产生简单的意见分歧。甚至导演对我出的主意和想出的办法所给予的赞扬，我都觉得有种苦涩味，因为正像我所说过的那样，我觉得我把自身最美好的东西奉献给了某种实质上跟我无关的事情，我不情愿投入其中的事情。这最后的弊端乃是我在那段日子里最难以忍受的；当导演从椅子上高兴得跳起来，对他们之中很多人油腔滑调地高声说道"真棒！真有你的！"的时候，我不禁厌烦地寻思着："本来我可以把这些东西写在我创作的某一部悲剧或某一部喜剧里的。"从另一方面说，尽管我很反感，但出于特殊而又痛苦的矛盾心理，我不能不尽到作为电影编剧的义务。几个人合作编写电影剧本有点像老式的四驾马车，有的马很壮实，拉车挺卖力，有的只是佯装在拉车，实际上却是让它的同伴们拽着跑。我始终是那匹卖力气拉车的马，尽管我不耐烦，也很厌恶。导演跟与我合作的编剧，他们俩在遇到难题时，总是等着我拿出办法来，这一点我很快就发现了。尽管我心里也总诅咒着我那持重的性格和雄辩的口才，但我灵感一来就总是慷慨地把它奉献出来。驱使我这样做的并不是什么竞争的意识，而是诚挚的激情，它比任何相对立的意愿更为强烈：我是被人雇用的，因此，我得干活。但我每次都为自己感到羞耻，感到有种难以割舍而又愧疚的感觉，就像是为了不多的钱而糟蹋了某种无价之宝似的，其实我本可以用它来从事比电影编剧更有意义的事情的。

正如我所述，我是在跟巴蒂斯塔签署了第一份合同之后两个月才发现编剧工作的所有这一切弊端的，在此之前我没有丝毫察觉。起先，我不明白，为什么当初我就看不到这些弊端，为什么那么久之后才发现。但是，正因为我对电影编剧总怀有这种反感和沮丧的情绪，我心中梦寐以求的那份工作就更加令人向往，渐渐地我就不得不把编剧工作与我跟埃米丽亚的关系以某种方式联系在一起。最后，我终于明白了，我厌烦电影编剧这份工作，是因为埃米丽亚不再爱我，至少是开始表现出不再爱我。只要我肯定埃米丽亚爱我，那我就能勇往直前地、信心百倍地从事这项工作。可如今我不能肯定她究竟还爱不爱我，所以，我也就失去了工作的毅力和信心。此时，工作对于我来说似乎纯粹是为他人服务，是糟蹋聪明才智和浪费时间。

第六章

　　我开始像一个病入膏肓却拒不就医的人似的活着。我极力不去考虑埃米丽亚对我以及我的工作所采取的态度，我知道迟早有一天我得对此予以考虑。但正因为我意识到这是一个无法回避的问题，所以我尽可能推迟些去考虑：脑海里曾经产生过的那一丁点怀疑促使我回避，也使我下意识地感到害怕。我跟埃米丽亚就这样维持着那种关系，起初我觉得难以忍受，如今因为生怕关系恶化，我就极力使自己信服那是正常的关系，尽管我并不能完全说服自己：白天里谈话冷冰冰的，躲躲闪闪，敷敷衍衍；夜里有时做爱，我非常尴尬，也不无残酷，而她呢，没有丝毫投入。与此同时，我仍然勤奋地甚至是顽强地工作，虽然心里越来越不情愿，越来越反感。要是当初我就有勇气正视自己的处境，那我肯定就会像放弃爱情一样放弃工作，因为就像后来我确信无疑的那样，无论是爱情还是工作，都已经失去任何生命力了。可我没有这种勇气，也许我一直幻想着随着时间的流逝，我的一切问题都会迎刃而解，无须我花费任何力气。时间的确解决了我的问题，但并不是按照我所希望的那样予以解决的。从此，我便在拒绝我的埃米丽亚和我所拒绝的工作之间，在沉闷的、难言的期盼中打发着日子。

当时我为巴蒂斯塔编写电影剧本的工作已近尾声；同时，巴蒂斯塔又提议我接受一项新的编剧工作，那是一项比第一次更艰巨的工作，他希望我能参加。跟其他所有的制片人一样，巴蒂斯塔是一个办事草率、含糊其词的人；他总是躲躲闪闪地至多说几句下面这一类的话来劝说我接受新的编剧任务："莫尔泰尼，一旦写完了这部剧本，我们马上就写另一部，那可是一部重要的剧本。"或者说："莫尔泰尼，你做好思想准备，就这几天的事，我要向你提个方案。"或者以较明确的方式说："莫尔泰尼，别跟其他人签合同，过两个星期你得跟我签个合同。"我早就知道，写完这部价值不大的电影剧本之后，巴蒂斯塔打算让我写一部更重要的剧本，自然，我得到的酬金也会多得多。尽管我对电影编剧的工作越来越反感，但我本能地首先想到的就是房子以及我还得交纳的钱款，所以我对巴蒂斯塔的提议很高兴。再说，当电影编剧向来如此：即使不喜欢干，每次来了新任务，心里总很高兴，而要是没有人来找你干，你就会起疑心，生怕自己被排除在外，我本人就是这样。

但我跟埃米丽亚却没有谈起巴蒂斯塔的这个新提议，原因有两个：首先，我还不知道我会不会接受；其次，如今我已经明白她对我的工作并不感兴趣，我不愿意以此来证实她的冷漠和无动于衷，虽然我对此执意表示毫不在乎。另外，我隐约地意识到这两方面的内在联系：我拿不准是否接受那项工作，正是因为我感到埃米丽亚已不再爱我了；要是她爱我，那么我就一定会把此事告诉她，然而，告诉她实际上就意味着必须接受巴蒂斯塔的这项提议。

有一天早晨，我走出家门去找跟我合作为巴蒂斯塔编写电影剧本的导演。我知道那是最后一次去他家，因为剧本只剩下最后几页，一想到这里，我心里就很高兴：这费劲的差使总算要结束了，往后我重新又至少有半天时间可以由自己支配。另外，对所有的电影编剧都一样，两个月的工作，就足以明白那部影片里的人物和故事情节是多么乏味。我知道，自己马上又得跟同样很快就会变得令人难以忍受的新的剧本里的人物和故事打交道；不过，我总算可以摆脱手头这部剧本里的人物和故事了，一想到这里，心头就情不自禁地感到一阵轻松。

由于企盼着能立刻解脱，所以那天早晨我思路格外敏捷，创作灵感格外丰富。只差把两三个无碍大局的地方加以润色和修改就能了结那部电影剧本了，不过，好几天以来我们一直停留在原地毫无进展。然而，那天早晨，由于情绪振奋，对剧本的研讨一开始就进行得很顺利，解决了一个又一个的遗留问题，于是，不到两个小时，剧本就全部完稿了。正像在山上长期迂回跋涉的人，因总是山重水复而开始感到沮丧时，却突然在拐弯处出现了目的地似的，我写完了一句对话，然后惊异地大声说道："可以就此结束了吗？"当时我是趴在小桌子上写，在书房里来回踱步的导演走近了我，越过我的肩头看了看稿纸，随后，也以惊异而不敢相信的语气说道："你说得对，可以就此结束了。"于是，我就在稿纸的下端写上了"剧终"两个字，合上了记事本，站了起来。

我们望着搁在小桌子上业已封好的夹放剧本手稿的卷宗，那一刹那间谁也没说什么话，就像两位为攀上顶峰耗费了很多精力的登山运动员，精疲力竭地望着小湖泊和悬崖峭壁一样。后来，导演说道："我们大功告成了。"

"是的，"我赞同地说道，"我们大功告成了。"

这位导演名叫帕塞蒂，是个长有金黄色头发的年轻人，性格乖僻，态度生硬，做事麻利，一丝不苟，看他那长相，更像是一位谨小慎微的勘测员或会计师，而不是一位艺术家。他和我岁数差不多；但是，我跟他是下级和上级的关系，写电影剧本往往是这样：导演总比其他合作者有更高的权威。停了片刻之后，他以冷漠而又可笑的幽默口吻接着说道："应该说你的脑瓜子真灵……我本以为我们至少还得干四天，可我们用两个小时就完成了。嘿，一想到写完剧本就能得到钱，你的灵感就来了！"

我对帕塞蒂的印象不错，尽管他的水平一般，反应令人难以置信的迟钝；我们之间是互补的关系，他是一个缺乏想象力和激情的人，但他有自知之明，比较谦虚；而我却富有激情，思路敏捷，想象力丰富。我操着他那种开玩笑的口吻，像逗着玩似的说道："你说的是大实话，是金钱的诱惑赋予了我灵感。"

他点着一支烟，接着说道："可你别以为大功告成了……我们只是大体上完成了……还得重新看一下全部的对话……你可别躺在功劳簿上啊。"

这不禁使我想到他在编写电影剧本时总喜欢用习惯用语和成语的做法。我小心翼翼地看了看表：将近一点了。我说道："你放心……不管要怎么修改，我都一定效劳。"

他摇了摇头回答道："我了解跟我打交道的人……为了防止你松劲，我得关照巴蒂斯塔，得先把你最后一笔酬金扣下。"

令人惊异的是，他那么年轻，却善于以开玩笑而又颇具权威性的方式来鞭策他的同行，软硬兼施，既会奉承，又能掌握分寸，既能委曲求全，又能指挥别人。从这个意义上来说，他称得上是个好导演，因为作为一个导演，三分之二的才能就体现在能精明地使唤他人。我像往常一样由着他说，随后，我回答道："不能这样做，你还是让人把全部酬金都付给我吧，我答应你，你想怎么修改都行，我一定效劳。"

"可你要全部这些钱干吗用啊？"他滑稽地开玩笑道，"你的钱总不够你花……可你既没有情人，也不赌博，又没有儿女……"

"我得交纳房子的分期付款。"我低垂着眼睛一本正经地回答道，我对他的冒失颇觉烦恼。

"你还得付很多钱吗？"

"几乎还没怎么付呢。"

"我打赌，准是你妻子折磨你，要你付钱款的……我似乎听到了她的声音：'里卡尔多，别忘了他们会让你付清最后一笔款的。'"

"对，是我妻子，"我撒谎道，"这你是知道的，女人都是这么样的……房子对她们来说是至关重要的。"

"这还用说吗！"他随即又谈起自己的妻子来，说他妻子跟他很相像，不过，我似乎觉得，在他看来，他的妻子是一个很古怪的人，十分任性，令人难以捉摸，总之，是个女人。我脸上表现出在专心地听他说着，虽然我心里实际上在想别的。他出乎我意料地最后说道："这一切就都不用说了……不过，我可了解你们这些电影编剧，努力地工作，拼命地干，全是一个样子……一旦钱拿到手，就连影子也见不到了……不行，不行，我得去跟巴蒂斯塔说说，叫他扣下你的最后一笔酬金。"

"得了，帕塞蒂，你就行行好吧。"

"好，我再想想……不过，你别抱太多的希望。"

我又偷偷地看了看表。我已经给了他施展威风的机会，他也显示了自己的威风，所以，我可以走了。我说："好，我很高兴，我们完成了任务，或者像你所说的那样，是大体上完成了，不过，我想，现在我该走了。"

他故意装出活泼的样子大声说道："你可不能走，我们得为电影成功干一杯。这样走了可不行，你编完了剧本可不能就这么走了。"

我耐着性子说道："如果是喝一杯，我可以不走。"

"那么，我们就到那边去……我想我妻子会很高兴地跟我们一起干杯的。"

我跟他走出书房，沿着一条狭长而又空荡的白色走廊朝前走去，走廊里充溢着厨房的味道和孩子们衣服的气味。他走在前面领我到客厅，并大声说道："路易莎！莫尔泰尼和我，我们完成了电影剧本，现在我们为电影的成功干一杯。"

帕塞蒂太太从沙发椅上站起身迎向我们。她是位小个子的女人，脑袋大大的，留着两条乌黑光滑的发辫，长长的椭圆形的脸显得很苍白。她那大而无神、呆板而毫无表情的眼睛，只有丈夫在场时才显得炯炯有神：她的目光一刻也不离开丈夫的脸，就像热情的狗对其主人一样。然而，一旦丈夫不在，她就垂着眼睛，露出执着而又谦恭的神情。别看她体质纤弱，个子瘦小，结婚四年却生了四个孩子。帕塞蒂以令人挺不自在的高兴劲说道："今天得喝一杯，现在我去调鸡尾酒。"

"别为我准备酒，吉诺，"帕塞蒂太太提醒他说，"你知道我不喝酒。"

"我们俩喝。"

我对着红砖砌的壁炉，坐在一把喷砂的木制扶手椅上，椅子的坐垫是用花布缝制的，帕塞蒂太太坐在壁炉另一旁的另一张同样的扶手椅上。我环视了一下周围，注意到客厅的布置跟主人的性格特点很相称：一间很大众化的客厅，带有某种臆造的乡间风格，清新、干净、整齐，同时颇显简陋，很像是一位细心的会计师或出纳员家里的客厅。帕塞蒂太太好像无意跟我攀谈，所以我只能用眼睛东看西看。她垂着眼睛，双手放在围裙上，一动不动地坐在我跟前。这时，我看到帕塞蒂走到房间尽头的一排很简陋的组装家具跟前，从酒柜里取出两瓶酒，一瓶是苦艾酒，一瓶是杜松子酒，还取出三只杯子和鸡尾酒搅和器。他把取出来的东西都放在一个托盘上，随后又把托盘端到壁炉跟前的桌子上。我注意到两瓶酒还未启封：看来帕塞蒂并不是经常喝他正在调配的这种鸡尾酒。调鸡尾酒的器皿也是锃亮锃亮的，跟新的一样。他说要去取冰块，又出去了。

我与那位太太许久没说话，后来，我就没话找话地说道："我们总算把剧本写完了！"

帕塞蒂太太眼皮也不抬地回答道："是的，吉诺跟我说了。"

"我敢肯定那将是一部好片子。"

"我也深信这一点，否则吉诺不会接受这项工作的。"

"您了解故事情节吗？"

"知道，吉诺对我讲过。"

"您喜欢吗？"

"吉诺喜欢，所以我也喜欢。"

"你们俩总这么一致吗？"

"我和吉诺吗？我们总是这么一致的。"

"你们俩谁说了算？"

"当然是吉诺。"

我发现她一说话就把吉诺挂在嘴上。我只当跟她开玩笑似的随便说说；而她却总是一本正经地回答我。帕塞蒂提着小冰桶回来了，冲着我喊道："里卡尔多，去接电话，你妻子打来的。"

我心里一怔，不知为什么，重又像往常那样感到焦虑不安。我木然地站起身来，朝客厅门口走去。帕塞蒂补充道："电话在厨房里……不过，要是你愿意，也可以在这里接……我让人把线接到这儿来了。"

在壁炉旁的一只柜子上的确有部电话。我拿起听筒，听到埃米丽亚的声音在说："请原谅，今天你想办法在外面吃饭吧……我上我母亲那里吃午饭。"

"你为什么早不告诉我？"

"我不想打扰你的工作。"

"好吧，"我说道，"我上餐厅去吃。"

"过一会儿见，再见！"

她挂上了电话,我朝帕塞蒂转过身去。他立刻问我:"里卡尔多,你不回家吃饭啦?"

　　"不了,我上餐厅。"

　　"算了,留下跟我们一起吃吧。不过,你得凑合着吃。我们很高兴你留下吃饭。"

　　一想到独自一人上餐厅吃饭,我心里有一股无可名状的滋味;也许因为我本想把已写完电影剧本的事告诉埃米丽亚,想让她高兴高兴的。不过,也许我不会告诉她,我已说过,我知道如今她对我所做的一切已不再感兴趣了;但鉴于我们俩的关系,我还是按过去的老习惯想尽快地告诉她。帕塞蒂留我在他家吃饭令我十分高兴;我几乎是以格外感激的心情接受了他的邀请。这时,帕塞蒂已把两瓶酒打开了,他像是药剂师调制某种药剂似的把杜松子酒与苦艾酒倒在一个小量杯里,而后,又把调好的酒倒在搅和器里。帕塞蒂太太的目光仍然一刻不离丈夫。最后,当帕塞蒂将容器里的液体摇匀之后准备把鸡尾酒倒在酒杯里的时候,她说道:"我只要一点点。吉诺,你也少喝一点,喝多了你会不舒服的。"

　　"又不是天天都遇上写完电影剧本的。"

　　他把我们俩的酒杯都斟满了,然后又按妻子的吩咐,在第三只杯子里只倒了一点儿。我们三人都拿起酒杯高高举起互相祝酒。"愿我们写出更多的电影剧本。"帕塞蒂只用嘴唇抿了抿酒说道。随后,他把酒杯放回小桌子上。我把我杯里的酒一饮而尽。帕塞蒂太太小口小口地呷着酒,后来站起来说道:"我去厨房看看在做什么……一会儿就来。"

她出去了,帕塞蒂就坐在她刚才坐过的有花布坐垫的扶手椅上,我们开始聊起天来。确切地说,是帕塞蒂在聊天,他谈得最多的是我们创作的电影剧本,我一面听他说,一面喝着酒,嘟哝着点头表示赞同。帕塞蒂酒杯里的酒老是那么多,连一半都没喝下去,而我却连饮了三杯。不知为什么,现在我感到自己特别痛苦,我是想借酒浇愁。但我酒量不小,再说,帕塞蒂配制的鸡尾酒掺了好多水,度数并不高。这样,三四杯下肚之后,只是增加了我那种难言的伤感。突然,我扪心自问:"为什么我感到那么痛苦呢?"这时,我想起来了,最先触痛我心的是刚才我在电话里听到的埃米丽亚的声音,那么冷淡,那么无理,那么无动于衷,与帕塞蒂太太嘴里念叨吉诺名字时的声音是那么截然不同。但是我没能深入思考这些,因为这时帕塞蒂太太很快从门口探头进来告诉我们可以去餐厅了。

帕塞蒂家的餐厅与书房、客厅差不多:家具整洁、漂亮迷人、价格便宜,都是磨砂木制的;彩陶餐具器皿,绿色的厚玻璃酒杯和酒瓶;粗麻的桌布和餐巾。我们就座的桌子几乎占据了这小小的房间的全部空间,每次女用人端着盘子在我们身边上菜时,不得不让就餐人挪动一下位子;我们默不作声地拘谨地吃起来。后来,女用人来换了盘子,为了找话说,不知怎的,我问起帕塞蒂他今后的方案。他像以往一样带着冷淡的、一丝不苟的拘谨口吻回答我，由于谦虚，也由于缺乏想象力，他说话的语气轻描淡写，而且还咬文嚼字。我找不到别的话题可说，对帕塞蒂的方案又不感兴趣，所以索性就缄默不语，再说，即使他那方案令我感兴趣，可是他那种毫无生气、单调乏味的说话腔调使他的方案也似乎令人生厌了。然而，我的目光从屋子里的一个物体移到另一个物体上，却又找不到一件能吸引我视线的东西，于是我就注视起帕塞蒂妻子的脸来了，她手托着下巴，眼睛盯着丈夫也在听着。我望着她那张脸，她的眼神深深地触动了我：那么多情，那么充满欲望，崇拜中又伴有无限的感激，迷恋中又夹带着伤感的羞涩。这种表情令我诧异，我觉得其中蕴含着某种神秘的感情。帕塞蒂长得那么平常，那么干瘪，那么平庸，明显地缺乏女人通常所喜欢的一切优点，他却赢得了一个女人如此的厚爱，真是令人难以置信。后来，我对自己说，每个男人最终都会找到一个敬重他、爱恋他的女人。而且，我感到以自己的感情去判断别人的感情是一种错误，她对自己的男人那么虔诚，使我对她颇有好感，我也为帕塞蒂高兴，这我已说过了，尽管帕塞蒂很平庸，但我对他却有着颇具幽默感的友情。然而，当我心不在焉地把目光转向别处时，突然不知从哪里冒出来一个想法，应该说是一个骤然产生的意念，它深深地刺痛着我的心："这个女人的目光里蕴含着对丈夫的深厚爱意。因为这个女人的爱，他对自己和自己的工作很满意……然而，我从埃米丽亚的眼睛里已好久看不到这种感情了……埃米丽亚不爱我，她不会再爱我了。"

这种意念重又激起我深深的痛苦，我简直像突然栽倒在哪儿了似的；我情不自禁地做了个鬼脸，帕塞蒂太太立即问我，是不是我正在咀嚼的肉太硬了。我请她放心：肉不硬。此时，尽管我假装在听着帕塞蒂继续谈论他今后的打算，心里却总在深究着我那令人痛楚的意念，那意念是那么强烈，又是那么令人难以捉摸。于是，我明白了，最近一个月以来尽管我极力让自己全身心地习惯于令人难以忍受的境遇，而实际上，我却做不到：这样生活下去我受不了，埃米丽亚不爱我，正因为埃米丽亚不爱我，我也就不爱我自己的工作了。突然，我自言自语："我不能再这样下去了……无论如何我得跟埃米丽亚说清楚……如有必要，我就与她分道扬镳，并且丢弃我目前的工作。"

尽管我下定决心想这样做，但我发现自己并不完全相信这种现实：实际上我并不认为埃米丽亚真的不再爱我了，也不相信自己有勇气与她分手，抛弃电影编剧而去重新独立生活。换句话说，面对我认为毋庸置疑的事实，我却不敢正视。对我来说，那是一种新的痛苦。埃米丽亚为什么不再爱我了呢？她怎么会无动于衷到这种地步呢？我心痛欲裂，为了让自己完全相信我所预感到的这种如此痛苦的论断，需要其他一些微不足道的迹象去佐证，也正因为是微不足道的迹象，所以也就更加具体，也更为令人痛苦。总之，我确信埃米丽亚已不再爱我；但我既不知道为什么，也不清楚这一切是怎么发生的。为了完全说服我自己，我得当面对她说清楚，进一步考察和审视，并把细小的探针无情地插入伤口中去，而我至今却一直麻醉自己。一想到这里，我就害怕，不过，我心里清楚，只有把调查进行到底，我才有勇气与埃米丽亚分道扬镳，就像我那绝望的灵魂一开始就启示我的那样去做。

我仍继续吃着，喝着，听着帕塞蒂说话，不过，我没意识到自己在做什么。上帝保佑，饭总算吃完了。我们重又到客厅里去，我得遵循一般受邀者必须应酬的一系列客套礼仪：往咖啡里放一两块糖块；主人端上烈酒、甜食和干葡萄酒时，照例婉言谢绝；接着是天南地北地闲聊以消磨时光。最后，当我觉得应该告辞时，我就装出不是急着要走的样子站起身来。但就在这时，女管家把帕塞蒂的大女儿领到客厅里来了，她在领女孩出去散步之前，想让女孩的父母亲见见。小女孩长着一头褐色的头发，脸色苍白，眼睛大大的，长得相当一般，总之，跟她的父母亲一样，相貌平平。如今我仍记得，当我注视着母亲亲抚和拥抱女孩的时候，我脑际掠过这样的想法："我永远不会像他们那样幸福的……我与埃米丽亚永远不会有孩子的。"随着这第一个意念而来的是第二个更令人痛苦的意念："既然这一切都显得这么狭隘、平庸而没有特色，我就在头脑里搜寻着所有不被自己妻子所爱的丈夫的踪迹……我在妒忌任何一对轻抚他们子女的夫妇……处在我这种地位的任何一个丈夫都会这样。"这种意念使目睹这亲昵场面的我萌生出无动于衷的感觉。我突然宣布我得走了。帕塞蒂叼着烟斗陪我走到门口。我觉得我的告辞似乎令他妻子吃惊和生气，也许她满以为我看到她那种流露母爱的动人场面一定会很感动呢。

第七章

第二部电影剧本的编写工作定在下午四点钟开始，还有一个半小时。我在马路上走着，本能地朝家走去。我知道埃米丽亚不会在家，她上她母亲家吃午饭去了；但在痛苦而又惆怅的心绪驱使下，我希望这不是真的，我希望能在家里见到她。我心想，要是她在家，我就坦率地告诉她，最后把话说清楚。我深知，无论是我与埃米丽亚的关系，还是我的电影编剧工作，都取决于此；如今，经过多次虚假言辞的敷衍搪塞，我觉得，我情愿遭到厄运，也不能再让这种越来越明朗、越来越令人难以容忍的局面维持下去了。也许，我为此不得不与她分道扬镳，不得不拒绝替巴蒂斯塔编写第二部电影剧本；不过，那样更好。与其这样不明不白地卑贱地生活在谎言和自怜的环境之中，还不如正视现实，不管现实会怎么样。

当我走在回家的路上时，我又迟疑不决了：埃米丽亚肯定不在家，而我待在那套如今我不仅觉得陌生而且简直觉得反感的新房子里，一定会更加感到惆怅和痛苦，还不如去一个公共场所。我当时真想走得远远的，到咖啡馆去打发那一个半小时的时光。说来也巧，像是上帝的意旨似的，我突然想起来，头天我曾答应巴蒂斯塔在这个时候从家里给他打电话以确定碰面的时间。那是一次重要的约会，因为巴蒂斯塔要跟我最后确定我要编写的新剧本，还要向我提出具体的建议，并把我介绍给导演；而我又向他肯定地说过，我跟平时一样，这个时候总在家的。当然，我也可以从咖啡馆给巴蒂斯塔打电话，但是，首先我不能肯定他是不是在家，因为巴蒂斯塔经常在餐厅吃饭；再有，我寻思着，惆怅茫然的我正需要有一个借口回家去，而给巴蒂斯塔打电话正好给我提供了这个借口。

就这样，我走进了大楼，上了电梯，关上了电梯门，按了按钮，去顶层我住的地方。可就在电梯徐徐上升时，我却又想，我还没有肯定是不是接受巴蒂斯塔这个新项目，所以我就无权与他约会。一切都得取决于我与埃米丽亚谈得如何，我知道，要是埃米丽亚明确地表示不再爱我，我不仅不会编写这部新影片的剧本，而且我一辈子也不会再当编剧了。可是，埃米丽亚不在家；说实在的，要是巴蒂斯塔来电话，我真不知该怎么对他说，是接受还是不接受。要是现在谈妥一桩交易是为了以后退掉它，我觉得那才是我一生中所做的荒唐事中最荒唐的一件。想到这儿，我恼怒又烦躁，一阵歇斯底里大发作，我突然停住了电梯，按了去底层的电钮。这样更好，我自言自语道，巴蒂斯塔打电话到我家时，找不到我是再好不过了。晚上，我就跟埃米丽亚摊牌；第二天看摊牌的结果如何我再给制片人回话。电梯往下走着，我就像一条鱼，以绝望的目光看着自己生活的鱼池的水位迅速下降似的，看着每到一层时显示在电梯毛玻璃后面信号装置上的楼层。电梯最后停住了，我准备打开电梯门。但一种新的考虑又制止了我：确实，我与巴蒂斯塔是否合作取决于我与埃米丽亚摊牌的结果如何；但要是晚上埃米丽亚再次确认她对我的爱，而我却又这样让巴蒂斯塔找不到我，我不就会因此得罪了他，冒丢失工作的危险了吗？我从经验中得知，制片人都像小暴君似的很任性，类似这种小小的意外就足以使巴蒂斯塔改变主意，致使他去另找电影编剧。我头脑里痛苦地盘旋着这些思绪，心里有一种难以言喻的苦衷：我的确是一个在利益与感情的权衡中备受折磨的可怜虫，要不是突然有一位手里提着大包小包的年轻太太打开电梯门走了进来，天知道，我还会这样迟疑茫然地在电梯里待多久。那位太太见我直挺挺地站在她跟前，吓得叫了一声。她恢复镇静之后，就走进了电梯，问我上几层。我告诉了她我要上的楼层。她一面按电钮，一面说："我到三层。"电梯又上去了。

一到楼梯平台，我就感到特别轻松了；同时，我想："我这是怎么回事啊？我怎么落到这个地步啦？我怎么竟变成这个样子啦？成了什么啦？"我这样想着走进了家，关上了门，来到了客厅。我看见埃米丽亚身着便服躺在沙发上，正准备翻阅一本杂志。沙发旁的一张小桌子上杯盘狼藉：埃米丽亚没有出去，她没去跟母亲吃饭；总之，她对我撒了谎。

当时我的脸色一定很难看，因为她看了我一眼之后，就问道："你怎么啦？出什么事啦？"

"你本来不是要到你母亲那儿去吃饭吗？"我压抑着声音说道，"你怎么在家呢？你告诉我你要出去吃饭的。"

"后来我母亲来电话说她有事。"她平静地回答道。

"那你为什么不告诉我呢？"

"我母亲临到最后一刻才给我打电话……我想你当时可能已不在帕塞蒂家了。"

我立刻断定她是在撒谎，连我也不知道这是为什么。然而，由于我无法为她、也无法为我自己提供她撒谎的证据，就一声没吭，也坐到沙发上去。过了片刻，她一边翻阅着杂志，看也不看我，一边问道："你都干什么啦？"

"帕塞蒂夫妇请我吃了饭。"

这时，隔壁房间里的电话铃响了。我想："准是巴蒂斯塔，现在我可以对他说我决定不再编写电影剧本了……让一切都见鬼去吧！事情再清楚不过了，这个女人对我一点感情都没有。"这时，埃米丽亚跟平时一样懒洋洋地对我说："你去看看是谁的电话……肯定是打给你的。"我站起身来，走了出去。

电话放在隔壁屋子里的小茶几上。我拿起话筒听着，望了一眼床，看到枕头孤零零地横在床头中间，这时我的决心已下：一切都完了，我拒绝再当编剧，然后，就抛弃埃米丽亚。我拿起了话筒，但听到的不是巴蒂斯塔的声音，而是我岳母的声音，她问道：

"里卡尔多，埃米丽亚在家吗？"

我几乎不假思索地回答道："不在……她说过到您那儿去吃饭……她出去了，我还以为你们在一起呢。"

"可我不是打电话告诉她，今天不行吗，今天是我女用人的休假日！……"老太太开始感到惊异。这时，我的目光离开了电话，从敞开的房门看见躺在沙发上的埃米丽亚正看着我；我注意到她的目光盯着我看，那不是惊异的目光，而是平静中蕴含着愠怒，冷漠中蕴含着鄙视的目光。我意识到：现在她非但知道我在撒谎，而且她还知道我为什么要撒谎。于是，我胡乱地说了几句告别的话，随后，我突然像醒悟过来似的喊道："不……您等一下……埃米丽亚刚进家门。我这就叫她来接电话。"与此同时，我向埃米丽亚示意，请她过来接电话。

她从沙发上站起身来，低着头穿过房间，毫不客气地从我手里拿过电话，看也不看我一眼。我朝客厅走去，她不耐烦地做了个手势，像是责令我关上门似的。我关上了门，心烦意乱地坐在沙发上等着。

埃米丽亚的电话打起来没完没了，处在痛苦与忧虑之中的我急不可耐，似乎觉得她是存心如此的。不过，我不断宽慰自己，因为她跟她母亲打电话总是那么长：她母亲独身守寡，只有她这么一个女儿，所以她对母亲特别亲，看来她跟她母亲说了心里话。最后，客厅的门打开了，埃米丽亚重又出现了。我一声没吭，一动也没动，看着她那异乎寻常地板着的脸，我明白她生我的气了。

她一边收拾小桌子上的餐具，一边说道："你疯了？……为什么对我妈妈说我出去啦？"

我被她说话的口气刺伤了，缄默不语。"是为了证实我是不是撒了谎？"她接着说道，"是为了证实我妈妈是不是真的告诉我她不能跟我共进午餐？"

最后我勉强地回答道："也许是因为这个理由。"

"嘿，我求你以后别这样了……我从来都是说实话……我没有什么事情需要瞒你……你这样简直让人受不了。"

她说这些话时的口气非常坚决，随后她就把盘子和杯子都收拾在托盘里，端着托盘走出了客厅。

这时客厅只剩下我一人，霎时我感到胜利的酸楚。莫非，果真是那样：埃米丽亚不再爱我了。要是以往，她肯定不会以这种方式跟我谈话。她会逗趣地装出一副惊讶的神情温柔地说："你真以为我骗你不成？"而后，她会像犯了过失的孩子求饶似的笑起来，最后，甚至还会挺得意地说："你嫉妒啦？……难道你不知道，我只爱你一个人吗？"以往，为驱除我的一切担忧和不安，她会给我一个母亲般温存的亲吻，会用又长又大的手亲抚我的前额，这样，一切就会随之烟消云散。不过，要是在过去，我也绝不会想到监视她，更不会怀疑她说的话。如今一切都变了：她对我的爱变了，我对她的爱也变了。一切都开始朝更糟糕的方向发展。

然而，人总是抱有希望的，即使深信自己已毫无希望的时候也这样：我已有埃米丽亚不再爱我的明证，但我还是犹豫不决，说得好听些，就是还希望是自己对实际上微不足道的小事做出了轻率的判断。突然，我告诫自己说，不能仓促行事，应该让不再爱我的她自己来说清楚；唯有她能提供至今还缺乏的证据……这些想法接连不断地、迅速地浮现在我的脑海，我坐在沙发上，眼睛呆呆地望着前方。这时，门开了，埃米丽亚进来了。

她走向沙发，在我身后躺下，又拿起了杂志。我头也没回地说道："过一会儿，巴蒂斯塔给我来电话，他请我再编写一部电影剧本……一部十分重要的剧本。"

"嘿，那你一定很高兴啦，是不是？"她平静地说道。

"编这部电影剧本，"我接着说道，"我可以赚很多钱，至少可以用它交齐两期房款。"

这回她没说什么。我接着说道："另外，这部电影剧本对我来说很重要，完成之后，还会有其他的剧本让我编：这是一部大片。"

她翻阅着杂志，连眼皮都懒得抬一下，终于不安地问道：

"什么片子？"

"我不知道。"我回答道。我沉思了片刻之后，用略带夸张的口吻补充道："但我已决定拒绝这项工作了。"

"为什么？"她语气仍是那么平静而冷漠。

我站了起来，绕着沙发转了一圈，然后，面对着埃米丽亚坐了下来。她手捧杂志，当她看到我坐在她眼前时，就放下杂志，看了看我。

"因为，"我真诚地说道，"因为我憎恶这项工作，这你知道，我是出于对你的爱才干的。为了支付这几笔分期房款，你是很看重这所房子的，至少看上去是这样……可现在我已确信你不爱我了……那么这一切就都毫无意义了。"

她睁大眼睛望着我，什么也没说。"你不再爱我了，"我接着说道，"我也不再当电影编剧了……至于房子……我可以把它抵押出去，或者卖掉……总而言之，我不能再这样下去了，我觉得现在该把这些对你说清楚……你知道，如今……过一会儿巴蒂斯塔就来电话，我会回绝他。"

我把心里话都掏了出来，我长期以来担心而又期待的这一摊牌的时刻终于到来了。想到这儿，我感到一阵轻松，我以一种新的、真诚的目光望了一眼埃米丽亚，等着她的回答。她在回答我之前，沉默了片刻，显然，对我这样突然的摊牌，她甚感惊异。最后，她像是期待什么似的小心翼翼地问道："可是，你怎么会认为我不再爱你了呢？"

“很多事情都让我这么想。”我情绪激动地回答道。

“譬如说？”

“你先说说是不是这么回事？”

她固执地反驳道：“我倒要你说说，是什么事情让你这么想的。”

“很多事情，”我重复道，“你对我说话的方式，你看着我时的神情，你对待我的态度……一切的一切。一个月前你还提出想与我分床睡……以往你是不会这样的。”

她疑虑地望着我；随后，我突然看到她眼睛里闪过毅然决然的目光。我想，就在那决定性的时刻里，她已经决定对我采取什么态度了，而且，无论我怎么说或者怎么干，她都不再退让了。最后，她温柔地对我说：“我向你保证，我可以对你发誓，我不能开着窗睡觉……我怕亮光，我需要安静……我对你发誓。”

“可我说过，我可以关上窗睡觉。”

“不过，”她迟疑了一下，说道，“我还得告诉你，你睡觉时也并不安静。”

“什么意思？”

“你打鼾。”她微微一笑，然后又说道，“每天夜里你总把我吵醒……为此，我决定单独睡。”

我不知道我睡觉怎么打呼噜，再说，我也很难相信这是真的，所以我有点儿纳闷：我跟别的女人也睡过觉，但她们之中没有任何人说过我打呼噜。于是我说道："反正你不爱我，因为一个爱丈夫的妻子，"我不好意思地犹豫了一下，说道，"不会像你近来那样与我做爱的。"

她立即厌恶而又粗暴地抗议道："我真不知道你想干什么……每次只要你想做爱，我们就做爱……我什么时候拒绝过你？"

我知道，我们俩每次进行这一类亲昵的交谈时，感到羞怯、不安和不自在的往往是我。一般来说，埃米丽亚都很稳重，很得体，在她内心深处，似乎已没有一丝羞怯或不安了；而且每次当她以不知是何种自然的天性把我迷惑住时，都令我暗暗吃惊，她在做爱期间或做爱以后，总是先谈论做爱本身，没有一丝温存，也毫无保留，非常赤裸，非常放肆。我轻声说道："没有，没有，没有拒绝过我。没有，不过……"

她又以咄咄逼人的语气说道："每次你想做爱，我们都做了……而你又不是一个满足于简单做爱的人……你床上的功夫很好……"

"你是这样认为的吗？"我近乎得意地问道。

"是的，"她看也没看我，冷淡地说道，"可要是我不爱你，你性欲那么旺盛，我会感到厌烦的，我会竭力找借口不跟你做爱的……而一个女人总能找到借口拒绝的，不是吗？"

"是的，"我说道，"你是跟我做爱，你从来没有拒绝过我……可你做爱时所采用的方式不是出于爱。"

"我采用什么方式啦？"

　　本来我想这么回答她："你像个妓女趴在嫖客身上那样做爱，恨不得马上就完事……这就是你做爱的方式。"但出于对她的尊重，我宁可不说。何况，说了又怎么样呢？她一定会回答说事情并非如此，也许她会刻薄地、十分准确地列举出某几次性高潮时所有过的一切，熟练灵巧的动作、强烈的情欲的寻觅、兴奋的激情、肉欲的灵感，偏偏就是没有难以言喻的真正的感情投入和亲昵温柔。我真不知道以什么样的言辞加以反驳；再说，若用那种侮辱性的比喻伤害她，那我就毫无道理了。我深知，我想做的解释肯定是含糊其词的，所以我绝望地说："总而言之，不管是什么原因，我相信你已不再爱我了，这就是问题所在。"

　　为了从我的面部表情探察出她该采取怎样的态度，在回答我之前，或者说在动作之前，她又看了我一眼。于是，我注意到了一个我早已熟识的细节：她那褐色、平静的脸是如此和谐、匀称和端正，但由于心灵的惆怅，几乎是处在解体的过程之中：一边的面颊像是突然消瘦了，另一边没有，嘴巴不再在正中间，眼眶里的目光是那么茫然、忧郁，似乎是被幽禁在一座牢房里似的。我说了，我熟悉这个细节。的确是这样，每当她得面临她感到厌烦或者她不情愿的抉择时，她总是这样。然后，她突然腾地用双臂搂住了我的脖子，假声假气地说道："里卡尔多，你为什么对我说这个？……我爱你……跟过去毫无两样。"她的嘴凑近我耳边呼着热气,她用手抚摸着我的前额、鬓角和脑袋,两只胳膊把我的头使劲地按在她的胸口。

不过,我想,她用那种方式搂抱我,是为了不让我看清她的脸,也许那是一张厌倦了的脸,一种只是单纯凭意志行事、心灵并不投入的人所具有的脸庞。尽管我半裸着身子,腹部因不时的呼吸而鼓起来,一片钟情地用脑袋顶着她的胸口,但我仍然在想:"这一切都是做出来给我看的。她只要一说话,或带出某种语气,马上就露馅了。"我等了片刻,听见她以小心翼翼的口气试探我说:"如果我真的不爱你了,你怎么办?"

我痛苦而又得意地想到,让我说对了,她暴露了自己。她想知道,要是她不再爱我,我会怎么办,目的是要掂量一下,估计一下一旦她直言不讳地说出来之后,会冒什么样的风险。我一动也不动地依偎在她那温馨的怀抱里说道:"我已经对你说过了……我首先拒绝替巴蒂斯塔当编剧。"本来我想再补充一句,"而且我要离开你。"但当时我没有勇气说出来,我的脸贴着她的胸口,她的手抚摸着我的前额。实际上,我仍然希望她爱我,我生怕我们真会分手,尽管只是假定有这种可能性。可她一直紧紧地搂着我,我听她说道:"可我爱你……这一切都是荒谬的……现在,你知道该怎么做了吗?……巴蒂斯塔一旦来电话,你就跟他定个约会,然后,你就去找他,接受他交给你的编剧工作。"

"既然你不再爱我了,我为什么还这样干?"我恼怒地大声说道。

这次，她以责备的口吻理智地回答道："我爱你，但你不要再让我重复说了……我打算在这个家住下去……要是你不想做编剧，我没有异议……可是，为什么非要以为我不爱你了呢，你要知道，如果你以为我对这个家无所谓，那你可就错了。"

我似乎巴不得她不是在撒谎，同时，我明白，她的确说服了我，至少那天是如此，但是，我当时很想对此知道得更多些，以做到完全有把握。她似乎察觉到了我的这种意愿，突然松开了手，低声说道："亲我一下，好吗？"

我站了起来，在亲吻她之前，看了看她：我被她脸部显露出来的那种疲惫不堪的神情所打动，我从未见过她如此沮丧和无所适从的样子。她跟我说话时，像是极力做出非凡的努力似的，一直轻轻地抚摸着我，紧紧地搂着我；在亲吻我时，又像是在做另一次更为艰巨的努力似的。不过，我用手托住了她的下颏，正要把我的嘴唇凑近她的嘴唇。这时，电话铃响了。"是巴蒂斯塔。"她显得如释重负的样子挣脱了身子，跑到隔壁的房间去了……我坐在沙发上，通过开着的门，见到她拿起话筒说："对……他在这里，我马上叫他来接电话……你身体怎么样？"

电话线另一端的人又说了一些话。她老远给我做了一个会意的手势，说道："我们正在谈论您和您的那部新影片……"

又是一些神秘的话语。她以平静的声音说道："对，我们尽快见面……现在，我叫里卡尔多来接电话。"

我站起身来，到了房间里，拿起话筒。就像我预料到的那样，巴蒂斯塔约我第二天下午到办公室见面。我说我会去的，我与他还交谈了几句别的，然后，我就放下了电话。这时，我发现埃米丽亚趁我打电话时，从房间里出去了。我不禁想到，她走开了，因为我接受了巴蒂斯塔的约会，她的目的达到了：她的在场，如同她的温情一样，都已经没有必要了。

第八章

　　第二天，我按说定的时间去赴约。巴蒂斯塔的办公室占据了一幢旧式大楼的第二层，大楼过去是一家贵族的住宅，现在是多家贸易公司的办事处。他用木板把拱顶饰有壁画、墙壁用灰泥粉饰的宽敞大厅分隔成许多小房间，每个房间里都摆放着实用的家具；以往墙上都挂着以神话和圣经故事为题材的古画，现在都改挂色彩鲜艳的巨幅广告画；到处都挂着男女演员的大照片、彩色画报上撕下来的画页、裱在镜框里的奖状，以及电影公司的办公室里常见的那些装饰品。前厅的尽头挂着一幅粗劣而又褪了色的壁画，厅中间摆放着一张漆成绿色的金属台，台子后面有三四位女秘书正在接待来访者。巴蒂斯塔是个年轻的电影制片人，最近几年靠制作质量低劣、经济收益却甚佳的影片打开了局面。他经营的电影公司雅称"凯旋电影"，是当时知名度最高的公司之一。

那个时候，前厅接待室已挤满了人，凭我搞这一行的经验，我一眼望过去，就能准确无误地把来访者的身份辨别出来：那些电影编剧都是一副疲惫不堪而又忙碌的神态，他们腋下夹着个记事本，衣着打扮讲究潇洒；电影的组织者与策划人活像农场的管家与牲口代理商；那两三个想当演员的女孩都很年轻，也算得上俊美，但她们充其量只配当群众角色，看她们那副做作的表情，浓妆艳抹的样子，矫揉造作的衣着，以及她们实现抱负的奢望，用不着怎么选就会被淘汰；最后，电影制片人的候见室里还少不了一些难辨身份的人：失业的演员、临时请来的电影编剧、各种各样的募捐者。所有这些人都在肮脏的马赛克地面来回踱步，或是在紧挨墙边摆放着的镏金靠背椅上伸着懒腰，打着哈欠，抽着烟或低声说着话。女秘书们不是对着好几部电话说话，就是两眼直瞪瞪地呆坐在大台子后面，她们的目光因为厌烦和无所事事而变得有些木然甚至斜视了。令人讨厌的、响亮的电铃声不时响起；女秘书也不时一惊一乍地喊叫着一个一个的名字，来访者也顺次一个一个地匆匆进来，然后，就消失在镀金的白色门扇后面。

我报了自己的名字，然后，我也得坐在候见室的尽头。我觉得自己现在的心境跟头天一样绝望而又平静。跟埃米丽亚谈话之后，我仔细地想了又想，准确无误地认为，她嘴里说是爱我，实际上是跟我撒谎；但这一回，一方面是因为沮丧，另一方面也是出于想让她做出我始终未曾得到过的全面而又诚恳的解释，因此，我至少是暂时放弃了行动：没有因此拒绝巴蒂斯塔的新项目，尽管我早已知道接受这个项目没有任何目的，如同我的整个生活也都已没有什么目的一样。后来，我想，一旦我能够从埃米丽亚嘴里得知实情，我将可以随时中断工作，让一切都成为泡影。而且，从某种程度上来说，我更喜欢这第二种更为令人震惊的解决办法。丑闻和伤害，从某种程度上将会加深我的绝望，同时也将更加坚定我的决心，使我不再犹豫和妥协。

正如我所说，我感到很平静。但那是一种漠然和迟钝的平静：一种引起心绪不宁的、令人难以捉摸的痛苦，因为实际上人们到最后一刻仍希望这不是真的；但那却是一种确定无疑的痛苦，它铸就了一段时期的凄楚的平静。我觉得平静，但我深知，我很快就会不平静了：第一个阶段，即怀疑的阶段，已经结束了，至少我是这么认为的；即将开始第二阶段，也就是痛苦，逆反和悔恨的阶段。我深知这一切，然而，我也知道这两个阶段之间有一段令人难以忍受的平静时期，就像暴风雨即将来临之前的那种虚假而又令人窒息的风平浪静一样。

就在等着巴蒂斯塔召我进去的时候，我想到我原来一直只局限于难以肯定埃米丽亚爱不爱我这样一个事实。可现在我觉得我已确定无疑地认为她已不再爱我了。我为自己的这种发现感到意外，我想，我可以把自己的思想转到新的问题上，即思索她不再爱我的原因。还因为一旦我悟出了其中的原因，我就更容易逼着她做出解释了。

应该说，一提出这个问题，我就立即又感到难以置信，甚至觉得近乎古怪。这是那样离奇，简直是荒谬：埃米丽亚绝不可能有什么不再爱我的理由。何以这么有把握，我说不清；另一方面，依我看来她不可能有什么停止爱我的理由，却不知为什么又显然不再爱我了，对此我也说不清。我茫然地思索了一阵我内心和思想上的矛盾。最后，就像做某些几何习题似的，我自言自语道："权且荒谬地设想一种不能不存在的原因吧。我们看一看，究竟能是什么原因。"

我注意到了一点，人越是对什么事感到怀疑，就越是会抓住头脑里虚假的清醒，像是希望用理智去澄清让感情搅浑而变得模糊不清的事情一样。就在本能地得出矛盾的回答的那种时刻，我像侦探小说里的刑警似的，喜欢采取合乎逻辑的调查。有人被杀害了，就得探究他被杀的原因，从原因就很容易追溯到犯罪者……于是，我想原因可能是两方面：一方面取决于埃米丽亚，另一方面取决于我。从她那方面来看，正像我很快就发觉的那样，可以归结为一点：埃米丽亚不再爱我了，因为她爱着另一个男人。

毫无疑问，我觉得可以排除这第一种假设。不仅是因为近来埃米丽亚的举动中没有任何迹象表明她生活中有另一个男人存在，而且恰恰相反，她变得越来越孤寂，越来越依赖于我。据我所知，埃米丽亚几乎总在家待着，不是看看书，就是给母亲打打电话，或是料理料理家务，借以消磨时光；在消遣娱乐方面，或是去电影院，或是散步，或是到餐厅吃饭，几乎绝对由我决定。当然，比起刚结婚时，她的生活更多样化，社交也更广泛了，尽管交往的方式很简单，那时，她只与年轻时结交的几位朋友保持着联系。然而，这些友情很快就淡漠了；她越来越贴近我，正如我所说，她对我的依赖性越来越大，有时候甚至令人觉得尴尬。另外，这种依赖性丝毫没有因为她对我的感情的淡薄而减弱。她从未打算摆脱我，连一点让别人代替我的意思都没有，哪怕是以天真的方式：尽管没有爱情，她仍跟以往一样总在家里等着我下班回家，她外出与否都听我的。而且，就在这种没有爱的从属关系中却有着某种悲怆感人的东西，某种痛苦的成分，就像对人许下愿要一生忠贞不渝，当保持忠贞的理由不复存在时，仍然还保持忠贞一样。总而言之，尽管她不再爱我，但她生活中只有我，这是毋庸置疑的。

此外，我还注意到另一种现象，它排除了埃米丽亚爱上另一个男人的可能性。我了解她，或者说我自以为十分了解她。我知道她不会撒谎，首先，她有一种天生的坦诚，她无法忍受任何虚假，她觉得弄虚作假不仅令人厌恶，而且也很累人；其次，几乎没有什么想象力的她不可能抓得住什么机遇，除非是实际上已经发生了，而且又是确实存在的事。鉴于她这种特征，我敢肯定，要是她真的爱上了另一个男人，她除了立刻如实相告之外，不会有任何别的做法；另外，因为出身阶层低，没有受过太多教育，没有那么多含蓄、幽默和掩饰，本能地有什么说什么。也许，她对我在感情上发生的变化，善于保持缄默不语，事实上也是这样；对她来说，掩饰建立在双重生活基础上的婚外情是很困难的，几乎是不可能的；至于因为跟女裁缝和服装设计师的约会，因为外出访亲问友或是去剧场看戏，由于市内交通拥挤而回来晚了，这乃是女人常有的事，不足为怪。不会的，她对我的冷漠不等于是对另一个男人的热情。要是真有什么方面，而原因又不可能不存在的话，那就只能在我这方面，而不是在她那方面。

我就这样沉浸在思索之中，竟然没有发现一位秘书小姐站在我跟前微笑着重复说道："莫尔泰尼先生……巴蒂斯塔博士等着您呢。"我猛醒过来，暂时中断了思考，急匆匆地走进制片人的办公室。

宽敞的大厅里，有绘有壁画和漆成金色的墙壁，巴蒂斯塔坐在大厅尽头的一张漆成绿色的金属写字台后面，那张写字台与接待室里秘书小姐们使用的那张占满整个前厅的台子一模一样。说到这里，我发现尽管我处处提到巴蒂斯塔，却还没有描绘过他的长相，现在在此不妨花费一些笔墨。巴蒂斯塔是那样一种人，他的合作者与部下们一旦与他翻了脸，就会用"人面兽心""猴子""畜生""猩猩"等词语来指称他；我不能否认这些咒骂的贴切性，至少它们符合巴蒂斯塔的外貌。不过，我讨厌用绰号称呼某个人，不管他是谁，我从未这样做过。我还觉得这些绰号没有道理，因为他们忽视了巴蒂斯塔身上一种十分重要的性格，我想说的是他时时隐藏在粗暴外表下的那种非同寻常的狡黠，如果不想说那是机敏的话。他的确是一个精力充沛具有顽强生命力的肥头肥脑的动物；然而，他这种旺盛的生命力不仅表现在他胃口的贪婪，还表现在为满足他的欲望有时采用的那种奸诈阴险的手腕上。

巴蒂斯塔中等身材，肩宽，胯低，腿短，所以他很像一只胖猴，因此博得了上述那些雅号。他的脸也有点儿像猴：前额两边的头发已经秃了，中间的发际线很低；眉毛很浓，一想问题就皱眉头；小眼睛，鼻子又短又宽；大嘴巴，嘴角微微往外翘，双唇薄得跟刀刃似的。巴蒂斯塔没有大肚腩，但有小肚子；我是想说，他挺胸时连腹部也挺着。他那粗短的双手上覆盖着的黑毛，从手腕一直连到衣袖里面：那年夏天，有一次，我们一起在海边，我注意到他的肩上、胸口，直到腹部都长着蓬乱浓密的黑毛。这个外表如此粗野的男人，说话的声音却很温柔、委婉、柔和，说起话来还夹带着硬邦邦的外国腔，因为巴蒂斯塔出生在阿根廷。正是从他这意想不到的、令人惊异的声音中，我才鉴别出他那种狡黠和机敏的迹象，这我已经说过了。

巴蒂斯塔并不是一个人在办公室里。他的办公桌前还坐着一个人，他向我介绍说他名叫赖因戈尔德，是位德国导演，在纳粹德国之前曾导演过巨型影片，获得过巨大成功。赖因戈尔德当然够不上大导演帕布斯特[1]和朗[2]这样的档次；但他也是一位有声望的导演，不是商业型的，也许他的志向抱负不无争议，但他的创作态度却始终是严肃的，从希特勒上台后，人们就不知道他的下落了。有人说，他在好莱坞工作，不过最近几年意大利没有上演过他执导的影片。现在，他又意外地出现在巴蒂斯塔的办公室里。当巴蒂斯塔跟我们说话时，我好奇地望着赖因戈尔德。你们在一些名画复制品里看到过歌德的面容吗？赖因戈尔德的面容就是那样威严、端庄、沉稳；就像放在镜框里的歌德的头像那样，他也留着干净而有光泽的银发。总之，那是一位伟人的头；再仔细一看，我又发现他脸上那种庄严和高贵的表情并不那么令人敬畏了：面部的线条轮廓较粗，表皮多孔而又轻淡，活像是一个用纸浆做成的面具似的；总之，给人后面一无所有的印象，正如狂欢节时戴着的那种满脸凶相的大头面具，里面空空的，人们戴着它四处转悠，矮小而又丑陋。赖因戈尔德站起身来跟我握手，他低着脑袋，像神情严肃的德国士兵一样做出碰鞋跟立正的姿态；这时，我才发现他是个小个子，尽管肩很宽，好像这样倒更突出了他脸部的庄重。我还注意到，他在向我打招呼时，以相当亲切的样子对我微笑着，咧着的嘴呈月牙形，露出两排过分洁白而又整齐的牙齿。不知

1　格奥尔格·威廉·帕布斯特（Georg Wilhelm Pabst，1885—1967），奥地利著名导演。——译注（本书中注释如无特别说明，均为译注。）
2　弗里茨·朗（Fritz Lang，1890—1976），出生于维也纳的德国著名电影导演。

为什么，我立刻想到那也许是副假牙。但当他重又坐下去时，那微笑即刻就消失不见了，不再留有任何痕迹，犹如空中飘过的一朵云彩挡住了月亮似的，即刻露出冷漠而又令人反感的神情，摆出一副不可一世而又刻薄的样子。

跟往常一样，巴蒂斯塔把话题扯得很远。他指着赖因戈尔德说道："刚才赖因戈尔德和我正谈到卡普里岛……莫尔泰尼，您知道卡普里岛吗？"

"知道一些。"我回答道。

"我在卡普里有一幢别墅，"巴蒂斯塔接着说下去，"刚才我正跟赖因戈尔德说，卡普里是个富有魅力的地方……在那儿，连我这么一个经商的人也颇感自己是诗人了。"这是巴蒂斯塔惯用的手法，对于漂亮、体面的好事情，总之，凡是他向往能实现的事，他总是先表现出他的热情来；但是，令我感到不安的是，尽管他这种热情是诚挚的，但从某种程度来说，我发觉他的这种热情总是与一定的目的联系在一起，对此，我确信无疑。过了片刻，他像是被自己的言语打动了似的又兴奋地说道："丰饶的大自然，美丽的天空，蔚蓝的大海，处处鲜花盛开。我要是跟您那样是个作家，莫尔泰尼，我想我会乐意去卡普里岛生活，以求获得灵感。奇怪的是画家们都不画卡普里，老画那些难看的画，他们画的是什么，大家连看都看不懂……可以这么说，卡普里的风景本身都是很美的画面，都是现成的……只需面对风景站着，照原样临摹就是了。"

我什么也没说；我用余光扫了一眼赖因戈尔德，见他频频点头表示赞同，脸上挂着微笑，那咧开的嘴巴犹如镰刀形的弯月挂在万里无云的晴空中一样。巴蒂斯塔接着说道："我总想到卡普里去度几个月假，不谈业务，什么也不干，但我总实现不了……在这儿，城市里，我们都过着违反本性的生活……人不是为了生活在办公室的废纸堆里而生下来的。其实，卡普里岛上的人比我们活得自在得多……晚上，他们出来散步时，你们就会见到他们：小伙子与姑娘们满面春风，笑吟吟的，那么安详，那么秀气安静，那么活泼可爱。他们的生活中并没有什么轰轰烈烈的大事情，都是些小小的意愿，小小的利益，小小的摩擦和冲突……唉，他们真有福气。"

又是一阵沉默。巴蒂斯塔又说道："我说了，我在卡普里岛有一幢别墅，可我从不去住。自从我买下它之后，我一直希望能住上几个月，我大概总共只住过一两个月。刚才我跟赖因戈尔德说，那幢别墅是编写电影剧本的理想之地，优美的风景将赋予你们灵感。我已提请赖因戈尔德留意，那儿的风景特点与影片内容很贴近。"

赖因戈尔德说道："巴蒂斯塔先生，在哪儿干都一样……当然，卡普里可能是有用的……我想，尤其是我们将来在那不勒斯海湾拍外景的时候。"

"完全正确……不过，赖因戈尔德说他更喜欢住旅馆，因为他有自己的生活习惯，另外，有时候他也喜欢一个人独自待着，独自思考……我想，莫尔泰尼，您倒是可以与您妻子一起住在别墅里面……我很高兴你们去住，那里面总算有人住了……别墅的设备很齐全，而且，在那儿找一个帮你们料理家务的女用人也不难。”

我跟往常一样，立刻想到了埃米丽亚；我也想到，去卡普里在一座漂亮的别墅里居住一段时期也许能解决很多问题。我说实话：不知为什么，突然我甚至认定许多问题都能得以解决。因此，我由衷地感到高兴，向巴蒂斯塔表示感谢："谢谢……我也觉得去卡普里岛写电影剧本比较合适……我妻子与我将十分乐意住在您的别墅里。”

“太好了，就这样定了，”巴蒂斯塔摊开双手，做了一个动作，像是生怕我没完没了地道谢似的，这让我产生莫名的反感，其实，我并没有感恩戴德的意思。“就这样说定了，你们去卡普里，我去找你们……现在我们谈一谈电影吧。”

我想：“到谈正题的时候了！”我有意看了看巴蒂斯塔。这时，我对自己如此痛快地就接受了他的邀请，颇有难言的后悔之感。不知为什么，我有一种直觉，觉得埃米丽亚可能会不同意我这一仓促的决定。“我应该对巴蒂斯塔说，让我考虑考虑，”我恼怒地想道，“我得问一问我妻子。”我觉得自己那么热情地接受邀请似乎很不得体，简直是一件令人感到羞耻的事。这时，巴蒂斯塔说道："我们大家都有同感，电影界得有一些新东西……目前，战后恢复时期已经过去了，人们有追求新的艺术模式的需要……举例说吧，新现实主义有点让人厌烦了……现在，通过分析新现实主义影片令人厌倦的原因，也许我们就能懂得新的艺术模式应该是什么样子了。"

正如我已提到过的那样，我知道巴蒂斯塔探讨问题向来喜欢兜圈子。巴蒂斯塔不是一个玩世不恭的人，或者至少是个不表现出愤世嫉俗的人；许多别的制片商比他坦诚得多，要让他谈论票房收入是件很不容易的事；而他对票房收入不见得比别人不看重，相反，盈利对他来说也许是至关重要的，所以，能否有较高的票房收入，始终是一种很大的阴影；当他觉得某种主题的影片盈利不多时，他绝不会像别人那样，说"拍这种主题的影片，一个里拉也挣不到"，相反却说"出于种种原因，我不喜欢这个主题"。而他所提出的原因总是有关美学范畴或伦理学范畴。然而，盈利多少始终是最后的试金石，在对电影艺术的美的价值或思想内容进行详细的讨论之后，用我的话来说，就是在巴蒂斯塔放了很多烟幕之后，最后总是无可更改地选择更有商业价值的解决办法，就是个明证。因此，很长时间以来，我对巴蒂斯塔关于影片的美与不美、道德性与非道德性的那些冗长而又复杂的探讨，早已失去了兴趣；我知道他要达到的最终目的总是经济效益，这是无法回避的。所以我也总是坚定地站在这一立场上。这一次，我也想："他肯定不会说电影制片人厌烦新现实主义影片是因为没钱可赚，我们听听他究竟怎么说。"果真如此，巴蒂斯塔在考虑了一阵之后，又接着说道："我认为新现实主义电影令大家都厌烦了，首先是因为影片的情调不健康。"

他停住不说了，我斜眼看了看赖因戈尔德：他声色不动。巴蒂斯塔想利用这一片刻的沉默来强调说明"健康"这个词，现在他解释起来了："我说新现实主义电影不健康，是说它不是鼓励人们正视生活现实，增强人们对生活的信心……新现实主义电影格调沉闷、悲观、灰暗……且不说这些影片把意大利表现得像是个叫花子国家，外国人特别乐意看，对这些影片特别感兴趣，他们巴不得我们的国家就是个叫花子国家，这已经是一个相当重要的事实。除此以外，新现实主义太注重表现生活的消极面，夸大了人类生存中一切丑陋的、肮脏的、反常的事情……总之，是一种悲观主义的不健康的影片，它们令人想起生活之艰辛，而不是激励人们去克服困难。"

我看了看巴蒂斯塔，他是真的像他所说的那样想，还是假装那么想，我再次感到没有把握。在他的言谈中，的确有某种真挚的成分；也许那只不过是怎么对自己有利就怎么说的人的真诚；但毕竟还是实话。巴蒂斯塔又以反常的、近乎金属般铿锵有力而又不无温和的语气接着说道："赖因戈尔德向我提出了一个使我颇感兴趣的设想……他发现最近从《圣经》故事改编过来的电影取得了很大成功……实际上，这是些盈利很大的影片。"这时，他似乎是若有所思地注意到了这一点，不过，他像是引入了他自己也并不重视的一段插话似的说道。"可原因在哪儿呢？依我看，因为《圣经》仍然是这个世界上被人写出的书中最健康的书。因此，赖因戈尔德对我说：盎格鲁-撒克逊人有《圣经》，你们地中海人有荷马……不是吗？"他把脸转向赖因戈尔德，中断了谈话，像是对自己引用的话不敢肯定似的。

"正是这样。"赖因戈尔德确认道，他那微笑着的脸上露出些许的忧虑。

"对于你们地中海人来说，"巴蒂斯塔又引用赖因戈尔德的话接着说道，"荷马史诗就像盎格鲁-撒克逊人的《圣经》一样，那么，为什么我们不拍一部关于《奥德赛》[1]的影片呢？"

随后是沉默。感到惊异的我，为了争取时间就忍不住问道："是《奥德赛》的全部，还是其中的一个片段？"

"这事我们已商谈过了，"巴蒂斯塔立刻回答道，"最后我们认为最好拍整部《奥德赛》……不过，这并不重要，重要的是，"他提高嗓门补充说道，"重新阅读《奥德赛》之后，我终于明白了我长期以来一直在寻找的是什么东西，尽管是下意识的……某些我在新现实主义电影里寻找不到的东西……您，莫尔泰尼，近来向我提议要拍的影片中没有这种主题……总之，我也说不好，但我感觉到那乃是某些影片中所需要的，就像生活中需要的一样：诗意。"我看了看赖因戈尔德：他不

1　荷马史诗相传由古希腊盲诗人荷马创作，是两部长篇史诗《伊利亚特》和《奥德赛》的统称。《奥德赛》描写了伊塔卡岛国王奥德修斯攻克特洛伊后返回家乡，却在途中漂泊了十年的故事。

停地微笑着，嘴咧得更大了，并频频点头表示赞同。我相当冷淡地随意说道："谁都知道《奥德赛》的确充满了诗意，问题在于得把它体现在影片里。"

"说得对，"巴蒂斯塔从桌上拿起一把尺子，指着我说道，"说得对……但是有你们俩呢，您和赖因戈尔德……我知道，《奥德赛》充满了诗意，能不能把诗意体现出来这就要看你们俩了。"

我回答道："《奥德赛》是一个广阔的天地……想怎么体现都行……就看从哪一个角度着手了。"

现在，看我那么缺乏热情，巴蒂斯塔有点困惑，他神情严肃地揣摩着我，像是想猜透我这么冷淡的背后隐藏着什么意图似的。后来，他似乎暂时不想这么审视我了，站起身来，绕着桌子转了一圈，而后又仰起头，把双手插在裤子后面的两个口袋里在房间里来回踱步。我们回过头去看他；他一面踱步，一面说道："《奥德赛》里给我留下印象最深刻的就是荷马的诗意，总是那么富有戏剧性。我说的戏剧性就是绝对能使观众喜欢的意思……就以瑙西卡[1]的故事为例吧……那些一丝不挂的漂亮的少女在水里嬉戏，被躲在一片树丛后面的奥德修斯尽收眼

---

1 瑙西卡，《奥德赛》中阿尔喀诺俄斯国王的美貌的女儿。雅典娜托梦给她，让她清晨带婢女去海边沐浴，在那里她发现了归家途中船沉落水的奥德修斯，她给他衣服穿，并引他进入父亲的宫殿。奥德修斯向国王叙述了自己的经历后，国王为他提供了船只和水手帮助他回国。

底……你们稍作改动，就有了'美女沐浴'的场面。或者写波吕斐摩斯[1]，一个独眼的魔鬼，一个巨人，一个独眼龙，那不就成了战后获得巨大成功的《金刚》了。你们或者写克律塞斯[2]的故事，在他的城堡里……或者写亚特兰蒂斯[3]上的安提诺俄斯[4]，我觉得那才是戏剧呢，正像我说过的，这种戏剧不仅有戏，而且富有诗意。"巴蒂斯塔十分激动地站在我们面前，庄重地说道："这就是我所看到的凯旋电影公司摄制的《奥德赛》。"

我一句话也没说。我心里明白，对于巴蒂斯塔来说，诗的含义跟我所理解的有很大的差别；按照他这种观点，凯旋电影公司摄制的《奥德赛》将成为一部好莱坞风格的大片，跟模仿《圣经》故事拍摄的大片一样，充斥着妖魔鬼怪、裸体女人、污浊淫秽的场面、色情纵欲的镜头。实际上，正像我所说的，巴蒂斯塔的鉴赏力还停留在邓南遮时代意大利电影制片商的鉴赏水平上，怎么能期望他有别的鉴赏力呢？这时，巴蒂斯塔又绕着写字台转圈，而后又坐了下来，对我说道："那么，莫尔泰

1　波吕斐摩斯，独眼巨人。奥德修斯及其伙伴住进独眼巨人和羊群居住的山洞。后来奥德修斯用火烫瞎了独眼巨人的眼睛，与伙伴们分别绑在羊腹底下混出山洞，从而死里逃生。
2　克律塞斯，阿波罗的祭司，希腊人洗劫克律塞城时，他女儿作为战利品为阿伽门农所得。克律塞斯向阿波罗求救，阿波罗降瘟疫于希腊人。阿伽门农为消除瘟疫，只得把克律塞斯的女儿还给克律塞斯。
3　亚特兰蒂斯，据柏拉图说，大西洋有个大岛，从前曾用过此名。因岛上居民不顺服，宙斯下令将此岛沉入大洋。
4　安提诺俄斯，奥德修斯外出期间，一群糟蹋他的王宫、强迫他妻子珀涅罗珀改嫁的求婚者的头目，后为奥德修斯所杀。

尼,您又有什么高见?"

　　凡是熟悉电影界的人都知道,有些影片连一句剧本都还没写呢,制片人就肯定一定会拍得成功;而另一些影片,即使已签署了合同,甚至已写完了几百页的剧本,却可以断定准拍不成。现在,凭借我当职业电影编剧的嗅觉,就在巴蒂斯塔侃侃而谈的同时,我立即觉察到这部《奥德赛》就属于那种谈论得很多,到头来却拍不成功的影片。为什么这样呢? 我也说不清,也许是因为野心太大,也许是因为赖因戈尔德的形体外表使我这样想:他坐着时显得那么庄重,站起来却又显得那么矮小。我觉得影片就和赖因戈尔德一样,虽然一开始气势浩大,而结尾却软弱无力,这里可以用对塞壬[1]的一句名言来做比喻:Desinit in piscem.[2] 再说,巴蒂斯塔为什么要制作这么一部影片呢? 我知道,实际上,他是很谨慎的,他是打算既不冒险又能赚钱。我想,可能他有筹集到一笔巨额投资的希望,说不定还是美国人投资呢,他无非是借荷马的大名大做文章,比如赖因戈尔德竟把荷马史诗比作地中海人的《圣经》。然而,从另一方面讲,我知道巴蒂斯塔在这一点上与别的制片商没有什么两样,一旦电影拍不成,他就会找某种借口不付给我酬金了。经常有这样的事发生:如果影片告吹,那酬金也就告吹,更有

1　塞壬,希腊神话中以歌声诱惑过路的航海者的海妖。奥德修斯用蜡把同伴们的耳朵堵上,并命令他们将自己捆绑在船的桅杆上,以免受塞壬的诱惑投身大海。
2　拉丁语,出自贺拉斯《诗艺》,意思是:最后毕竟还是一条鱼。

甚者，制片人会提出把酬金转移到另一部已有现成剧本立即就要开拍的影片上去，对此可怜的电影编剧为生活所迫从不敢拒绝。因此，我无论如何得有所提防，要求签一个合同，首先得索要一笔预付金。为了达此目的，我只有一种选择：撇开障碍，奉献出我的合作。我干巴巴地回答说："我认为这是一个非常好的主意。"

"不过，看上去您对此并不很热情。"

我相当坦率地回答道："我担心，这不是我拿手的……我怕力不从心。"

"为什么？"这时巴蒂斯塔像是生气了，"您以前一直说想编写一部高质量的电影……现在我给您提供这种机会，您却打退堂鼓了。"

我竭力解释道："巴蒂斯塔，您看，我觉得自己比较擅长编写侧重心理描写的影片……而这部影片可能是一部纯戏剧性的影片，要是我没搞错的话……像是以《圣经》故事为题材而拍摄的那一类美国片子。"

这一回，巴蒂斯塔没来得及回答我，赖因戈尔德却出人意料地插话道："莫尔泰尼先生，"他像平时那样脸上带着微笑，嘴咧成半月形，颇像一个突然在鼻子底下粘上一副假胡子的演员，他带着恭敬而又谄媚的神情，尽量使身子往前倾着，"巴蒂斯塔先生已经说得很清楚了，他完美地概括了我打算在您的帮助下要导演的影片特点。不过，巴蒂斯塔先生是以制片人的身份谈的，首先考虑到的是影片的戏剧效果……不过，要是您觉得您擅长写心理性的影片，那么，毫无疑问，您就应该编写这部影片，因为此片就是描写奥德修斯和珀涅罗珀[1]之间的心理纠葛的……我就是想导演一部男人爱他的妻子却不被妻子所爱的影片。"

我很窘困，赖因戈尔德堆着他那做作的笑容，把脸凑近了我，似乎想挡住我，生怕我脱身逃走似的：我必须回答，而且立刻就得回答。就在我正想反驳说"可是不对呀，珀涅罗珀不是不爱奥德修斯"时，导演所说的"男人爱他的妻子却不被妻子所爱"的话突然又使我想起了我跟埃米丽亚的关系，我正是一个爱自己的妻子却不被妻子所爱的男人；而且神秘的联想使脑海里浮现出回忆，正像我很快就意识到的那样，它似乎回答了我在接待室里等待被巴蒂斯塔召见时自己给自己提出的问题：为什么埃米丽亚不再爱我了呢？

我现在想要说的似乎太冗长了：实际上，由于回忆的速度几乎像幻觉那么快，这一切都是在瞬间发生的。赖因戈尔德满脸堆着笑凑近我时，我突然重又想起从前自己在出租屋的客厅里口述电影剧本的场景。那部剧本已经口述好几天了，当时都快写完了，但我连那位女打字员的脸蛋长得什么样都不知道，

1　珀涅罗珀，奥德修斯的妻子。在丈夫远征异国的漫长岁月里，一直守在宫内，拒绝了无数的求婚者，终于等到丈夫归来。她在与丈夫奥德修斯相遇的场面中认出自己丈夫时的情景，是《奥德赛》中最富有诗意的片段。

直到有一天发生了一件小事，才让我注意到她。她正在打一个句子，我俯下身子，从她的身后越过肩头看着纸页，我发现她打的句子里有个错。我俯身想亲自用手指按键盘改错。就在改错时，我无意中触碰到了她的手，我发现她的手又大又粗，跟她那小巧玲珑的模样出奇地不相称。我碰到她的手时，发现她没有把手缩回去；我在打字机上打第二个字，又触碰了她的手指，这一回也许不无用心。于是，我看了看她的脸，见她也以期盼的甚至挑逗的目光回报了我。我惊异得像是头一次发现她长得挺好看，丰润的嘴唇，一只奇特的鼻子，大大的黑眼睛，浓密的波浪形的秀发向后梳着。然而，她那苍白、娇嫩的面容却带着不满、傲慢和恼怒的表情。还有最后一个细节：当她做着鬼脸对我说"对不起，我刚才走神了"的时候，她那说话的声调是那么生硬、干脆而又那么令人讨厌，确实令我震惊。于是，我看了看她，见她镇定自若，而且还以挑衅的方式迎接我的目光。当时，我准是让她看出我的局促不安了，总而言之，我是无言地回答了她的目光，因为，此后很长的一段日子里，我们总是脉脉对视。说得确切些，是她总死皮赖脸、厚颜无耻地看我，每次我避开她时，她就追逐着我的目光，当她追寻到我的目光，就轻佻地妩媚作态，当我凝视沉思时，她就在我的视线中搜寻。这种目光开始时不常有，后来就屡见不鲜了；后来，我真不知该怎么回避她的目光了，就只好在她身后踱着步口述剧本。但是，这位卖弄风骚的多情女子却找到了逾越障碍的办法，从挂在对面墙上的一面大镜子里看着我，这样一来，每当我抬起眼睛时，就会在镜子里遇上她凝视我的目光。最后，她期望发生的事情终于发生了：有一天，跟平时一样，我从她身后朝打字机俯下身去改个错，我把眼睛转过去望她，我们的目光相遇了，我们的嘴迅速地碰在一起闪电似的亲了一下。亲吻之后，她的第一句话颇有特色："啊，总算实现了……我还以为你永远不会下决心呢。"总之，看来她已充满自信地把我攥在手里了，她是那么胸有成竹，以至于亲嘴之后，竟没要求再亲，而是又打起字来。我感到茫然，也很悔恨：我喜欢那个女孩，这毫无疑问，否则我不会亲吻她，但我也肯定我并不爱她，实际上她是利用我作为男人的虚荣心，死皮赖脸地讨我喜欢而赢得了我的吻。现在，她低着头打字，不再看我，她白净的圆脸，蓬松的头发，真是太好看了。后来，她又打错一个字，也许是故意的，我就又俯下身子去修改。可是，她注意着我的动作，我的脸刚凑近她的脸时，她就猛地转过脑袋，用一只手臂勾住了我的脖子，用手揪着我的一只耳朵，斜着把我的嘴拉到她的嘴上。这时，门开了，埃米丽亚走了进来。

随后发生的事，我想就不必再详细叙述了。埃米丽亚当即退了出去，而我急匆匆地对女孩说道："小姐，今天就干到这儿……您可以回家了。"而后，我几乎是小跑着离开客厅，追到埃米丽亚的卧室。我本以为会看到争风吃醋的场面，然而，我进去时，埃米丽亚只是说道："你总得把嘴唇上的口红擦干净吧。"我擦了擦嘴唇，然后挨着她坐下，对她说明了实情并竭力加以解释。她以难以形容的怀疑表情听着我说，显得伤感而又宽容，最后，她说，如果我真爱那个打字员，只要我说一句，毫无疑问她会同意分居的。不过，她说这些话时不带任何刻薄之意，却蕴含某种沉郁和温存，像是默默地暗示我反驳她这样说似的。后来，我做了许多解释，苦口婆心地央求她（一想到埃米丽亚要离开我，我就不寒而栗），她似乎信服了，几经拒绝和犹豫之后，她终于答应宽恕我。当天下午，当着埃米丽亚的面，我打电话通知女打字员说我以后不需要她了。女孩千方百计想与我在外面约会，但我含糊其词地搪塞她，打那以后，我就再也没见到过她。

正如我所说，这件事回想起来似乎很冗长，但实际上，在我头脑里出现的形象仅仅一闪而过：即当我亲吻女打字员时，埃米丽亚出现在门口时的形象。我立刻惊异地发现自己怎么事先没想到呢。毫无疑问，我想事态的发展应该是这样：埃米丽亚当时对此事表现得毫不在乎，而实际上，她为此深感惊慌不安，也许是下意识的。后来，被起初一瞬间所困惑的她又反复做了考虑，越想越觉得不是滋味儿，失落之余，心里就越来越解不开这个疙瘩；因此，那个亲吻，对我来说，只是感情上一时的脆弱，而在埃米丽亚的心里，用心理学术语来说，却构成了一种创伤，或者说是一道伤痕，而且时间不仅没能医治创伤，使伤口愈合结疤，反而使伤口越来越大了。我在思索这些事的时候，脸上肯定露出一副迷惘惆怅的神情，因为当我沉浸在我的回忆之中时，突然听到赖因戈尔德诧异地问我："莫尔泰尼先生，您在听我说话吗？"

我怔了一下，萦绕在脑际的回忆立刻消逝了，只见导演那堆着笑容的脸正冲着我。"对不起，"我说道，"刚才我分心了……我在想赖因戈尔德对我说的话：一个爱自己的妻子，却不被妻子所爱的男人。可是……可是……"张口结舌的我，把脑子里偶然冒出来的异议端了出来："但是《奥德赛》中，奥德修斯是得到妻子珀涅罗珀的爱的……而且，从某种意义上来说，整部《奥德赛》都是围绕着珀涅罗珀对奥德修斯的这种爱而展现的。"

我见赖因戈尔德带着微笑反驳了我的异议："那是忠贞，莫尔泰尼先生，不是爱情……珀涅罗珀忠诚于奥德修斯，但我们不知道她对丈夫究竟爱到什么程度……有时候，人可以非常忠诚，但并不爱，这您也知道……在某种情况下，忠诚是对爱情本身的一种报复、讹诈和惩罚的形式……忠诚并不是爱情。"

听了赖因戈尔德这些话，我又一次感到震惊，情不自禁地又想起埃米丽亚来了，我自问道，我也许，是不是更喜欢用叛逆和因此而产生的愧疚来代替忠诚和无动于衷。无疑是这样：也许，已背叛了我并为此感到愧疚的埃米丽亚，会希望我对她放心的。可是，刚才我还对自己证明埃米丽亚没有背叛我呢；相反，倒是我背叛过她。当我又这样心不在焉地想心事时，巴蒂斯塔的声音又令我一怔，他说："行了，莫尔泰尼，我们说定了，您跟赖因戈尔德合作吧。"

我勉强地回答道："我们说定了。"

"好极了，"巴蒂斯塔满意地说道，"那么，我们这样吧：赖因戈尔德明天早上得去巴黎，他在那里得逗留一个星期。这个星期，莫尔泰尼，您就把《奥德赛》的故事梗概给我写出来，并把它交给我……等赖因戈尔德从巴黎一回来，你们就一起去卡普里岛，并马上就动手干。"

听完这番结论性的话，见赖因戈尔德站起身来，我也机械地站了起来。我心里清楚我本该谈谈合同和预付金的事，要是我不说，就会上巴蒂斯塔的当；但是，对埃米丽亚的思念打乱了我的思绪，再加上赖因戈尔德对荷马史诗的解释与我个人的事情又那么相似，更令我心烦意乱。但当我们朝门口走去时，我轻声地低语道："合同呢？"

"合同已准备好了，"巴蒂斯塔以完全令人意想不到的方式，用慷慨大方而又随意的语气说道，"合同与预付金都准备好了……莫尔泰尼，您只需去秘书处签署一下合同，取一下钱款就是了。"

这使我惊异：本来我以为巴蒂斯塔会像平时一样故伎重演，不是减少酬金，就是推迟付款，在其他几部电影剧本上他总是那样做。可这一回，他却二话没说，当即预付酬金，当我们三个走到旁边那个办公大厅里时，我忍不住低声说道："谢谢，巴蒂斯塔……您知道我需要用钱。"

我咬了咬嘴唇：首先，我根本没有这种需要，至少没有像我说得那么迫切，不像我让别人理解的那样；而且，后来我觉得自己根本不该说那种话，连我自己也不知道这是为什么。巴蒂斯塔下面这番话更加重了我的这种愧疚感。"我已猜到了，亲爱的小伙子，"他俨然以父兄般爱护的姿态拍拍我的肩膀说道，"我已安排好了。"他对坐在一张办公桌后面的一位秘书说道："这是莫尔泰尼先生……让他签那份合同，并领取预付金。"

那位秘书站起来，当即打开了文件夹，从里面抽出一份早已准备好的合同，上面用别针别着一张支票。巴蒂斯塔跟赖因戈尔德握手告别后，又用一只手拍拍我的肩头，预祝我工作顺利，然后，就回到他的办公室去了。"莫尔泰尼先生，"这一回是赖因戈尔德走近了我，他把手伸给了我，"待我从巴黎回来后再见。您可以先把《奥德赛》的概要写出来，把它交给巴蒂斯塔，跟他讨论一下。"

"行。"我颇为惊奇地看着他，因为我似乎看到他会意地向我使了个眼色，不知意味着什么。

赖因戈尔德注意到了我的目光，他突然抓住我的一只胳膊，把嘴凑近我的耳边。"您放心，"他匆匆地低声说，"您别害怕……巴蒂斯塔爱怎么说就让他说……我们拍一部心理描写性的影片，纯粹心理描写的。"我注意到"心理"这个词，他是用德语"Psiicologhico"说的，他朝我笑了笑，握了一下我的手，又猛地垂下脑袋，脚碰鞋跟做了个立正姿势，而后就走了。我心里一怔，望着他朝远处走去，这时秘书在喊我："莫尔泰尼先生……您能否在这上面签个字？"

第九章

　　我回到家才七点钟,我走进空荡的套房里徒然地喊了声埃米丽亚:原来她出去了,看来不到吃晚饭她是不会回来的。我很失望,从某种程度上说,简直是痛苦;我想去寻找她,并且立即跟她谈女打字员的事。我断定那个吻是我们冲突的起因,我重新鼓起勇气,想说几句好话来消除误会,并把下午的好消息告诉她:影片《奥德赛》的合同,预付金,去卡普里岛的决定。读者也许会反驳我说,只不过晚一两个小时对她做解释罢了,为什么我会感到一种恼人的失意,甚至有一种不祥的预感?当时我对自己的事心里很有把握,谁知道过两个小时以后还会不会有说服力。显然,尽管我自欺欺人地以为我终于理出个头绪来了,找到了埃米丽亚不爱我的真正理由了,但实际上,我却连一点把握都没有。刚好她又不在家,这就使我重又感到焦虑和烦躁。

我心灰意懒、有气无力、茫然困惑地走进了书房，下意识地从书架上取出平德蒙特[1]翻译的《奥德赛》。于是，我坐在写字台跟前，把一页纸压进打字机里，点燃了一支烟之后，就着手写起《奥德赛》的概要来了。我想，工作也许能消除我的忧虑，或者至少会使我暂时忘却忧虑：以往我多次使用过这种办法。于是，我打开书本，慢慢地读完第一篇诗章的全部。然后，在纸页上方打上了标题："奥德赛概要"。在标题下面，我开始写道："特洛伊战争早已结束了。所有参加过这场战争的希腊人如今都回归家园。唯有奥德修斯还远离着自己的海岛和亲人们。"不过，写到这里时，是否得把众神劝告奥德修斯返回伊塔卡去的那场讨论写进去，我犹豫了，因而就打住不往下写了。我想，众神的这个建议很重要，因为它把命运和荣耀的概念引入史诗中来了，同时，也颂扬了人的尊严，以及人类英雄主义的奋斗精神。排除众神的劝说，就意味着排除史诗中超世俗的东西，也就是排除神力的介入，也就是取消那么亲切、那么富有诗意的诸神形象。可是，毫无疑问，巴蒂斯塔是不想把众神写进去的，他认为他们只不过是些说天道地的空谈家，认为他们尽给完全有自主能力的主人公们出馊主意。至于赖因戈尔德呢，他只是一心打算拍一部着重刻画人物心理状态的影片，抱着这样令人难以捉摸的意向，当然就更不会突出神

1　伊波利托·平德蒙特（1753—1828），意大利维罗纳人，1822年因翻译《奥德赛》而出名。

权的威力了。突出心理描写自然就是排除天命和神力的介入；最理想的结果就是能在人物心灵深处的所谓下意识的渊谷里重新寻觅到天命。这样一来，既没有戏剧性又没有心理特点的诸神就都成了多余的……我昏昏沉沉、疲惫不堪地思索着这些问题。我不时地望着打字机，并告诫自己得继续工作，但我干不下去，手指头一个都不动；最后，我深深地沉浸在空泛的冥想之中，木然地坐在写字台跟前，两眼出神地盯着前方。实际上，与其说是在凝神沉思，还不如说是我在品味心中的酸甜苦辣；然而，我难以确切地说清楚究竟是什么滋味。随后，我的脑子似乎突然开了窍，就像在池塘水底不知待了多久的气泡突然浮到水面上来了似的："《奥德赛》也逃不过电影编剧惯用的愚蠢的处理办法……一旦剧本完成了，这本书将放回书架上去，跟我写电影剧本所利用的其他书籍放在一起。而我呢，过几年之后，为了炮制另一部电影剧本去寻找另一部将受到糟践的书籍时，我会又见到它，我会回想起来：哦，对了，当初我跟赖因戈尔德一起编写《奥德赛》的电影剧本……后来却没用上……连着好几个月，夜以继日，天天谈论奥德修斯，珀涅罗珀，库克罗普斯[1]，喀耳刻[2]，塞壬，后来却没用上……没有用上，

---

1 库克罗普斯，希腊神话中的独眼巨人。
2 喀耳刻，精通巫术，住在地中海的一个小岛上，旅客路过该岛就会变成牲畜或猛兽。奥德修斯路经该岛时，喀耳刻就把其同伴变成猪，后来奥德修斯答应在该岛逗留一年，她才把他的同伴重新变成了人。喀耳刻与奥德修斯生有一子一女。

因为……因为钱不够了。"想到这里，我发现自己再次因不得不干这一行而感到烦恼。我怀着切肤之痛，又一次发现这种烦恼情绪来自我肯定埃米丽亚不再爱我了。我一直是为了埃米丽亚，仅仅是为了埃米丽亚而工作的。现在我没有了她的爱，也就失去了工作的目的。

我就这样蜷缩在靠背椅上，面对着打字机，眼睛望着窗子，木然地不知待了多久。后来，终于听到大门打开的声音，那开门声从套房远处传来，随后，客厅里响起了脚步声，我知道是埃米丽亚回来了。但我仍呆坐在那里，没有站起来。最后，听见我背后的书房门开了，听见埃米丽亚问我的声音："你在这儿呢？你在干什么？工作吗？"这时，我转过身去。

她站在门槛上，头上还戴着帽子，手里拿着一个小包。我立即说道："没有，我没在工作。我正迟疑不决，究竟该不该接受巴蒂斯塔要我为他编写电影剧本的工作。"刚才我还那么疑虑重重、烦躁不安，现在却表现出这样坦然自若的态度，这确实令我自己也感到惊异。

她关上门，走到我的身边，站在写字台旁：

"你到巴蒂斯塔那里去了？"

"是的。"

"你们没有取得一致意见？……是不是他给你开的价太低？"

"给我开的价不低，我们签了合同。"

"那么……是你不喜欢影片的主题。"

"不是，那是个挺好的主题。"

"什么主题？"

我回答之前看了她一眼，她看上去跟平时一样心不在焉和无动于衷，看得出来，她是出于义务不得已而说话。"是《奥德赛》。"我简洁地回答道。

她把小包放在了写字台上，然后，把一只手放在脑袋上，慢慢地脱下帽子，把压实了的秀发甩开。但她脸上毫无表情，心不在焉：也许她没有明白那乃是一部有名的史诗，或是认为那个对她来说并不陌生的题目并无非同寻常的含义。"怎么？"最后她近乎不耐烦地说道，"你不喜欢？"

"不是跟你说了我喜欢吗？"

"不就是中学里学过的那个《奥德赛》吗？为什么你不想干？"

"因为我干不下去了。"

"可今天早晨后来你不是决定接受了吗？"

我突然意识到，这次该是让她做出新的有决定意义的解释的时候了。我腾地跳起来，一把抓住她的一只胳膊，对她说道："我们到那边去，我有话跟你说。"

她吓坏了，也许不是因为我说话的口气，而是因为我抓住她手臂时用力过猛，她说："你怎么啦？……你疯啦？"

"没有，我没疯，到那边去，我们谈谈。"

这时，我踌躇地拽着她穿过书房，打开了房门，把她往客厅里的一张扶手椅上推："你坐在这儿。"我坐在她面前，对她说道："现在我们谈谈。"

她心存疑惑地望着我，并有几分害怕："好吧，你说吧，我听着。"

我口气冷淡而又呆板地说了起来："你记得吗？昨天我对你说过，我不想写这个电影剧本了，因为我吃不准你是否爱我……你回答说爱我，你要我编写这部电影剧本……是不是这样？"

"是的，是这样。"

"那好，"我坚定地宣布道，"我认为你是在说谎……我不知道你为什么这样，也许是出于怜悯，也许是出于利害关系……"

"什么利害关系？"她气急败坏地打断了我的话。

"你是有所图的，"我解释道，"那样一来，你就可以待在你所喜欢的这座房子里了。"

她的反应是如此强烈，让我吃了一惊。她站起身来，扯着嗓门大声说道："谁跟你说的？……我不稀罕这座房子，一点也不稀罕。我随时都可以回到简陋的房间里去住。看来你不了解我……我根本不稀罕这房子。"

听了她这番话，我痛苦极了，就像看到自己做出了很多痛苦的牺牲而换得的一件礼品又被无情地奚落嘲弄了一番似的。

再说，她以如此鄙视的态度谈论到的这套房子，乃是我最近两年全部劳动心血的结晶；为了购置这所房子，我放弃了我喜爱的工作，舍弃了我最大的抱负。对此不敢相信的我以极其微弱的声音问道："你不稀罕？"

"对，不稀罕，"她的声音由于鄙视而带着愠怒，几乎都变调了，"不稀罕……你懂吗？……不稀罕！"

"可昨天你说过，你很喜欢住这所房子的。"

"我那么说是为了让你高兴，因为我想你也许很看重这点。"

我心里一怔：反倒是牺牲了文学创作抱负的我，反倒是从未看重过这类事的我，稀罕起这座房子了。我明白，她是出于某种莫名的原因，存心与我过不去，我怎么激她、怎么反驳她都是无济于事的，再怎么提醒如今她执意鄙视的正是以往她梦寐以求的东西也没有用了。何况，房子只不过是一个细节，重要的是别的。"我们不谈房子了，"我极力控制着我说话的声音，以使语气变得更温和、更中听一些，"我要谈的不是房子的问题，而是你对我的感情问题……你昨天对我说你爱我，你在撒谎，我不知你是出于什么动机。为此，我不想再在电影界工作了，因为原来我只是为了你工作，要是你不再爱我，我就没有理由那么做了。"

"谁说我对你撒了谎？"

"没什么可说的了……我们昨天都已经谈过了，我不想再重复说了……这些事只能意会，不能明言……我感到你不再爱我了。”

她突然破天荒地这么坦诚："可有些事你为什么一定要知道！"她朝窗口看着，突然又以忧郁而疲惫的口吻问道："这是为什么？……有些事你就随它去……这可能对我们俩都更好。"

"那么，"我紧追不舍，"你是承认我说的有道理喽？"

"我没什么可承认的……我只希望平静……你让我平静些吧。"这最后几句几乎是带着一种哭声。然后，她又说道："现在，我得走了……我去换衣服。"她站起身朝门口走去。可我一把抓住了她的手腕。以往有好几次我也是这样做的：她站起身来说要走，当她从我面前走过去时，我就一把抓住她，因为我突然对她萌生了欲望，这她知道，于是她总是温柔地停下脚步，等着我做第二个动作，也就是抱住她的双腿，把脸贴在她的小腹上，或者拉她坐在我的膝盖上。所有这一切，在经过几番推托和亲抚之后，最后都以在扶手椅上或近旁的沙发上做爱而告终。不过，这一次我的目的不同，我不得不痛苦地意识到这一点。她没有反抗，依旧站在我身旁，居高临下地望着我："你究竟要我干什么？"

"要你说实话。"

"你一定要我说我们俩的关系很不妙……这就是你希望我说的！"

"那么你承认了这就是会令我不快的实话喽？"

"我什么也不想承认。"

"可你已经说了：我们之间的关系很不妙。"

"我只是说说而已。现在你让我走吧。"

可是，现在她不再跟我争辩了，一动不动地只等着我让她走。我想，与其看着她对我如此冷漠而又鄙视地耐心等着，还不如看到她大发雷霆呢。而我重又做出以往做爱之前的那种习惯动作，无非是希望能勾起她的亲昵的情愫，我放开了她的手腕，抱住了她的双腿。她穿着一条宽松的长百褶裙，我搂着她，觉得那裹着她健美、颀长的双腿的裙子是那么熨帖，那么挺括，就好比一艘大船上桅杆四周张挂着的白帆一样。当时，我痛苦地产生了一种欲望，我是为她的不得不顺从而感到痛苦，为她表现出来的那种无奈而感痛苦。我仰起头说道："埃米丽亚，我究竟什么地方让你看不顺眼啦？"

"没有什么看不顺眼的……现在你让我走吧！"

我的双臂把她的双腿搂得更紧，脸紧贴在她的小腹上。往常我做这个动作时，很快就会感到她那令我特别喜欢的大手按在我的头上，轻轻地、柔情地抚摸着我。那是她激动了，也是她愿意顺从我的意志的一个表示。然而，这一次那只手却木然地奄拉着。这种与昔日如此不同的态度深深刺痛了我的心。我放开了她的双腿，又抓住了她的手腕，大声喊道："不，你不能走……你必须对我说实话……现在就说……不说出实话你休想从这儿出去。"

　　她一直居高临下地看着我；我没看她，但我似乎感到她那犹疑的目光在望着我低垂着的脑袋。她终于说道："好吧，是你要我这样说的……本来我别无他求，只求能够就像现在这样过下去……可是你一定要我这么说。是的，我不再爱你了……这就是实话。"人往往可以猜想令人最不愉快的事情，也可以肯定地认为那些猜想就是真的。但是一旦证实了这些猜想，或者说，证实了这些确定的事实，却又常常会感到出乎意料，或者感到痛苦，似乎从来没有想到会如此似的。实际上，我早就知道埃米丽亚不再爱我了。但听到她自己亲口对我这么一说，就又产生了令人毛骨悚然的效果。她不再爱我了：这句我想过不知多少次的话，从她嘴里说出来，就有了全新的意义。那已是事实，而不再是猜测，尽管这种猜测中带着某些确实的成分。这句话在我的脑子里占有一种从未有过的分量，一种衡量的尺度。我已记不得我是怎样接受这样一种声明的。大概就像一个人明知水是凉的，却仍然去冲凉水澡一样，洗的时候照样惊异不已，好像自己从来不知道水本来就是凉的似的。随后，我尽力振作精神，竭力以某种方式表现出理智与客观。我尽量以最温柔的口气说道："你过来……坐下，给我解释一下，为什么你不再爱我了。"

　　她顺从地重又坐了下来，这一回她坐在了沙发上。她颇为厌烦地回答道："没有什么可解释的……我不再爱你了，这就是我要说的一切。"

我意识到，我越是努力想表现得通情达理，那难以言喻的痛苦就越像刺一样深深扎入我的肉里。我的脸部因强装欢颜而扭曲，回答道："至少你得同意对我做出解释吧……即便辞退一个女用人，也得解释一下理由吧。"

"我不再爱你了，我没有别的可说。"

"那是为什么？原来你是爱我的，不是吗？"

"是的，我爱过你……曾经很爱你……但现在我不再爱你了。"

"原来你很爱我吗？"

"对，很爱你，但现在一切都完了。"

"那是为什么？总有个原因吧。"

"也许是……但我不知该怎么说……我只知道我不再爱你了。"

"别老这么说。"我略微提高嗓门，几乎是情不自禁地喊起来。

"是你总让我重复这么说的……你自己不愿意相信，那我只好重复说给你听了。"

"现在我相信了。"

随后是沉默。埃米丽亚现在点燃了一支烟，眼睛看着地面抽着。我双手捧着脑袋俯着身子。最后我说道："要是我给你指明原因，你会承认吗？"

"可连我自己都不知道。"

"不过，要是我对你说出来，也许你就会承认的。"

"好吧……那你就说吧。"

"别这样跟我说话。"我被她那颇不耐烦而又冷漠的口吻刺伤，真想喊出来。但我克制住了，极力保持我那理智的口气，我开始说道："你还记得那个女孩吧，就是几个月之前来我们家替我打那部电影剧本的女孩……那个打字员……我们亲吻时让你当场发现……从我这方面来说是感情上可笑的软弱……然而仅仅是一次接吻，第一次，也是最后一次，我对你发誓。后来，我从未再见过她……现在，你说实话，莫非是那个吻使你我之间产生了隔阂？你说实话……是不是从那个吻开始你就不再爱我了？"我说话时，注意地望着她。起初，她显得很吃惊的样子矢口否认：似乎她觉得我的推测完全是荒谬的。这我看得很清楚，后来，一阵思索使她突然改变了表情。她慢条斯理地回答道："好吧，我们权且就算是因为那个吻吧……现在你知道了，是不是你心里感到痛快些啦？"

我当时立刻就断定了，并不是因为那个吻，虽然她竭力想让我相信这一点。这很清楚：起初埃米丽亚对于我那根本不符合事实的推测简直感到意外；随后，一琢磨，便又接受了我的这种推测。这使我不得不想到，她不再爱我的真正原因远比那没有产生任何后果的亲吻要严重得多。那兴许是因为她出于对我的仅有的尊重，所以不愿意向我泄露真正的原因。我知道，埃米丽亚人并不坏，她不喜欢伤害别人。显然，她未吐露的真正的原因很伤人。

我温柔地说道："不对，不是因为那个吻。"

她很惊讶："为什么？……可我对你说，就是因为那个吻。"

"不，不是因为那个吻，而是另有原因。"

"我不知道你想说什么。"

"你很清楚。"

"不，我不清楚，我以人格担保。"

"我说你很清楚。"

她不耐烦了，近乎慈母般的爱怜地说道："可你为什么想知道那么多的事呢？瞧你都成了什么样儿了……为什么你要这样刨根问底的……这对你又有什么要紧呢？"

"因为我要知道真相，不管事实真相会怎么样，我都不想听谎言……再说，你要是不跟我说实话，我不知会往哪儿去想……我会往很坏的方面去想。"

她以一种特别的目光默默地看了我一会儿。"这跟你有什么关系？"她接着又说道，"你心里很坦然，对不对？"

"我当然很坦然。"

"这就行了，你管别的干什么？"

我固执地说道："那么，是真的了……是十分不好的事情了。"

"我没有这么说……我只是说，如果你心里坦然，别的你就别管了。"

"我心里是坦然，这是真的……但这并不说明什么问题……有时候良知也会骗人。"

"你的良知不骗人，不是吗？"她说道，言语中带着一种淡淡的讽刺意味，这没有逃过我的感觉，而且我觉得这比冷漠更令人气愤。

"我的良知也骗人。"

"好了，我该走了。"她突然说道，"你还有别的跟我说吗？"

"不行，你不说出实话来你就不能走。"

"我已经跟你说了实话，我不再爱你了。"

那几个字对我产生了何等的效果呀！我立刻脸色煞白，痛苦地哀求她："我已求你别总这么对我说……这令我太痛苦了。"

"是你老逼着我重复说的……我压根儿不想这么说的。"

"为什么你想让我相信你不再爱我的原因就是那个吻呢？"我顺着自己的思路接着说道，"一个吻是微不足道的事……那个女孩是蠢货，后来我没再见过她……这些你都知道，你都明白……不对，实际上你是不再爱我了。"如今，与其说我是在说话，不如说我是在吃力地拼凑字句，极力想表述出我的那种难以言喻的直觉，"一定是发生什么事了……某种让你改变了对我的感情的事……也许，首先是改变了对我的看法，然后，是改变了对我的感情。"

她以惊讶而近乎赞赏的口吻直率地说道："应该承认你很聪明。"

"那么是真的了？"

"我没有说那是真的……我只是说你聪明。"

我寻思着，而且我觉得那实话已经到了我的嘴边上。我紧追不舍地说道："总之，在某些事情发生之前，你对我的印象极好……后来，你就把我往坏处想……所以，你就不再爱我了。"

"也可能是这样。"

我突然产生了一种恐惧感：自己那种理智的语气是那么虚假，我已经感觉到了。其实，我并不理智，甚至很痛苦，我是那么绝望，那么气愤，我简直是给毁了；为什么我还要以那种理智的口气说话呢？当时我也不知道自己究竟是怎么了。还未等自己明白过来，我就腾地站了起来，大声吼道："你别以为我是在这里跟你胡扯，"我扑到她身上，抓住她的脖子，把她推倒在沙发上，厉声地冲她吼道，"你说实话……你倒是说呀……你说呀！"

以往我曾那么喜欢的她那完美的身体在我的身下挣扎着，她满脸涨得通红，我使劲地卡住她的脖子，我明白，实际上我是想杀了她。我一再重复地说道："你快说实话。"我死劲地卡住她，同时想道："我这就杀了她……与其反目为仇，还不如杀了她。"后来，我感到小腹被她猛地顶了一下，她劲儿那么大，竟疼得我透不过气来，以至于让她得了逞。那一击几乎跟"我不再爱你"那句话一样令我痛苦不已：那乃是仇人的一击，想尽可能致对手于死命的一击。与此同时，我杀人的意念随即消失了，我松开了手，她猛地推了我一下脱了身，我差点从沙发上摔下来。我还没来得及反应过来，就听她粗暴地喊道："我鄙视你……这就是我对你的看法，这就是我不再爱你的原因……我鄙视你，每次你碰我都令我感到恶心……这就是实话……我鄙视你，你让我感到恶心。"

我站在那儿。我的目光移到桌子上的一只水晶烟灰缸上，然后，我伸手抓住了它。她当然以为我是想杀死她，因为她恐怖地惊叫了一下，并用胳膊挡住了脸。但我的保护神在帮助我：不知怎么，我居然控制住了自己，又把烟灰缸放在了桌上，并从房间里走了出去。

第十章

　　正如我所说过的，埃米丽亚没有受过良好的教育：她只上过小学，读过几年师范；后来，她辍了学，去学打字和速记，十六岁就开始在一家律师事务所当雇员。她原出生于一个人们所说的殷实人家，她家过去在罗马郊区有一些田产，生活富裕。但因祖父搞投机生意破了产，家产挥霍殆尽，父亲生前一直在财政部当小职员。因此，埃米丽亚是在贫困中长大的，所以在文化教养和思考方式上几乎就是个平民女子；跟某些平民女子一样，似乎处处都标榜着自己所谓的见多识广，以至于有时执拗得近乎愚蠢，至少是思想狭隘。但她有时还真能以令人完全意想不到而又莫名其妙的方式，发表相当尖锐的看法和评价；就像普通百姓往往比有些人更接近于自然本性一样，任何世俗观念和偏见都无法泯灭她的良知。她发表的某些见解都是经过她深思熟虑的，所以她的言谈往往是实在的、中肯的、坦率的。可是谁若是不理解她的这种坦诚，她就会不高兴；从某种程度上来说，这种坦诚和中肯恰恰验证了她所发表的见解本身的真实性。

所以，那天当她冲着我喊"我鄙视你"的时候，我立时深信她说出的这句话的真实含义，这句话要是从别的女人嘴里说出来也许不说明什么，而由她的嘴里说出来就意味着：她真的鄙视我，而且现在已无法挽回了。即使根本不了解她的脾性，单凭她说话所用的语气，就使我深信无疑：那是发自内心的纯真话语，是以往从未说出口的，是她迫不得已不假思索就脱口而出的话语。就像有时候，从一个满口土话、说话颠三倒四的农民嘴里偶尔冒出一句充满哲理的警句，一针见血而又合乎情理，它要是出自他人之口不足为奇，但出自一个农民之口，似乎就是令人难以置信的奇迹了。我痛苦地注意到她在说"我鄙视你"这几个字时的语气，与她头一次向我表示爱的时候说"我爱你"时的语气一样，是那么绝对真切。

我对那几个字的坦诚和真实性没有任何怀疑，我双手颤抖，两眼无神，手足无措地开始在我的书房里来回踱步，脑袋里什么也不想，这是我以前从未有过的。埃米丽亚说出的这几个字像是几根针扎在我的感觉器官里，越扎越深，越来越令人疼痛难忍；我清楚地意识到这种痛苦，除了这种痛苦，别的什么也感觉不到了。最令我痛苦的自然是意识到我如今不仅不被人爱，而且还受到鄙视；不过，由于根本无法为这种鄙视寻找到任何理由，哪怕是最小的理由，所以我深感委屈，同时也感到害怕，我生怕实际上我并没有什么可委屈的，生怕她鄙视我在客观上是有根据的，只是我没有意识到而已，但对别人来说却是显而易见的。我自尊心强，但那是令人同情的自尊：就像一个命运不济的不幸的男子，他是绝对不该受到歧视的，相反，更应受到尊重。埃米丽亚的那句话动摇了我的自尊心，它使我第一次怀疑自己是否认识自己，是否不善于评估自己，是否完全脱离现实而始终沉溺于自我陶醉之中。

后来，我去了浴室，把脑袋放在水龙头底下，那股凉水让我顿觉清醒；我觉得，埃米丽亚那句话像是一团火，使我头脑发烧。我梳了梳头，洗了把脸，系好了领结，又回到了客厅。当我看到靠窗口摆放的那一桌子饭菜，油然产生逆反心理：在那间似乎仍回荡着令我丧魂落魄的那句话语的屋子里，我们无法像往日那样坐在一起就餐。这时，埃米丽亚打开了门，并探进头来，脸上恢复了平时那种安详和平静。我没有看她，就说道："今晚我不想在家吃饭了……你马上穿好衣服，我们出去用餐。"

她颇感惊异地回答道："可是饭菜都已经做好了……不吃的话就都得扔掉了。"

我突然怒不可遏地喊道："行了，你爱扔就扔，穿你的衣服去，我们出去吃饭。"我仍然不看她，只听到她低声嘀咕道："什么态度！"随后，她关上了门。

几分钟之后，我们出了家门。我们的小汽车停放在狭窄的街道上，夹在诸多豪华小轿车中间，街道两旁的小楼房都带有阳台和游廊，与我们住的楼房都相似。我们那辆小汽车跟我们住的套房一样，也是我最近才买下的，大部分钱款还需用今后当编剧的酬金来偿付呢。车才买来几个月，我因享受到这种舒适而产生的那种幼稚的自豪感犹存。但是，那天晚上，当我们并肩朝小汽车走去时，我们相互看也不看，碰也不碰，我不禁想道："这就是那辆汽车，它，跟房子一样，是我牺牲抱负的标志……可如今这种牺牲成了徒劳。"其实，一瞬间我深深感到，比起那琳琅满目、热闹非凡的街道来，我们那位于四层、敞着两扇窗的套房，还有在几公尺之外等着我们的小汽车要相形见绌多了，形成了鲜明的对照。可悲的是，就连自己做了那么大的牺牲而购置来的这一切竟然也成了无用的和令人生厌的了。

我上了汽车，等埃米丽亚也坐了进来之后，我伸过手臂，关好了她那边的车门。往常我做这个动作时，总要轻轻地抚摸一下她的膝盖，或稍稍转过身去，在她的面颊上轻轻地吻一下。这一次我却几乎是本能地避开了她。车门"砰"的一声关上了，我们都木然地坐着不说话。过了片刻，埃米丽亚问道："我们上哪儿？"我想了想，随意地回答道："去阿皮亚大道。"

她略为惊讶地说道："去阿皮亚大道未免太早了点吧……那儿冷清清的，不会有什么人的。"

"没关系……有我们呢。"

她沉默不语了，我驱车朝阿皮亚大道疾驰而去。我开出我们住的街区，穿过市中心，经过特里翁菲大街和考古学大街。阿皮亚大道前一段路的两旁，到处都是长满青苔的古城墙、一片片菜园和花园，还有掩映在绿树丛中的别墅。现在呈现在眼前的是亮着两盏幽暗路灯的古罗马地下墓道的入口处。埃米丽亚说得有道理，到阿皮亚大道来还为时过早。在取名为"考古"的餐厅里，我们走进一间装饰得颇富乡土气息的大房间里，我们只见到许多空桌子和一大群侍者，房间里只有我们两个客人，我不禁暗自寻思，在那空荡和颇为冷清的屋子里，四周围着那些殷勤周到得令人厌烦的侍者，我们的关系不仅无法得以解决，而且会适得其反。我立刻想起来，两年之前，在我们谈恋爱期间，我们正是常来这家餐厅吃晚饭的；于是，我突然醒悟到，为什么在众多的餐厅中我偏偏选中了这家在这种季节里显得这么惨淡和凄清的餐厅。

我们跟前一边站着一位手里拿着菜单的侍者，另一边是毕恭毕敬地拿着酒水价目表的侍者。我开始点菜，身子慢慢地朝埃米丽亚靠过去，俨然是一个殷勤体贴的丈夫。她垂着眼帘，头也不抬地干巴巴地回答道："行，不要，好吧。"我还要了一瓶上等的葡萄酒，尽管埃米丽亚说她不喝。"我喝。"我说道。老板朝我会意地一笑，就跟招待一起走开了。

我在这里不想对晚餐详加描述，只想描绘一下我那天晚上从未有过的精神状态，但后来这种状态却变得很平常了。人们说，要是我们能自动地使自己的大部分行为变成无意识的话，那我们就不会活得太累了。但似乎人只要挪动一步就得牵动身上无数条筋骨，只是由于是自动的无意识行为，我们觉察不到罢了。我们在与他人的关系中也同样如此。只要我相信自己被埃米丽亚所爱，就有一种支配我们关系的无意识的令人高兴的行为；除了最终结出硕果的非凡之举是受到良知的启示之外，一切行为统统都无意识地受到一种习俗支配。可如今爱的幻想已经破灭，我发现自己的每一个哪怕是很小的行动都是有意识的了。我请她喝酒，我递给她盐，我望着她，然后又不望着她，伴随着每一个动作的都是一种痛苦的、隐晦的、虚弱的、愠怒的意识。我觉得自己全身都像是给紧捆起来了，麻木了，瘫痪了；每做一个动作，我都意识到自己在问自己：这样做是好还是不好？总之，我失去了一切可以与之推心置腹的人。只有跟完全陌生的人才可以指望重新赢得信任。我跟埃米丽亚的关系已经是过去了的、被埋葬的经历，已经没有丝毫的希望。

就这样，我们之间保持着沉默，不时地只被一些无谓的话语所打断："你想要葡萄酒吗？你想要面包吗？还要点肉吗？"我想描述一下这种沉默的内在含义，因为，正是那天晚上，在我们之间第一次出现了以免分手的沉默。总之，那是一种无法忍受的沉默，因为那是完全消极的沉默，是把自己本来想说却又觉得难以出口的话都憋着不说的沉默。如果说那是一种敌对的沉默，也不确切。实际上，我们之间并没有敌意，至少从我这方面讲是这样；我只是无能为力。我感到自己想说话，感到有许多话要说，但同时，我又觉得那已经不是用什么语言的问题，而是不知道该用什么语气说的问题。我深信是如此，所以我缄默不语；然而，那并不是认为自己没必要说话的人该有的那种轻松平静的感觉，而是深知自己憋着一肚子话想说，却又说不出来的滋味，就像囚禁在大牢里的犯人只是徒劳地朝监狱的铁窗乱撞一样。不过，话又说回来，我又觉得这种令人如此难以忍受的沉默对我来说是最有利不过了。而且，觉得如果我打破了这种沉默，哪怕是以最简捷、最亲切的方式，也会引起比沉默本身更令人难以忍受的话题。

但我还没有习惯沉默。我们吃了第一道菜，而后是第二道，始终没有说话。到了吃水果时，我忍不住问道："你怎么一声不吭？"她立刻回答说："因为没什么可说的。"

她似乎既无伤感，也无敌意；这句话本身就很说明问题。我又以教训人的口吻说道："刚才你说过的话得好好地给我解释解释。"

她仍以那种坦诚的口气说道："忘了那些事吧……就当我没那么说过。"

我怀着一线希望问道："为什么我得把它忘了？如果我肯定那不是实话，要是那只是一时的气话，我就可以把它忘了。"

这一次她什么也不说。我重又满怀希望。也许那是真的：她是出于对我的暴虐行为的反抗，才说鄙视我的。我小心谨慎地接着说道："你得承认，今天你对我说的那些伤人的话不是出

118

于真心……你那么说是因为当时恨我，想刺痛我。"

她看了看我，重又沉默不语。要是我没搞错的话，我觉得自己像是看见了她那褐色的大眼睛里闪着泪光。我沾沾自喜，伸手抓住了她那只放在桌布上的手，并说道："埃米丽亚，那么你说的不是实话喽？"

这一次，她异常用力地缩回了她那只手，我觉得不仅是手臂，她全身都在抽搐着："不，那是实话。"

我被她这种尽管凄楚却又完全坦诚的回答所震惊。她似乎明白，在那种时候，一句谎言本可以挽回一切，至少在一段时间内，在表面上是这样；显然，她在霎时间也曾有过想说类似的一句谎言的愿望。而后，经过考虑，她又放弃了。我重又强烈地感到一阵痛楚，低着头，咬牙切齿地嘟哝道："可是，有些事是不能对任何人说的，没有什么理由，就是这样……谁也不能告诉，更不能告诉自己的丈夫，你明白吗？"

她什么也不说，只是看着我，近乎忧伤地看着我：当时我的脸都气歪了。她终于回答说："你要我说的那些话，我都已经跟你说了。"

"可你始终未做解释。"

"这是什么意思？"

"你应该解释为什么……你为什么鄙视我。"

"啊，这我永远不会对你说的……到死也不会说。"

我被她那种异乎寻常的坚决口气怔住了。但只持续了一会儿，我便怒不可遏，以至于都未来得及冷静地思索。"你说，"我仍然不放过她，一把抓住了她的手，这一回可不带半点柔情了，"你说……你为什么鄙视我？"

"我已经跟你说了，这一点我永远不会告诉你的。"

"你一定得说，否则我饶不了你。"我怒气冲冲地拧着她的手指头。她惊异地看了看我，随后就疼得直咧嘴，这时她脸上立刻显示出鄙视的神情，而在此之前，她只是嘴上说说。"放开我，"她狂怒地说道，"现在你竟然还要伤害我。"我注意到她说的这个"还"字，像是影射我还会干出别的欺侮她的行为，这令我大吃一惊。"放开我……你不感到羞耻吗？……侍者都看着我们呢。"

"你说，你为什么鄙视我？"

"别干蠢事，放开我。"

"你说，你为什么鄙视我？"

"行了。"她使劲地挣脱了手指，把一只酒杯碰落在地上。只听见玻璃摔碎的声音，她站起身来，朝门口走去，并大声说道："我到车上去等你，你结账吧。"

她出去了，我仍木然地待在原来的地方，颓丧地坐在那儿，不是因为羞耻（确实，正如她所说，那些闲着无事干的侍者一直目不转睛地在那儿看着我们，他们全听到了，都看到了我们发生口角的每一个细节），而是因为她举动的异常。在此之前，她从未以那种口气对我说过话，从未辱骂过我。"还"

这个字仍在我的耳边回荡，就像许多要解开的谜中一个新的最烦人的谜似的：我是怎么和什么时候干了伤害她的事，以至于令她那么抱怨呢？我终于叫来了餐厅侍者，付了账，也走出了餐厅。

出了餐厅的门，我发现整天阴晴不定、布满乌云的天终于下起了连绵细雨。那边不远处，在黑暗的空旷地上，我隐约地看到直挺挺地站在汽车旁边的埃米丽亚的身影：刚才我把车门锁上了，她淋着雨等在那儿，没有显出不耐烦的样子。我吭吭哧哧地说道："对不起，我忘了已经把车门锁上了。"我听着她平静地回答说："没关系，雨下得不大。"听到这温和的话语，我重又从心底疯了似的燃起一丝与她重归于好的希望：她以如此平静而又亲切的语调说话，怎么能鄙视我呢？我打开车门上了车，她上车后坐在了我身边。我发动了车，突然奇怪地以异常高兴近乎欣喜若狂的声音说道："那么，埃米丽亚，你想去哪儿？"

她没有转过身，眼睛望着前方回答道："我不知道……去你想去的地方。"

我发动车子，车子启程了。正如我说过的，现在我有一种难以言喻的兴奋、潇洒和喜悦的心情；我甚至觉得，要解决我与埃米丽亚之间的关系，得多一点玩笑，少一点认真；多一点轻松愉快，少一点严肃沉闷；多一点宽松，少一点痴情。我不知道当时自己究竟是怎么了：也许是由于绝望，如同喝了度数过高的葡萄酒似的，变得飘飘然。我故意毫不在乎地开玩笑说："我们随便走走……到哪儿算哪儿。"

我这么说着时，觉得自己特别滑稽可笑；就像一个四肢残疾的人居然想迈出一个舞步似的可笑。然而，埃米丽亚不说话，我因为自己发现了一股奔涌的泉水而自我陶醉起来，其实我发现的只不过是一股濒于干涸的细流。现在我驱车往阿皮亚大道开去，在前方路灯的照耀下，透过千万条晶莹的雨丝，看到的是两旁时隐时现的柏树，还有那些瓦砾废墟、白色的大理石雕像和石块拼接的罗马古道。我朝前行驶了一段路之后，突然强颜欢笑地说道："让我们忘却一次我们是谁吧，我们权且把自己想象成两个想避开闲人目光的大学生，在寻找一个能做爱的僻静角落。"

这一次她也没说什么，我因她的沉默鼓起了勇气，又驶过一段路程之后，突然停住了车。此时，大雨滂沱，即便汽车的挡风玻璃上的雨刷上下不停地来回摆动，也来不及刷除如注的雨水。"我们是两个大学生，"我试探地说道，"我叫马里奥，你叫玛丽亚。我们终于找到了一个僻静的地方，尽管下着大雨……但在汽车里面挺惬意……吻吻我。"我一边这么说着，一边像个喝醉酒的人，用手臂搂住她的双肩，竭力想吻她。

我不知道自己在期盼什么：仅从餐厅里发生的一切，我就该明白没什么可期盼的了。埃米丽亚开始的时候默默地、近乎彬彬有礼地竭力想挣脱我的拥抱；后来，见我不放过她，并用手捏她的下巴想把她的脸扭过来对着我的嘴，她就生硬地推开了我："你疯啦？……还是你喝多啦？"

"不，我没喝多，"我低声说道，"吻我一下。"

"我想都不想。"她又推开了我，坦诚而又气愤地回答道。过了一会儿，又说："我对你说我鄙视你，对此，你还感到惊异……瞧你自己这副样子……又是在我们之间发生了那种事之后。"

"可我爱你。"

"我不。"

我忧伤地感到自己很可笑，就像是明白自己已落到既可笑又下不了台的双重尴尬境地似的，但我还不想认输。"无论如何你得吻我一下。"我低声说道，但本来我是很想以一种粗暴的语气像男人似的对她说的。我扑到了她身上。

这一回，她没言语，只是打开了车门，我扑了个空，倒在了空位子上。她早已从车上跳了下去，逃到大路上，尽管雨下得越来越大了。

面对着那个空座位，我怔了一下。然后，我自言自语道："我是个白痴。"随即我也从车子上下来了。

雨下得真大，当我把脚踏在地面上时，就像踩在水坑里似的，水一直没到踝骨。我很恼怒，深感自己的可悲。我愤怒地喊道："埃米丽亚……你过来……你放心吧……我不会再碰你了。"

她从黑夜中不远的一个地方回答我说："如果你还没完没了的，我就步行走回罗马去。"

我声音发颤地说道："你过来，上车，你想怎么样，我都答应你。"

雨越下越密；雨水从我翻开的衣领灌了进去，后颈窝都给打湿了，我的前额和两边的鬓角都淌着雨水。黑暗中，车灯只照亮跟前的一小段路，路旁有一片古罗马废墟，还有一棵高耸入云的幽黑的柏树；但我怎么望也望不见埃米丽亚。我仍沮丧地喊道："埃米丽亚……埃米丽亚……"我的声音后来几乎都带哭腔了。

她终于从夜幕中出来，走进了车灯光线之下；她说道："那么你答应不再碰我啦？"

"是的，我答应你。"

她朝车子走去，坐进了车内，补充说道："开的什么玩笑……我全身都湿透了……头也淋湿了……明天早上我得去理发店。"

我也默默地上了车，我们立即启程。她打了个喷嚏，接着又打了几个，有意打得很响，像是让我明白是我让她着了凉。但我没理会她：此时，我像是在梦中开着车子。一场噩梦，在梦中我叫里卡尔多，我有一个叫埃米丽亚的妻子，我爱她，她不爱我，甚至鄙视我。

第十一章

　　我第二天早上醒来时，情绪颓丧，无精打采。我对那天以及随后的日子里可能发生的一切，有强烈的抵触情绪，不管会发生什么。埃米丽亚还在她的卧室里睡觉；我躺在客厅的沙发上磨蹭了好久，在半明半暗的光线下，我慢慢地回到了因为睡眠而暂时忘了的令人厌恶的现实。我回顾着所发生的一切，心想，我得决定究竟接受还是不接受《奥德赛》这部影片剧本的编写；我得弄清楚埃米丽亚为什么鄙视我；我得设法重新赢得埃米丽亚。

　　我说了，我感到精疲力竭，心力交瘁，无能为力了；用这种近乎打官腔的方式综述目前我生活上所面临的这三个要害问题，无非是异想天开地想拥有我远远达不到的精力和才智，这一点我很快就发现了。一位将军、一位政治家、一位商人会用这种精力和才智把要解决的问题尽快地解决掉，他们会胸有成竹地做到对问题了如指掌，不费吹灰之力就把问题处理好。可我不是这种人，而是与他们恰恰相反。我觉得，当时我自欺欺人地以为我拥有的那种精力和才智，一旦要采取行动，去解决问题时，就会完全荡然无存了。

不过，我意识到自己有这个弱点；尽管我是闭着眼睛仰躺在沙发上，我发现自己一旦想出能摆脱这种现状的办法时，就又停止遐想，重又抱着希望飘飘然起来。这么一想，就像是什么也没发生过似的，我似乎看到自己已当起《奥德赛》的电影编剧来了。我似乎从埃米丽亚那里也得到了解释，并且发现那表面看来是那么可怕的鄙视，实际上只是幼稚的误会；最后我跟埃米丽亚又重归于好了。不过，我这么想象着时，发现自己只不过是在为自己勾画着梦寐以求的、圆满的大结局而已：这样的结局与现实状况之间，不仅存在着一片我无论如何都无法填补的空白，而且用什么去填补都无济于事了，哪怕是些十分坚实和十分有黏性的东西。总而言之，我希望能按我最良好的意愿去解决问题，但我根本不知道如何去解决。

我迷迷糊糊的，不知什么时候重又睡着了。我突然又醒了过来，隐约地看到埃米丽亚穿着晨衣坐在沙发脚边。关着百叶窗的客厅里光线仍是半明半暗的；但沙发旁边的桌子上点着一盏小灯。埃米丽亚早就进来了，是她点着了灯，悄悄地坐在了我旁边，我对此毫无察觉。

我见她坐在我躺着的沙发旁，态度那么亲切，使我想起在以往幸福的时光里我醒过来时的情景，我霎时又产生了幻想。我坐了起来，结结巴巴地说道："埃米丽亚，你喜欢我吗？"

她在回答我之前等了片刻，随后，她说道："你听着，我有话对你说。"

我感到全身发冷；我真想回答她，我不想谈什么，请她让我安静些，我想睡觉，可是我却问道："谈什么？"

"谈我们的事。"

"没有什么可谈的，"我竭力克制住自己突然产生的不安情绪，回答道，"你不再爱我了，甚至鄙视我……这就是一切。"

"不，我是想对你说，"她慢吞吞地说道，"我今天就回我妈妈那儿去住……在给她打电话之前我想告诉你一声……现在，你知道就是了。"

我压根儿没想到她会来这一着，然而，由于头天发生过的一切，她这样做完全合乎逻辑，也在意料之中。我脑海里没有出现过埃米丽亚竟然要抛弃我的念头，虽然这似乎令人感到奇怪；这以前我倒是想过她对我的态度会落得很刻薄、很无情的地步，可怎么也没想到她会做得这么绝。我似乎仍没明白似的结巴着说："你想离开我？"

"是的。"

我沉默了片刻；她这样刺伤我所产生的剧烈的痛苦，使我突然感到有种推动我行动的力量。我穿着睡衣从沙发上蹦下来，走到窗口，像是想拉起百叶窗，让房间里明亮些似的，随后，我转过身来，大声喊道："可你不能这么走……我不愿意。"

"别耍小孩子脾气，"她理智地说道，"分居是我们唯一该做的事……我们之间已经没有什么了，至少从我这方面来说是这样……这对我们双方都好。"

听完她的这番话之后，我做了些什么，如今我一点儿也记不得了；或者说，我只记得几句话，几个动作。陷于极度兴奋之中的人往往是这样，当时我说了些什么，做了些什么，自己全然不知，我想，当时我是穿着睡衣蓬头垢面地在房间里踱步，时而求埃米丽亚别离开我，时而解释我的处境，时而像是一个人在家似的自言自语。编写《奥德赛》的电影剧本、房子、分期付款、我牺牲了的文学创作的抱负、我对埃米丽亚的爱、巴蒂斯塔和赖因戈尔德，总之我生活中的一切方面和一切人，都搅和在一起，通过我的嘴语无伦次地连珠炮似的说了出来，就像被狂怒之下的人摔坏的万花筒底部的彩色玻璃碎片似的。不过，我同时又觉得万花筒不过是一件可怜的骗人的东西，只不过是一些形状不规则的彩色玻璃碎片罢了；如今万花筒已在我眼前破碎，彩色玻璃碎片撒了一地。与此同时，我的确有种被人抛弃的失落感，一种生怕被抛弃的感情，我不知如何摆脱它：它压抑着我，不仅妨碍着我思考，而且似乎还令我透不过气来。一想到离异，一想到接踵而来的孤独，我竭力挣扎反抗；不过，我发现，尽管这样竭力反抗，我却没有任何能力去说服。确实，惊慌和恐惧的我脑际不时地萦绕着疑团，我见埃米丽亚总坐在沙发上同一个地方，她平静地回答我说："里卡尔多，你理智点，我们只能这样做。"

"可我不愿意，"我站在她面前，最后一次重复道，"我不愿意。"

"为什么你不愿意？请你理智些。"

我不知说了些什么，然后又到房间里去，我双手揪自己的头发。我明白，处于当时的状况下，我是无法说服埃米丽亚的，自己连话都说不清楚。我极力控制自己，回到长沙发上坐下，弓着身子双手捧着脑袋问道："那你什么时候走？"

"今天就走。"

说完，她站了起来，走出了房间，根本不理睬当时仍然弓着身子捧着脑袋的我。我没想到她就这么出去了，她所做的和所说的一切都出乎我的意料。我一下子懵住了，几乎不相信会是那样。随后，我看了看房间，她居然这样说得出就做得到，我心里有种奇怪的、毛骨悚然的感觉。隔阂已经产生了，我的孤寂已经开始。尽管房间还跟几分钟之前埃米丽亚坐在长沙发上的时候一样，但我觉得已截然不同了。我不由得感到房子已经残缺不全了。知道埃米丽亚不在了，房间就不再是此前我眼里所看到的那样了，我看到的已是很久以来我意识到埃米丽亚已经不在，也永远不再在里面的那个房间了。房间里到处是被遗弃的东西，甚至是气氛，奇怪的是我觉得不是我抛弃东西，而是东西抛弃我。这一切，并不是出于我的想象，而是处于麻木、痛苦和惊愕之中的我从感觉深处意识到的。后来，我发现自己哭了，因为当我感到嘴角痒痒，用一个手指头去抹擦时，发现脸颊上挂满了泪水。于是，我深深地叹了口气，开始无所顾忌地大哭起来。我站了起来，走出了客厅。

我穿着睡衣从半明半暗的客厅走到明亮的卧室，觉得很刺眼、很难受，埃米丽亚正坐在还未铺好的床上听电话；从对话中我听得出她是在跟她母亲说话。我似乎发现她的脸色困惑而又不安；我也坐了下来，双手捂着脸，继续在抽抽噎噎地哭着。我不太清楚当时为何哭成那样：也许不是因为我的生活已被毁了，而是因为昔日的某种痛苦，它跟埃米丽亚毫无关系，跟她抛弃我的事实毫无关系。此时，埃米丽亚仍在听电话。她母亲要跟她说的话一定很长也很复杂。尽管我当时泪流满面，但我看到她脸上掠过一道阴影，浮现出失望、沮丧和痛苦的表情，犹如一片大好风光中掠过一朵云彩的阴影。她对着话筒最后说道："你别急，你别急，我懂了，我们不谈这个了。"但她母亲的又一席长篇大论打断了她。但这一回，她没有耐心听了，以至于突然说道："你已经跟我说过了，你别急，我懂了，再见。"她母亲好像又说了些什么，埃米丽亚重复说了声"再见"，便挂上了电话，尽管我发现听筒里还响着她母亲的声音。随后，她抬起眼睛朝向我，但目光迷惘，并没有看我。于是，我本能地抓住她的一只手，结结巴巴地说道："你别走，我求你了……你别走。"

孩子们哭鼻子是从感情上说服人的一种具有决定意义的做法；一般说来，女人和感情脆弱的人，还有幼稚的人，也是这样。当时，我尽管哭得很伤心，但就像一个孩子，或者像一个女人，或是像一个感情脆弱的人似的，总怀着那种难以言喻的希望：希望我的眼泪能打动埃米丽亚的心，使她不离开我。这种幻想给了我些许慰藉，但同时也让我有一种近乎虚伪的感觉，似乎我是故意哭泣，是想用眼泪来讹诈埃米丽亚似的。我突然感到羞惭，没等埃米丽亚回答我，就站起身来走出了房间。

几分钟之后，埃米丽亚来找我。我刚恢复了平静，擦干了泪水，睡衣外披上了一件便服。我坐在扶手椅上，机械地点着一支烟，其实，我根本不想抽。她边坐下来边说道："你放心……别害怕……我不走了。"但她的声音带着一种绝望、痛苦和忧郁。我看了看她：她垂着眼睛，像是在思索，但我注意到她的嘴角在抽搐，双手揉弄着衣角边，这反映了她的茫然和惆怅。随后，她突然气恼地补充说道："我母亲不肯收留我。她说她已经把我住的那个房间租给了一个房屋中介了……现在她已有两三个房客，家里都住满了……她说她不相信我真的下了决心……要我三思而后行……现在我不知上哪儿去……谁也不要我……我只好跟你在一起了。"

她这番冷酷的真心话深深地打击了我：我像挨了蜇似的一

惊。我不禁反感地大声说道："你干吗用这种口气对我说话？只好……我怎么你啦？干吗这么恨我？"

这时，我发现她哭起来了，尽管她极力掩饰，用一只手捂住她的脸。随后，她摇了摇头，说道："刚才你不愿意我走……好吧，我留下……这下你该高兴了吧？"

我从扶手椅上站起身来，挨着她坐到沙发上，我搂住了她，尽管刚一触碰到她时，我感到她在退缩，在躲我。"我当然希望你留下，"我说道，"但是，不是这样……不是不得已……埃米丽亚，我究竟怎么你了，你干吗以这种方式跟我说话？"

她回答说："要是你希望我走，我就走……我去租间房住……你只需帮我度过一段很短的时间……我可以再去当打字员……一旦找到了工作，我就不再依靠你了。"

我大声吼道："不！我要你留下……但是，埃米丽亚，你不是迫不得已留下的，不是的。"

"不是你逼我，"她始终是哭着回答道，"是生活。"

当我搂住她时，我又试图问她为什么不爱我，甚至鄙视我，想问她究竟发生什么事了，我究竟怎么得罪她了。可是，见她这么哭，这么惆怅，我反倒稍为平静些了。我寻思不是提这种问题的时候；也许通过提问什么也达不到；想知道真相，得采取缓和一些的办法才是。我等了片刻，她脸背着我，继续无声地哭着。于是我提议说："行了，别再争论了，也别再做什么解释了……何况，这样只会让我们相互都受到伤害……我不想知道你的事，至少目前不想知道……你还是听我说吧：不管怎么样，我已接受当《奥德赛》影片的编剧了……巴蒂斯塔想让我们去那不勒斯海湾，因为大部分外景得在那儿拍……所以，我们决定去卡普里岛……我会让你在那里平静地生活，我向你发誓……何况，我必须那么做：我得整天跟导演泡在一起，一般我只能在吃饭时见到你……卡普里是一个十分美丽的地方，人们很快就该开始去海滨沐浴了……你可以在那儿休息休息，洗洗海水澡，散散步，那样你就会平静下来了，你自己考虑一下，不忙做出决定……其实，你母亲说的不无道理：你应该好好考虑一下……四五个月以后你再把如何处理我们关系的决定告诉我，到那个时候，唯有到那个时候，我们再谈。"

她始终把脸扭向一边，像是不想看我似的。后来，她好像挺高兴似的问道："什么时候动身？"

"很快……也就是说，十天左右……导演从巴黎一回来就动身。"

我紧紧搂着她，感到她的胸部圆乎乎、软绵绵的，贴着我的胸口，但我不知是不是能冒昧地吻她。实际上，虽然我在搂着她，她却没有丝毫的投入，只是被动地顺从着。不过，我仍然误以为这种被动并不完全是漠然，相反，还蕴含着一种魅力。后来，我又听到她以那种兴奋而又疑惑的口气问道："我们到卡普里住在哪儿？住旅馆吗？"

一想到能让她高兴，我就愉快地回答道："我们不住旅馆……住旅馆让人腻烦……我们去的地方比住旅馆要舒适……巴蒂斯塔把他的别墅让给我们住……整个编剧期间我们都可以住在他的别墅里。"

我立刻意识到埃米丽亚不会乐意这样做的，就像几天以前我匆忙接受了巴蒂斯塔的这一项目时所想到的那样。真的，她立刻挣脱了我的拥抱，退缩到沙发的一个角落里，又重复道："巴蒂斯塔的别墅……你已经接受了？"

"我本以为这样做会让你高兴的，"我极力为自己辩解，"住一座别墅比住一家旅馆要好多了。"

"你已经接受了？"

"是的，我想这样挺好。"

"我们跟导演一起住？"

"不，赖因戈尔德住旅馆。"

"巴蒂斯塔也去吗？"

"巴蒂斯塔？"对此我颇感惊异，回答道，"我想他会经常去的……但他不会待多久，最多是周末，待上那么一两天……去看看工作进展如何。"

这回她什么也没说。她在晨服口袋里摸了摸，掏出一块手绢来擤鼻涕。这样一动，晨服的开衩一直提到腰部，小腹与大腿都显露出来了。她端庄地紧夹着两腿，但白皙、丰腴而富有活力的小腹，交叉着的健美而又匀称的大腿，似乎下意识地显

134

示着令人难以抗拒的魅力。我看着她，本能地产生了一种强烈的欲望，刹那间，我又误以为自己可以挨近她，并占有她。

尽管我想入非非，但我明白自己不会这么做；当她擤鼻涕时，我几乎只是偷偷地看着她，似乎生怕我的这种目光被发现而当场出丑似的。不过，我自言自语道，如今我竟然已落到这个地步了：就像一个男孩子出于无法抑制的好奇从浴场的更衣室缝隙里往里面偷看一样偷看我妻子的裸体。我一怒之下，用手扯着她的衣角一下子掀到她的大腿处。她好像没有发现我的动作似的，把手绢放回口袋里，平静地说道："我跟你去卡普里，但有一个条件……"

"别跟我谈什么条件……我什么也不想知道，"我突然出人意料地喊起来，"好吧，我们去……但我什么也不想知道……现在你走吧，你走。"我声音中大概含有某种难以抑制的愤怒，因为埃米丽亚像是吓住了似的立刻站了起来，急忙从房间里出去了。

第十二章

动身去卡普里岛的日子到了。巴蒂斯塔早就决定要亲自送我们去卡普里岛，正如他自己所说，要尽主人之谊。我们下楼走到街上时，见到在我的那辆小汽车旁边停放着一辆式样十分别致的红色小轿车。那已是六月上旬了，但天气还很不稳定，时而阴霾，时而多风。穿着皮风衣和灯芯绒裤子的巴蒂斯塔站在汽车旁跟赖因戈尔德说着话；作为有文化素养的德国人，赖因戈尔德满以为意大利是个阳光充足的国家，所以衣着相当单薄，头上戴着一顶白帆布遮阳帽，身上穿着一件美式的带有条纹的麻质上衣。埃米丽亚和我从家里出来时，后面跟着提行李箱的门房和女用人；巴蒂斯塔和赖因戈尔德立即离开汽车向我们迎过来。

"我们怎么坐？"相互打个招呼，巴蒂斯塔问道。他不等别人回答就说："我提议，莫尔泰尼，您太太跟我坐我的车；

赖因戈尔德坐您的车，这样，你们一路上可以谈谈电影……因为，"他脸上带着微笑，却又以严肃的口吻下结论似的说道，"从今天起正式开始工作了……两个月之后，我得把电影剧本拿到手。"

我近乎木然地望了望埃米丽亚；我从她脸上看到了以往也曾看到过的那种迟疑而又厌恶的表情，似乎她的面部线条都走形了。但我没太在意，也没有把她这种表情与巴蒂斯塔的提议联系起来看，何况，他说得也合乎情理。"好极了，"我勉强装出十分高兴的样子说，似乎很理解他是想充分利用沿海边旅行的机会轻松一番，"很好，埃米丽亚跟您坐一辆车，赖因戈尔德坐我的车……不过，我可不能答应与导演沿途还讨论剧本……"

这时，埃米丽亚开口了："我怕坐开得太快的车……您那种车开起来车速太快了……"但是，巴蒂斯塔猛地抓住她的胳膊，大声说道："坐我的车不用怕……您怕什么？……我也不是不要命的。"说着，他就拖着埃米丽亚往自己的车子走去。我见埃米丽亚以犹疑而又迷茫的神情看着我，我不知该不该坚持让她坐我的车。不过，我想，那样一来，巴蒂斯塔会生气的；他特别喜欢开车，车也开得确实不错，于是，我又不吭气了。然而，埃米丽亚仍然软弱地表示着异议："可我想坐我丈夫的车。"巴蒂斯塔诙谐地反驳道："是这位丈夫吗？……您整天跟您丈夫在一起……得了，得了，我可是要生气了。"此时，他们已走到了车子跟前，巴蒂斯塔打开了车门，埃米丽亚上了车，坐在了车子里，巴蒂斯塔绕过车子从另一边也上了车……当我颇为迷惘地看着他们时，赖因戈尔德说道："我们可以走了吗？"他的声音使我一怔，我这才清醒过来，也上了车，启动了马达。

我听到了后面巴蒂斯塔的汽车开动的响声，随后，他的汽车超到我们前头，并沿着下坡的小路急驶而去。我从那辆车的后窗玻璃隐隐约约地看到并排坐着的埃米丽亚和巴蒂斯塔的头部；这时汽车拐了弯，而后就消失不见了。

巴蒂斯塔嘱咐我们一路上要讨论电影剧本。那是多余的嘱咐：当我们穿过整个城市后，我按我那辆小汽车所能承受的速度不紧不慢地驶入通往福尔米亚的公路上时，一直缄默不语的赖因戈尔德就打开了话匣子："莫尔泰尼，请您说实话，那天在巴蒂斯塔那儿，您生怕让您编写一部Kolossal[1]影片的剧本。"他说话时面带着微笑，十分强调那个德文字。

"现在我还担心呢，"我心不在焉地说道，"因为这也是如今意大利电影制片业的趋向。"

"您不必担心……我们，"他突然以坚毅而又权威的口吻说道，"我们编写一部心理分析性的剧本，而且是单纯心理分析的……就像那天我跟您说的那样……亲爱的莫尔泰尼，我这

---

1 Kolossal，德文，大型惊险片的意思。

个人不习惯按制片人的意愿行事⋯⋯我只做我想做的事⋯⋯在戏剧方面，我是主人，而不是别人⋯⋯否则我就不拍电影了⋯⋯很简单的道理，不是吗？"

我回答道，实际上，是很简单；我的语气很轻松，因为他这权威性的断言，使我能指望跟赖因戈尔德的合作不会像通常那样令人厌烦了。沉默了片刻之后，赖因戈尔德又说道："现在我想跟您谈谈我的一些设想⋯⋯您可以边开车边听别人说话吗？"

我说道："当然可以。"但这时，正当我把头转向赖因戈尔德那边时，前面一条横道上突然冒出一辆两头牛拉的车子，我不得不紧急刹车。我赶紧往一旁躲闪，车身猛烈颠簸，险些撞到一棵树上，我好容易才及时校正了汽车的行驶方向。赖因戈尔德哈哈大笑起来："我看不见得。"

"您别大惊小怪，"我生气地说道，"我怎能料到会闯出那两头牛来呀⋯⋯您尽管说吧，我听着。"

赖因戈尔德不请自说。"莫尔泰尼，您看，我接受了卡普里之行⋯⋯实际上是到那不勒斯海湾去拍外景⋯⋯但只是拍外景⋯⋯余下的工作我们可以在罗马干⋯⋯奥德修斯的悲剧并不是一个普通水手、一个探险家或是一个逃生者的悲剧⋯⋯而是所有人的悲剧⋯⋯奥德修斯的神话蕴含了某种人的真实故事。"

我随意说道："所有的希腊神话都隐含着永恒的人类悲

剧，没有时间和空间的限制。"

"说得对……换句话说，所有的希腊悲剧都是形象化地讽喻人类生活……可是，如今我们现代人怎样才能使这些如此古老又如此含蓄的神话得以复生呢？首先得寻觅到它们对于现代人可能会有什么意义，然后，再深入地去理解这种含义，并解释它，表现它……但需要用一种生动的、独立的方式来解释它，表现它，不能被从这些神话引申出来的希腊文学的优良作品牵住鼻子……举例来说，您肯定知道尤金·奥尼尔[1]写的《厄勒克特拉[2]的悲悼》，这部作品还拍成了电影。"

"当然知道。"

"好。奥尼尔也知道这是个如此简单的真理：要用现代的手法来表现像俄瑞斯忒斯[3]那样古老的故事……但我仍然不喜欢《厄勒克特拉的悲悼》……您知道为什么吗？因为尤金·奥尼尔让埃斯库罗斯给框住了……奥尼尔是正确地考虑到了俄瑞斯忒斯的神话可以用心理分析的手法来表现……但他被题材束缚住了，他太拘泥于神话的文学风格了……就像一个好学生把

1　尤金·奥尼尔（Eugene O'Neill，1888—1953），美国唯一获诺贝尔奖的戏剧家。《厄勒克特拉的悲悼》以希腊悲剧隐喻美国内战期间一个家庭的悲剧，于1931年在纽约首次公演。

2　厄勒克特拉，希腊神话中阿伽门农和克吕泰涅斯特拉的女儿，阿伽门农被克吕泰涅斯特拉及其奸夫谋杀后，厄勒克特拉就把弟弟俄瑞斯忒斯寄养在父亲的好友那儿。弟弟长大后，姐弟俩共同谋杀了母亲和奸夫，为父亲报了仇。

3　俄瑞斯忒斯，他与姐姐为父亲报仇后，受到复仇女神的惩罚，变成了疯子。后来女神雅典娜解救了他，宣告他无罪。最后他归国继承了王位。

一篇范文用横格纸拓写在本子上似的……看得出是拓写的……莫尔泰尼。"赖因戈尔德因自己对奥尼尔的批评而洋洋得意地笑了。

现在汽车正穿行在离海不远的罗马乡间，两旁是低矮的丘陵地，成熟的麦田上稀稀落落地有几棵枝叶茂密的树木。我想我们已远远地落在巴蒂斯塔后面了：笔直伸向远方的大道上空无一人，岔道口也看不到人。这时巴蒂斯塔以超过一百公里的时速行驶，已远远地把我们甩在后边，大概在我们前面五十公里的地方了。赖因戈尔德又说道："要是奥尼尔懂得这个道理，明白希腊神话可以用现代手法来表现，按照心理分析领域的最新发现来表现，他就不会死抠原著，而是把它抛开，推倒重来……可他没有那样做，所以，他的《厄勒克特拉的悲悼》干巴巴的，读来令人感到枯燥乏味……像是一篇学生的作文。"

"我倒觉得相当好。"我反驳道。

赖因戈尔德没有在意我的插话，又接着说道："奥尼尔没有考虑也不会处理俄瑞斯忒斯的故事，而我们则应该大胆地处理《奥德赛》中的故事……就像解剖躺在解剖台上的人体一样剖析它，仔细察看其结构，把它们一一拆开来，然后再根据我们现代人的需要重新编写。"

赖因戈尔德究竟想干什么，我很纳闷。我随口说道："《奥德赛》的主题思想很清楚，即反映了主人公对家乡、家庭和祖国的怀念，并描述了阻挠其重返家园、重新与亲人团聚的种种障碍……战争结束后，每个战俘，每个由于某种原因而回不了家园的士兵大概都可以把自己看成是一个小小的奥德修斯。"

赖因戈尔德发出一阵笑声，像小母鸡咯咯叫似的："我早就料到了：打完仗的军人、战俘，等等，这一切根本扯不到一起去，莫尔泰尼……您看问题只停留在表面上，您太就事论事了……如果这样处理《奥德赛》倒真有可能拍成像巴蒂斯塔所希望的那种大型惊险片了……然而，巴蒂斯塔作为一个制片商，他这样考虑问题并不奇怪……可您是个知识分子，莫尔泰尼……您很聪明，莫尔泰尼，您不能这样考虑问题，您得动动脑子……您得尽量好好想一想才是。"

"我这不是在好好想吗？"我有些生气地说道，"又没在想别的。"

"不，您没在好好想……您首先应该好好琢磨一下，好好观察一下，好好注意这样一件事实：奥德修斯的故事实际上是他跟他妻子的故事。"

这次我没说话。赖因戈尔德接着说道："《奥德赛》最动人的地方是什么？是奥德修斯回家过程的缓慢，他辗转了整整十年之久才回到家……而在这十年期间，尽管他声称自己对珀涅罗珀的爱情那么真挚，但实际上，只要一有机会，他就背叛她……荷马笔下的奥德修斯想的只是珀涅罗珀，他一心只想着能与珀涅罗珀团聚……可是，莫尔泰尼，我们能相信他说的话吗？"

"要是我们连荷马都不相信，"我开玩笑地说道，"那我真不知该相信谁了。"

"相信我们自己，相信能透过希腊神话看问题的现代人……莫尔泰尼，我反复读了几遍《奥德赛》之后，不知不觉地得出的结论是：实际上，奥德修斯并不想回家，并不想与珀涅罗珀团聚……这是我的结论，莫尔泰尼。"

我又一句话没说。我的沉默使赖因戈尔德觉得自己很了不起，他又说道："实际上，奥德修斯是个怕回到妻子身边的男人，原因先不说，正因为他怕回家，所以他下意识地为自己返回家园设置了种种障碍……他这种闻名于世的冒险精神，实际上是一种想投身在种种冒险行为之中，从而延缓他的回家之旅的无意识的愿望，而这些冒险的经历的确不断地阻碍着他返回家乡，使他不得不绕了许多弯路。并不是斯库拉[1]、卡律布狄斯[2]、卡吕普索[3]、菲埃克斯人[4]、波吕斐摩斯、克律塞斯和诸神反对他返回家园，而是奥德修斯在下意识地为自己不断地制造冠冕堂皇

1　斯库拉，六个头的女妖，她住在意大利墨西拿海峡的岩礁上。

2　卡律布狄斯，波塞冬和盖亚的女儿，因偷窃了宙斯之子赫拉克勒斯的牛群而被囚禁在墨西拿海峡，以旋风吞食航海者。

3　卡吕普索，阿特拉斯的女儿。奥德修斯从特洛伊回国时，在长久的漂泊后登上了她居住的俄古癸亚岛。卡吕普索想与奥德修斯结为夫妻，甚至答应他可以长生不老，但奥德修斯终不为所动。七年后，卡吕普索奉宙斯之命放奥德修斯回家。

4　菲埃克斯人，奥德修斯离开卡吕普索后来到斯刻里亚岛，生活在岛上的居民菲埃克斯人过着幸福安宁的生活，奥德修斯曾请求王后阿瑞忒给予栖身之地。后来奥德修斯乘坐菲埃克斯人的船终于回到故乡。

的借口，以便能这儿待一年、那儿待两年地迟迟不返回家园。"

赖因戈尔德最终就是想用这种典型的弗洛伊德心理分析方法来解释作品。让我感到惊异的是自己居然事先没有考虑到这一点：赖因戈尔德是德国人，他在柏林崭露头角的时候，正是弗洛伊德学说获得初步成功的时代，后来，他又去了颇为重视心理分析学的美国，对于奥德修斯这样一个杰出的并不复杂的英雄，他自然也会采用心理分析的手法去表现。我冷冷地说道："这样做得很巧妙……但我没有看到如何……"

"别忙，莫尔泰尼，别忙……那么，显然，根据我的这种解释，就是说按照现代心理分析学的最新发现去解释作品，是唯一正确的方法，这么说吧，《奥德赛》只不过是反映夫妻之间相互感到厌烦了的故事……奥德修斯曾竭力想摆脱这种困境，然而，这种厌烦的情绪日益加深，经过长达十年的自我抗争，他终于战胜了，解脱了，敢于正视自己的处境了……换句话说，奥德修斯十年之中想方设法迟迟不归，为自己寻找了种种不能回国的借口……甚至还多次想与另一个女人结合……不过，最终他克制了自己，回家了……现在看来，奥德修斯的回归正意味着他是接受了他出走前的处境，当时他是想一去不复返的。"

"什么处境？"我这下子真的感到惊讶地问道，"奥德修斯不是为了参加特洛伊战争而出走的吗？"

"这是表面现象，这是表面现象……"赖因戈尔德不耐烦地重复道，"有关奥德修斯动身出征之前的伊塔卡王国的形势，关于珀涅罗珀的追求者们，还有别的情况，我下面会谈及的，在解释奥德修斯不想回伊塔卡、害怕与妻子重聚的原因时我会谈到的……不过，我想着重强调的是，《奥德赛》并非像荷马想让人相信的那样，是叙述奥德修斯的一次广义上超越地理范畴的历险行为……相反，它是奥德修斯内心世界里的一出悲剧……故事中所发生的一切都是奥德修斯的潜意识的象征……莫尔泰尼，对弗洛伊德你自然是了解的喽？"

"了解一点。"

"那好，弗洛伊德能引导我们打开奥德修斯的内心世界，而不是贝拉尔德跟他的那些地图和他那不说明任何问题的文献学……我们不是发掘地中海，而是发掘奥德修斯的灵魂……或者说他的潜意识。"

我愠怒而又十分粗暴地说道："如果是为一出家庭悲剧，那就不必去卡普里岛了……不如就在罗马的一个现代化的居民区里的一间普通房间里工作算了。"

听我这么一说，赖因戈尔德惊异而又生气地扫视了我一眼，随后又令人生厌地笑了起来，就像有人想用玩笑来结束一场未能取得预期效果的争论似的。"到了卡普里岛以后，我们再平心静气地好好谈，"他又接着说道，"您开着车，是无法跟我讨论《奥德赛》的。现在，您开您的车……我欣赏欣赏这美丽的风光。"

我不敢顶撞他；我们几乎有一个小时没说话。前面是庞蒂那地区的古老的沼泽地，公路的右边是流水潺潺的河渠，左边是绿色的一马平川；现在已过了契斯台尔纳镇；随后又驶过泰拉契那镇。过了这个小镇之后，公路就沿着海岸线向前延伸，另一边是灼热阳光下的荒山秃岭。大海不平静；黑黄色沙丘那边的绿色大海显得混浊不清，像是海上刮过一场风暴，把海底的许多沙子都裹到海面上来了似的。海面上掀起了波涛，冲击着狭长的海滩，溅起阵阵像肥皂泡似的白沫。再远处是泛着浪花的海面，但没有大浪，绿色几乎变成了近乎淡紫的蓝色，随风奔涌着的层层浪花时隐时现。天空也同样千姿百态：婀娜多姿的白云自由自在地飘荡；蔚蓝色的海面上空金光万道，海鸥在空中盘旋，时而俯冲，时而展翅翱翔，像是在探测空气的涡流而调整自己的飞行高度似的。我一边饱览着这海上美景，一边驱车前进；当赖因戈尔德听到我说他是把《奥德赛》完全解释成了家庭轶事的时候，露出了惊愕而又生气的目光，这让我感到有点儿后悔。然而，我又突然想到自己也不无道理：在那明亮灿烂的天空下，在那色彩斑斓的大海边，沿着那荒寂的海滩行驶，使人不难想象奥德修斯是如何驾着黑色的船只乘风破浪地行驶在地中海上，奔向当时尚未开发的鲜为人知的土地的。荷马描述的也许正是这样碧波荡漾的大海，这样辽阔的天空，这样绵延的海岸，他笔下的人物就接近这大自然的天性，具有那古朴而又可亲的禀性和气质。这就是《奥德赛》之魂，而不是别的。可现在赖因戈尔德却想把这样一个五彩缤纷、明亮灿烂、风和日丽、充满生气的大自然，理解成反映隐晦的内心世界的、没有色彩、没有形状、没有阳光和空气的僵死的东西：奥德修斯的潜意识。这样一来，《奥德赛》就不再是人类充满幻想的童年时代所想象的发掘地中海的历险故事，却成了一个沉溺在狂热的矛盾心理中而不能自拔的现代人的悲剧了。想到这里，我心里寻思，从某种意义上来说，遇上编写这样的电影剧本是最倒霉的了：一般来说，拍摄电影本来就有把根本不必修改的东西改得更糟糕的倾向，可现在倒好，还得在《奥德赛》这么一部洒脱自如而又内容充实的艺术作品中，生硬而又抽象地塞进忧郁而又阴暗的心理分析的成分。此时，我们就在距离大海很近的地方行驶着；大路那边是绿色的蔓生植物，那是一片像是插在沙地上的枝叶茂盛的葡萄藤，狭长的海滩上布满黑色的废渣，被浪花激起的泡沫不时冲刷着海滩。我猛地刹住了车，冷冷地说道："我得活动活动腿脚……"

　　我们下了车，我立刻穿过一片葡萄藤，朝通向海边的一条小路走去。我对赖因戈尔德解释说："我在家里已关了足足八个月了，从去年夏天以来我没见到过大海，我们到海边去待一会儿。"

　　他默默地跟着我：也许他还在生气，冲我板着脸。一条不足五十米的羊肠小路曲曲弯弯地穿过葡萄园，随后就消失在海滨的沙滩上。现在耳边听到的不是机械而又单调的汽车马达声，而是令人神往的汹涌澎湃、浪花四溅的海涛的咆哮声。我在光灿灿、湿漉漉的海滩上漫步，随着浪头的推进和后退而时退时进。最后，我停住了脚步，一动不动地久久站在一个沙丘上，目光望着地平线。我意识到自己得罪了赖因戈尔德，得设法重提刚才的话题，我觉得这正是他所期盼的。最后我决定先开口，尽管我不情愿中断对大海的着迷的默想。"赖因戈尔德，请您原谅我，"我突然说道，"刚才也许我没说清楚，不过，说实在的，您的解释根本没有说服力……要是您想听，我不妨就对您说说原因。"

他立刻关切地回答道："您尽管说……您尽管说……讨论是我们工作的一部分，不是吗？"

"好吧，"我眼睛不看着他，又说道，"您说服不了我，因为《奥德赛》也可能有您说的那种意义，对此，我不妄加评论……然而，荷马史诗跟一切古代艺术经典一样，其突出的优点就是以一种深刻的含义表达我们现代人头脑里所想的那些千头万绪的东西……我是想说，"我立时升起一股无名火，又补充说道，"《奥德赛》的美就在于相信现实，而现实是怎么样就怎样客观地表现出来……总之，不容分析，也不容肢解，是怎么样就怎么样：或取或舍……换句话说，"我一直望着大海，没有看着赖因戈尔德，最后说道，"荷马所描述的世界是一个现实的世界……荷马属于一种文明，这种文明是在跟大自然相和谐而不是相矛盾之中发展起来的……因此，荷马相信能

148

感觉得到的现实世界，他作品中所表现的也就是他实际上看到的，我们也应该抱这样的态度，效法荷马对现实世界的态度，不要去寻觅一些什么奥秘的含义。"

我不说了，但我并没有平静，很奇怪，我被自己想要阐述的意思所激怒，像是做了徒劳的努力似的。也确实如此，赖因戈尔德似乎立即哈哈大笑起来，洋洋得意地回答我说："外向的人，外向的人……莫尔泰尼，您像所有的地中海人一样是个外向的人，不理解内向的人的想法……不过，这没有什么不好的……我内向，您外向……正因为如此，我选中了您……您的外向与我的内向可以取得平衡……我们会合作得非常默契，不信您看……"

我正想回答他，而且我认为我的回答又将再次惹怒他，竟然有他这样固执迟钝的人，我真怒极了。这时，我身后突然响起一个十分熟悉的声音："赖因戈尔德，莫尔泰尼……你们在干什么？……你们在海边乘凉吗？"

我转过身去，见巴蒂斯塔和埃米丽亚迎着早上强烈的阳光站在最高的一堆沙丘上。巴蒂斯塔挥动着一只手臂朝我们快步走来，埃米丽亚眼睛望着地面，在后面慢慢地跟着他。巴蒂斯塔显得比往常轻松和自信；然而，看上去埃米丽亚显然是非常不满、犹豫和厌烦。

我颇感惊愕地当即就对巴蒂斯塔说道："我们以为你们到前面去了……以为你们已经到了福尔米亚或更远的地方。"

巴蒂斯塔从容不迫地回答道:"我们绕了个远路,我想让您妻子看看我在罗马近郊的一片田产,我正打算在那里营建一座别墅。后来,我们几次经过路口时都碰上红灯。"他转过身去问赖因戈尔德:"怎么样,赖因戈尔德?……《奥德赛》谈得怎么样啦?"

"挺好。"赖因戈尔德低着戴着帆布小帽的脑袋,简洁地回答道。显然,他厌烦巴蒂斯塔的出现,他很想与我继续讨论下去。

"太好了,太妙了。"巴蒂斯塔亲切地拉住我们两人的胳膊,迈开步子,拽着我们朝站在不远处海滩上的埃米丽亚走去。"那么,"他那种献殷勤的口气让人难以忍受,"那么,漂亮的太太,由您决定吧……我们是到那不勒斯吃饭,还是在福尔米亚吃饭?……您决定吧。"

埃米丽亚怔了一下,说道:"你们定好了,我随便。"

"不,当然得由女士来决定啦。"

"那我们就到那不勒斯再吃吧,现在我不饿。"

"好极了,到那不勒斯吃饭……肉汁鱼汤……欣赏欣赏小乐队演奏的《我的太阳》。"巴蒂斯塔兴致的确很高。

"去卡普里的轮渡什么时候开?"赖因戈尔德问道。

"两点半……我们最好快走。"巴蒂斯塔回答道,他撇下我们朝大路走去。

赖因戈尔德在后面跟着他,并追上了他,与他并排走着。

埃米丽亚还站在那里，假装看着大海，像是想让他们先走。等我一走近她，她就抓住我的胳膊低声说道："现在我坐你的车……你别反对我。"

她那种急迫的样子令我惊异："发生什么事啦？"

"没发生什么事……巴蒂斯塔的车子开得太快了。"

我们俩默默地走在小路上。当我们来到大路上，走到停在那儿的两辆车跟前时，埃米丽亚毅然朝我的车走去。

"嗳，"巴蒂斯塔大声喊道，"太太不坐我的车啦？"

我转过身去：巴蒂斯塔站在他打开的车门旁，车子停在阳光普照的大路上。赖因戈尔德望着我们，犹豫不决地站在两辆汽车中间。埃米丽亚声音不大，平静地说道："现在我跟我丈夫走……我们那不勒斯见。"

我本以为巴蒂斯塔不会坚持，会放弃自己的要求。不料，他竟然朝我们跑了过来："太太，您跟您丈夫在卡普里可以足足待上两个月……而我，"为了不让导演听见，他低声说道，"在罗马我整天跟赖因戈尔德泡在一起，我敢断言，他是个最没意思的人了……您丈夫肯定不会反对您跟我来的，是吧，莫尔泰尼？"

尽管我很勉强，但我不得不回答道："绝对不反对，可是，埃米丽亚说您的车开得太快了。"

"我会像蜗牛一样慢慢爬的，"巴蒂斯塔热情而诙谐地说道，"求您了，别让我单独跟赖因戈尔德一起去，"他又压低嗓门说道，"您不知道他多么讨厌……除了电影他不谈别的。"

我也不知道当时是怎么了，也许我是想不必用这一个空洞的借口让巴蒂斯塔扫兴。我还没来得及好好思考，就说道："去吧，埃米丽亚……你不想让巴蒂斯塔高兴吗？……再说，他说得有道理，"我微笑着补充道，"跟赖因戈尔德在一起，除了谈电影没有别的。"

"就是！"巴蒂斯塔高兴地附和道。随后，他抓住了埃米丽亚一只胳膊的上部接近腋下的地方，说道："来吧，漂亮的太太，别不高兴……我会开得跟人步行一样慢的，我答应您。"

我见埃米丽亚扫了我一眼，我当时无法判断其含义，随后，她慢慢地回答道："如果是你的意思，我就去。"突然，她毅然转过身去，补充说道："那么，我们走吧。"她与巴蒂斯塔一起走了，巴蒂斯塔一直攮着她的胳膊，像生怕她逃走似的。我站在汽车旁边，犹豫不定地望着埃米丽亚和巴蒂斯塔走远了。粗壮的巴蒂斯塔个子比她矮一截，她挨着他走着，懒洋洋、慢吞吞地，像是不情愿的样子，但她身上充满了强烈而又神秘的性感。当时，我觉得她美极了；她的确很美，但并不是巴蒂斯塔用贪婪和呆板的声音所奉承的"漂亮的太太"，而像是在金光闪烁的大海和明朗的天空交相辉映之下的一位超脱时间与空间的造物似的。她脸上流露出受人勾引而又不知所措的神情，我当时不知她为什么如此。后来，当我看着她时，我就这样想："白痴！……也许她是想跟你单独在一起……也许她

想跟你谈话，向你好好解释一番，推心置腹地谈一谈……也许
她想对你说她爱你……而你却逼着她跟巴蒂斯塔走。"想到这
里，我感到十分后悔，举起了一只手臂像是想要喊她。不过，
为时已晚：她已上了巴蒂斯塔的车，巴蒂斯塔也上了车坐在了
她身边，这时，赖因戈尔德迎着我走过来，我也上了汽车，赖
因戈尔德坐在了我身边。此时，巴蒂斯塔的车超过我们，很快
变得很小并在远处消失了。

也许赖因戈尔德发现了我当时的心情特别坏，因为他没有
像我担心的那样再提及《奥德赛》，而是把便帽压在眼睛上，
缩着坐在汽车座位上，并很快就睡着了。我就这样默默地开着
车，把我的那辆功率不大的小汽车的速度加到最大；此时，我
的心情越来越不好，我难以控制自己，几乎要发狂了。大路离
大海越来越远了，现在正穿过一大片阳光普照的丰饶的农田。
要是在往常，我会欣悦于道路两旁那些在我头顶上掠过的飒飒
作响的茂密的枝叶；我会饱览那一望无际的红色丘陵地上满山
遍野的青灰色橄榄树；我会观赏那些枝头挂满金黄色果子的
枝叶繁茂的橘子树；还有那周围堆着两三堆金黄色稻草垛的古
老幽暗的农舍。但我什么都不想看，只顾开车，随着时间的流
逝，我的心情越来越坏。我没有去挖掘自己心情不好的原因，
毫无疑问，绝不仅是因为我后悔没有坚持让埃米丽亚留在我的
身边；即便我想把她留在身边，当时我气得头脑发昏，也绝对
没有能力留下她。那就像是难以控制的神经质的痉挛，后来，

随着时间的推移，病人就变得麻木，变得完全失去知觉，然后便停止抽搐了。就这样，待穿过田野、树林、平原和山岳之后，我的心情坏到极点，而后又趋向缓和，在快抵达那不勒斯时，心情似乎就豁然开朗了。现在，我们很快下了山坡朝大海驶去，眼前是松树和玉兰花树掩映的蔚蓝色海湾；我真像是一个身心因蒙受过强烈而又难忍的痉挛之后的瘫痪病人似的，感到无力和迟钝。

第十三章

　　到了卡普里，我们才知道巴蒂斯塔的别墅位于靠近苏莲托半岛海岸的一个僻静的地方，那儿离卡普里广场很远。巴蒂斯塔、埃米丽亚和我把赖因戈尔德送到旅馆之后，就朝通往别墅的大道驶去。

　　开始时，我们沿着环岛的滨海林荫大道行驶。已临近黄昏时分，在鲜花盛开的夹竹桃树的绿荫中，寥寥几个行人沿着绿叶葱葱的花园围墙默默地缓步行走在砖石地面上。透过松树和豆角树的枝叶，远处蔚蓝色的大海时隐时现地在夕阳下泛着粼粼碧波。我跟在巴蒂斯塔和埃米丽亚的后面，不时地停下来浏览四周的美景，我近乎惊异地感到自己的心境很长时间以来第一次那么平静，尽管谈不上心旷神怡。我们开到了濒海大道的尽头；在大路的拐弯处，耸立在海面上的名叫法拉里奥尼的三座巨大礁石突然出现在我们眼前。听见埃米丽亚惊喜地喊了一声，我心里很高兴。她是第一次来卡普里岛，在这之前她一直没说话。还有两块形状奇特的红色巨岩，像是从天上落到明亮如镜的海面上的两块陨石。眼前的景致使我兴奋不已，我对埃米丽亚说，法拉里奥尼礁石上有一种世界上任何地方都没有的蜥蜴——蓝蜥蜴，因为它们终年都生活在蔚蓝的天空和蓝色的大海之间。她好奇地听着我解释，像是一时忘记了对我的敌意；于是，我情不自禁地对重新和好又抱有希望了，我描述的躲藏在礁石缝隙里的蓝蜥蜴，似乎突然成了一种象征，如果我们在岛上也长期逗留的话，似乎我们也会变成蓝蜥蜴了：我们的灵魂也会净化了，海岛的平静生活将会逐步荡涤我从都市带来的愁绪残痕，我们就会像蓝蜥蜴一样，像大海、天空一样，像一切清澈、明快、纯洁的东西一样晶莹透亮。

掠过了法拉里奥尼礁石，小路开始在光秃的悬崖峭壁之间盘旋，那些美丽的花园和别墅就从视线中消逝了。最后，在一片僻静的空旷地上，出现了一座长条形的、低矮的白色建筑物，它有个伸突到海边的大平台。那就是巴蒂斯塔的别墅。

别墅不大，除了一个通向阳台的客厅外，只有三个房间。走在前面给我们带路的巴蒂斯塔似乎在向我们炫耀他这份家产，对我们解释说，这是作为别人偿还他部分债款的抵偿，他得到这幢别墅才一年，自己还没有在里边住过。我们注意到他为我们的到来准备好了一切：客厅的花瓶里放有鲜花；刚打过蜡的地板洁净明亮，散发着一股刺鼻的味道；我们探出身子去看厨房时，发现看守人的妻子正在炉子跟前准备晚餐。巴蒂斯塔像是在向我们显示别墅里一切舒适的设施，一点儿都不肯遗漏，连小小的贮藏室都想让我们看；他殷勤周到极了，甚至还打开大衣柜，问埃米丽亚衣架够不够用。参观完之后，我们回到了客厅。埃米丽亚说她得去换衣服，就出去了。我也想去换洗一下；但巴蒂斯塔在一把扶手椅上坐了下来，同时也请我坐下，把我留在了客厅里。他点燃了一支烟，出乎我意料地开门见山问道："莫尔泰尼，您觉得赖因戈尔德怎么样？"

我有些惊异地回答道："我说不好……我不太了解他，很难做出评价……我觉得他是个十分严肃的人……像是个挺不错的导演。"

巴蒂斯塔考虑了一下，又说道："您看，莫尔泰尼……我也不怎么了解他……首先，他是个德国人，是吧？而我们是意大利人：两个世界，两种生活观念，两种感觉……"

我什么也没说；跟平时一样，巴蒂斯塔总把事情扯得老远，超越所要谈的具体议题：我等着听他最后究竟想谈什么。他又说道："您看，莫尔泰尼……我想把您这样一个意大利人安排在赖因戈尔德的身边，是因为我觉得他跟我们太不一样了……对您，我信得过，可惜我很快得动身离开这儿，走之前有些事我得关照您一下。"

"您尽管说吧。"我冷淡地说道。

"赖因戈尔德，"巴蒂斯塔说道，"我们在讨论电影时我已注意到他了，您同意不同意没关系，只是您别说出去……不过，我对人太了解了，他竟然采取这种态度……你们这些知识分子，莫尔泰尼……无一例外地以为制片人都是生意人，没别的……您别反驳我，莫尔泰尼，您这样想，自然赖因戈尔德也这样想……从某种程度上来说是正确……也许赖因戈尔德想以他那种被动的态度麻痹我……但我是清醒的……很清醒，莫尔泰尼。"

"总而言之，"我不客气地说道，"您是信不过赖因戈尔德。"

"信得过，也信不过……他是个专家，是个专职导演，这一点我信得过……但作为一个德国人，作为一个从另一个世界来的人，我信不过……现在，"巴蒂斯塔把香烟搁在烟灰缸上，看着我的眼睛，"现在，莫尔泰尼，我想制作一部尽可能接近荷马所写的《奥德赛》原著精神的影片……荷马为什么要写《奥德赛》？他是想写一部扣人心弦的历险故事……这是荷马想要做到的……我希望你们忠实于荷马的原意……荷马把巨人、预言家、大风暴、女巫、魔鬼都写进了《奥德赛》中……我希望你们也把巨人、预言家、大风暴、女巫和魔鬼都写进电影剧本里去……"

"我们是要写进去的。"我略为诧异地说道。

"你们会写进去的，你们会写进去的……"突然，巴蒂斯塔令人意外地恼怒着说道，"莫非您把我当作一个白痴，莫尔泰尼？……但我不是白痴。”他提高了嗓门，以愤怒的目光盯着我看。他这么气急败坏，令我非常惊讶；巴蒂斯塔竟然有这么旺盛的精力，真令我吃惊，他从那不勒斯开车到卡普里，开了整整一天，要是换了我，到了目的地之后，首先想的是得好好休息一下，可他却还有心思讨论赖因戈尔德的创作意图。我有气无力地说道：“可是，您怎么会这么想呢，我哪能把您当作……当作白痴呢？”

“从你们的态度，从你们两人的态度，莫尔泰尼。”

“请讲清楚。”

稍稍平静些的巴蒂斯塔又拿起香烟，继续说道：“您还记得您在我办公室第一次遇上赖因戈尔德那天吗？……您当时说您觉得自己并不是那种为戏剧性较强的影片编写剧本的人，对不对？”

“好像说过。”

“赖因戈尔德为了让您放心，说了些什么？”

“我记不得了……”

“让我来提醒您……赖因戈尔德叫您放心……他想拍一部纯心理分析性的片子……一部反映奥德修斯和其妻子珀涅罗珀之间关系的片子……不是么？”

我越发感到惊异：外表粗俗的巴蒂斯塔竟细心得令我难以相信。我承认道：“对，我觉得他好像是这么说的。”

“现在，剧本还没有动手写，什么也没开始干，我最好还

159

是严肃地关照您：我认为《奥德赛》不是描述奥德修斯和珀涅罗珀夫妻之间关系的。"

我没吭气，巴蒂斯塔停了停，又说道："要是我想拍一部反映夫妇之间关系的电影，我可以取材一部现代小说，我就可以待在罗马，可以在卧室、客厅里或花园里拍镜头……我就不用去打搅荷马和《奥德赛》了……懂吗，莫尔泰尼？"

"唉，我懂了。"

"夫妻之间的关系我不感兴趣，明白吗？莫尔泰尼，《奥德赛》是奥德修斯返回伊塔卡途中所经历的奇遇，而我想拍的就是奥德修斯的奇遇。为了不引起任何误解，我再强调一下，我想拍的是一部惊心动魄的影片，莫尔泰尼，惊——心——动——魄，明白吗？莫尔泰尼？"

"请您放心，"我有些厌烦地说道，"您会有一部惊心动魄的影片的。"

巴蒂斯塔把烟扔掉了，以正常的声音肯定地说道："对此我不怀疑，何况是我出钱拍电影。我对您说这一切，是为了避免引起不愉快的误会，这您应该明白。你们明天早晨就开始干，我及时提醒你们，也是为你们好……我信任您，莫尔泰尼，这么说吧，我希望您把我的意思转达给赖因戈尔德……每当有必要时，您得提醒赖因戈尔德，人们之所以喜欢《奥德赛》，无论是过去和现在，那都是因为它是一部史诗。我希望把这部史诗完整地体现在影片里……与原著一样。"

我清楚，巴蒂斯塔的确已平静下来了，实际上，他已不再谈论他想要拍一部惊心动魄的影片的事，而是在谈文艺创作。在对票房收入和上座率高不高方面做了探讨之后，我们的话题又回到了艺术和精神的范畴中。我做了个鬼脸，似笑非笑地说道："您不用担心，巴蒂斯塔……您将能获得荷马的全部诗意……至少，我们会尽力把它体现出来的。"

　　"好极了，好极了，您别说了。"巴蒂斯塔从沙发椅上伸着懒腰站起来，他看了看手表，突然说他要去梳洗一下准备吃晚饭，于是走出了客厅：只剩下我一人独自待在那儿。

　　我早就想回到房间里去换洗一下，准备吃晚饭的。但跟巴蒂斯塔的一番议论让我没有心思，静不下心来了。我在客厅里下意识地徘徊。实际上，是巴蒂斯塔对我谈的一切使我第一次隐约地意识到了工作的难度，当初我接受这项编剧任务只是单纯地考虑到经济利益；似乎现在我就已经感受到了写完剧本时疲惫不堪的滋味了。"为什么非得这样呢？"我想，"我干吗要接受这么一个吃力不讨好的工作呢？为什么我不是跟赖因戈尔德争论，就是得跟巴蒂斯塔争论，而且最终还都不得不妥协呢？为什么还不得不痛苦地把自己的名字写在一个虚假的旨在谋求酬金的产品上面呢？……这一切究竟为的是什么呢？"刚才从小路上眺望那三座礁石峭壁时，还觉得在卡普里岛的逗留是那么有吸引力，而现在这一切却又都蒙上了令人迷惑和捉摸不定的色彩：得在我文人的良知和制片人的要求之间来个折中。我又一次确切无疑地感到巴蒂斯塔是主人，我是仆人，而仆人做什么都行，就是不能违背主人的意愿；为了摆脱主人的淫威而趋炎附势、耍弄手腕，这比俯首听命更糟践人格。总之，我用合同上签的名，把灵魂卖给了魔鬼，一个像所有的魔鬼一样刻薄而又吝啬的魔鬼。巴蒂斯塔已坦率地直言道："是由我出钱拍电影。"我当然无须掩饰地说道："我是冲着钱来的。"每当我想到编写电影剧本，我耳边总是回响着这句话。一想到这些，我就突然产生一种窒息感。我想出去呼吸巴蒂斯塔呼吸的空气。我走到玻璃门跟前，打开它，走到了大平台上。

第十四章

　　已是夜晚；月亮还躲在云层里看不见，朦胧的月光柔和地洒照在阳台上。有一条石阶从阳台上通向环岛的小路。我犹豫了一阵，想沿着那石阶下去走一走，但已经太晚了，小路上漆黑一片。我决定待在阳台上。我趴在栏杆上，点燃了一支烟。

　　我头顶上方是繁星密布的夜空，海岛上黑沉沉的峭壁悬崖高耸云霄，俯身隐约可见山谷里的石崖岩壁，四周万籁俱寂：如果我仔细聆听，可以隐隐地听到下面海湾里汹涌澎湃的浪花拍击岸边鹅卵石的声音，或许是我搞错了，根本没有这细微的响声，那只是平静的大海随着海潮涨落的呼吸。空气静止不动，没有一丝风；远眺地平线，可以看到远处坎帕内拉海岬上不停转动的灯塔发出的时隐时现的白色微光，这光亮是我当时在周围事物中所发现的唯一有生命的标志，尽管它在寥廓的夜幕下只是隐约可辨。

这宁静的夜色使我很快就平静了下来；尽管我清醒地意识到，世界上一切美好的东西也只能暂时地消除我的愁绪。我面对沉沉的夜幕，百无聊赖，一动不动地待在那儿，脑海里不禁重又浮现出那难以摆脱的思绪，那就是埃米丽亚；不过，这一次，我的思绪与《奥德赛》的电影剧本出奇地搅和在了一起，也许这正是巴蒂斯塔和赖因戈尔德与我谈话所产生的魅力所致，是与荷马史诗中描述的环境如此相似的卡普里岛所产生的魅力所致。突然，我也不知道是从哪儿冒出来的，我记忆中浮现出《奥德赛》中最后诗章的一段，在那一章里，奥德修斯为证实自己的真实身份，就对妻子珀涅罗珀详细描述起他们夫妇共枕同眠过的双人床，于是珀涅罗珀终于认出了丈夫，她顿时脸色煞白，几乎昏厥过去，然后她就搂住丈夫的脖子哭诉着那些我已背得滚瓜烂熟的诗句，因为我重读过好几遍，还对自己重复默念过好几次：

啊，奥德修斯，
曾身处逆境
表现出过人智慧的你，
请别跟我怒气冲冲。
神灵们注定了我们遭受不幸，
他们不愿意我们
朝夕相处，耳鬓厮磨，

享受着美好的岁月，

而年复一年，

我们渐渐地看到了

对方斑白的鬓角。

可惜我不懂希腊文；我觉得平德蒙特的译文不忠实于原文，没有体现出荷马原著的自然美。不过，我仍然十分喜欢这几句诗，因为它以高雅的文笔表达了那种美好的感情；读着这些诗句，不由得想起了彼特拉克的一首著名的十四行诗开头的那句：

爱情像是平静的海港

诗篇以下面三行收尾：

也许，她会叹息着

答复我几句圣洁的言语

如今他俩都已面容憔悴，白发苍苍。

无论是在荷马还是在彼特拉克的作品中，最打动我的是那永恒的坚贞不渝的爱情，任何因素，即使是岁月也不能动摇或淡化它。那么，现在我脑海中为什么又浮现出这些诗句了呢？

我知道，这是我跟埃米丽亚的关系引起的，这跟奥德修斯与珀涅罗珀的关系以及彼特拉克与罗拉的关系截然不同。我跟埃米丽亚不是在结合几十年之后，而是结合几个月之后就出现了危机，根本谈不上什么同生共死，尽管我们期盼"面容憔悴，白发苍苍"仍相爱如初。我曾经向往过我们的关系能像预想的那样，这令人费解的关系破裂使我好梦难圆，为此我感到惊愕和恐惧。为什么？我真想到把埃米丽亚关在其中某个房间的别墅里去寻求答案。我转过身去，背对着大海，朝窗子站着。

我站在阳台的一角；这样，我可以不被人发现地斜着看到客厅里面的一切。我抬眼一望，看到巴蒂斯塔和埃米丽亚两人都在客厅。埃米丽亚穿着我们第一次遇上巴蒂斯塔时穿的那件黑色的低胸晚礼服，站在一个活动的小酒柜旁；巴蒂斯塔正俯身在酒柜上，用一个大水晶杯子调制鸡尾酒。埃米丽亚脸上那种既茫然又从容、既尴尬又充满欲望的不自然的神态，使我猛然一惊：她站在那儿，等着巴蒂斯塔递给她酒杯，同时还茫然地环顾四周，看得出她原来那种惆怅迟疑的神态已荡然无存了。巴蒂斯塔调完了酒，小心翼翼地把两只杯子斟满，并直起身子把一只酒杯递给了埃米丽亚；她像是从心不在焉的状态中惊醒过来，慢慢地伸手去接杯子。那时刻，我的目光全部倾注在站在巴蒂斯塔跟前的埃米丽亚身上了，她身体微向后仰，一只手举起酒杯，另一只手搭在一张扶手椅上；我情不自禁地注意到她把裹在光灿灿的紧身衣下面的胸部与腰部推向前方，像是想献出自己整个身体似的。不过，她的脸上没有任何献媚的表情，相反，却保持着往常那种犹豫不决的神情。最后，像是为了打破那令人尴尬的沉默，她说了几句话，并把脑袋转向客厅尽头壁炉旁边的一排扶手椅；为了不让满杯的酒溢出来，她小心翼翼地走了过去。于是，我预料到的一切终于发生了：站在客厅中间的巴蒂斯塔赶上了她，用一只手臂搂住她的腰，把脸贴近她那高出他肩头的脸。她立刻拒绝了他，但并不带严厉，而是用一种活泼或是开玩笑似的恳求的目光示意仍捏在手指间高举着的酒杯。满脸堆着笑的巴蒂斯塔摇晃着脑袋，搂得更紧了，他的动作是那么猛，以至于正像埃米丽亚所担心的那样把她的那杯酒都洒了。我想："现在他要亲她的嘴了。"但我不了解巴蒂斯塔的性格和他的粗鲁。事实上，他没有亲她的嘴，而是把她肩上的衣领捏在手里使劲地往下拽，都扯破了。此时，埃米丽亚赤裸着一个肩，巴蒂斯塔低下脑袋，用嘴紧贴着她的肩；她直挺挺地站在那儿，像是耐心地等着男人吻完。但我注意到在巴蒂斯塔吻她的肩时，她的面容和目光仍然像往常一样迟疑和茫然。随后，她朝落地门窗这边望了望，我似乎觉得我们的目光相遇了，我看到她做了一个恼怒的手势，用一只手拿扯下来的肩带捂住胸口，急匆匆地从客厅走了出去。这时，我也离开落地窗，朝阳台另一边走去。

　　当时我是又慌乱又惊愕，因为我看到的一切与我至今为止所知道的和所想过的一切都相矛盾。埃米丽亚已经不爱我了，用她的话来说她鄙视我，实际上她是已跟巴蒂斯塔相好而背叛了我。这样一来，情况就完全不一样了：原来我还觉得莫名其妙，现在已经真相大白了；过去我无缘无故地受到鄙视，而今我有充分的理由来鄙视他人了；埃米丽亚的一切神秘的举动现在都可以用"私通"这种极其简单的词来加以解释了。也许，一开始从爱情的角度出发的这种最庸俗而又最合乎逻辑的考虑，让我当时对发现埃米丽亚的不忠（或者说是我觉得的一种不忠）并不感到有什么痛苦。然而，当我迟疑而又木然地走近阳台的栏杆时，却突然又感到了痛苦，而且，我反常地认为自己所看到的一切不可能是事实。我自言自语着。埃米丽亚只不过是让巴蒂斯塔吻她；但并不是因为这个，也不是因为现在我有权利鄙视她了，我心里的委屈就因此而神秘地消失了，这一点我明白；甚至，不知为什么，尽管亲眼见到了巴蒂斯塔吻了她，我觉得她似乎仍保留着鄙视我的权利。实际上是我错了：她并不是不忠于我；或者说，她的不忠只是表面的，还需透过表面现象去挖掘她这种不忠的深刻根由。

我记得，她对巴蒂斯塔一直有一种我难以解释的根深蒂固的反感情绪；就在当天早晨，一路上她曾两次恳求我别让她跟制片商单独在一起。我怎么能把她的这种态度与那个吻联系起来呢？毫无疑问，那是第一个吻：很有可能，巴蒂斯塔是抓住了那天晚上难得的一个好时机。那么说，我还没有失去什么，我还可以弄清楚为什么埃米丽亚顺从巴蒂斯塔；因为我隐隐约约地感到，我们之间的关系并没有因为那个吻而有所改变，这是毫无疑问的，而她却仍像以往一样，甚至比以往更有权利拒绝我的爱，并且鄙视我。

人们一定会说，那不是这样考虑问题的时候，我唯一应该做出的反应首先就是冲进客厅，让两个情人知道我目睹了一切，但是我很长时间以来就在琢磨埃米丽亚对我的态度，显然我是绝不可能猝然做出这样冒昧而又天真的举动来的；再说，我并不太在乎找出埃米丽亚的差错，我更在乎的是弄清楚我们的关系，闯入客厅里就完全排除了弄清真相和重新赢得埃米丽亚的可能性。我告诫自己说，得三思而行，处在那种既微妙又难以捉摸的境况下，必须小心慎重才是。

我之所以在客厅门口停住脚步，还出于另一种考虑，也许这是更为自私的考虑：当时我有充分的理由使编写《奥德赛》电影剧本的计划落空，让我最终能摆脱那个我所厌烦的工作，而重新去干我所喜爱的戏剧创作。这种考虑，对于我们三个人，埃米丽亚、巴蒂斯塔和我，都将更为有益。实际上，那个吻标志着我与埃米丽亚之间模棱两可关系的结束，我与我的工作之间模棱两可的关系也同样就此结束。我总算解开了这个疑团。但我必须从容不迫地逐步采取行动，而不能弄得满城风雨。

这一切在我脑海里一闪而过，其速度之快犹如突然从打开的一扇窗刮进来的裹卷着树叶、沙尘和瓦砾的一股强风。就像窗子一关房间里就立即变得一片寂静和静止不动一样，我的头脑里最后也突然变得一片空寂。我惊呆了，两眼无神地凝望着夜空，没有思想，也没有感情。在这种木然惆怅的精神状态中，我不知不觉地离开了栏杆，走到客厅的玻璃门跟前，打开了玻璃门，走进了客厅。在看到埃米丽亚和巴蒂斯塔拥抱之后，我在阳台上究竟待了多久呢？当然，比我自己想象的时间要长得多，因为我看到巴蒂斯塔与埃米丽亚已坐在餐桌旁，晚饭都吃了一半了。我注意到埃米丽亚已脱去了被巴蒂斯塔撕坏了的衣衫，重又穿上了旅途中穿的那件衣服；不知为什么，这个细节像是特别有力而又无情地证实了她的不忠，使我深感不安。

"我们以为您去海边晚间沐浴了，"巴蒂斯塔快活地说道，"您钻到哪儿去啦？"

"就在外面的阳台上。"我低声说道。我看到埃米丽亚抬起眼睛盯着我看了一阵，随后又垂下了目光；当我从阳台上窥视他们搂抱时，她肯定看到了我，也肯定知道我知道她看到了我。

第十五章

晚餐席间，埃米丽亚缄默不语，但没有明显的窘困不安，这令我诧异，因为我原以为她一定会感到局促不安的，因为我一向认为她是不善于掩饰自己的。巴蒂斯塔倒是毫不掩饰他的高兴和得意，滔滔不绝地说着，津津有味地吃着，频频举杯，开怀痛饮。那天晚上巴蒂斯塔都谈了些什么呢？谈了很多，但我注意到，不管间接还是直接都是谈他自己。他三句话离不开"我"这个字，"我"这个字从他的嘴里说出来很刺耳，令我感到厌烦；他说话总是从不着边际的地方开始，然后再拐弯抹角地逐渐绕到他自己身上，这种表达方法，也令我不无反感。不过，我心里清楚，他这样自吹自擂不光是出于虚荣心，而是想在埃米丽亚面前炫耀自己是个男人；他深信自己已赢得了埃米丽亚，自然喜欢在被征服了的女人面前显示自己的不凡，就像开屏的孔雀在展示自己光彩夺目的翎毛似的。说到这里，我应该承认，巴蒂斯塔并不是一个傻瓜，在表现他那男性的虚荣时，谈吐不俗，说的多半是颇有意思的事；当快用完晚饭时，他生动而又颇为严肃地评述了他最近的美洲之行，以及他去好莱坞参观的情况。然而，他那盛气凌人的神态，武断而又狂妄的口气，着实令我无法忍受；我不无天真地想象着，埃米丽亚大概也会有同感，不知为什么，尽管发生了我刚才看到的和知道的一切，我仍始终认为她对巴蒂斯塔是没有什么好感的。然而，我又一次错了：恰恰相反，埃米丽亚对巴蒂斯塔没有任何反感；当巴蒂斯塔侃侃而谈时，我多次发现埃米丽亚的眼睛里有一种近乎爱恋、至少是颇感兴趣的，有时甚至是欣赏的目光。这种目光比巴蒂斯塔的吹嘘炫耀更令我困惑和痛苦，它使我想起了另一种与之相类似的目光，不过，我一时想不起来是在什么地方见到过了。噢，想起来了，那是前些时候，我在导演帕塞蒂家里就餐时，从他妻子眼睛里捕捉到过类似她这样的目光。当枯燥乏味、神情呆板、拘谨审慎的帕塞蒂说话时，他妻子总是目光炯炯地凝视着他，那目光里蕴含着爱恋、敬畏、赞赏和忠诚。当然，埃米丽亚对巴蒂斯塔现在还没有达到这个程度，但从她的目光里，看得出正萌生着帕塞蒂太太对她丈夫所怀有的那种感情。总之，巴蒂斯塔有炫耀自己的理由：埃米丽亚已令人费解地被他部分地征服了，很快就会被全部地征服。一想到这儿，我感到一种比刚才意外地看到他们接吻更刺心的痛苦。我的脸不禁明显地阴沉了下来。巴蒂斯塔大概注

172

意到了我神情的变化，他以深邃的目光扫视了我一眼之后，就突然问道："莫尔泰尼，您怎么啦？……您不喜欢待在卡普里吗？有什么不满意吗？"

"我怎么啦？"

"因为，"他边说边给自己斟酒，"您看上去神情忧郁……情绪很不好。"

他就这样向我发起了进攻，也许是因为他知道最好的自卫方式就是伤人。我以令自己都感到惊异的敏捷自如地回答道："刚才我站在阳台上望着大海时，心情就不好。"

他扬起眉毛，审视地看了看我，但毫无窘困之态："哦，是这样，那是为什么呢？"

我看了看埃米丽亚：她也没有任何窘困不安的神情。他们两人是那么令人难以置信地自信。然而，埃米丽亚肯定看到我了，而且很可能也已对巴蒂斯塔说了。突然，从我嘴里冒出来这样一些令人意想不到的话："巴蒂斯塔，我能坦诚地跟您谈谈吗？"

我真不能不佩服巴蒂斯塔，他居然能显得那么若无其事："坦诚地？……那当然喽！……跟我说话永远应该坦诚。"

我说道："您看，刚才我望着大海时，不知怎么，突然觉得自己在这儿是来进行我自己的文学创作的。您知道，创作戏剧是我的抱负，于是，我想这儿真是我创作的好地方，如人所说的理想的地方：美丽的风景，幽雅的环境，有妻子相伴，没有任何牵挂……可后来我却想起来，在这样美丽而又理想的地方，我却得编写一部电影剧本，请恕我直言，但您是喜欢我们坦诚交谈的……当然，那肯定也是一件有意义的事，但毕竟与我不相干……我将尽力为赖因戈尔德提供一切东西，而赖因戈尔德则随心所欲地处理它，我最后得到的不过是一张银行支票……我失去的将是我一生中最富有创造力的三四个月的大好时光……我知道，自己不该对您说这些，对任何一位制片人都不该这么说，但您喜欢我坦诚……现在您知道我为什么心情不好了吧？"

我为什么尽说这些废话，而没有把已到了嘴边的有关巴蒂斯塔对我妻子的举动的话端出来呢？这我不知道。也许是因为神经过分紧张而突然产生的疲惫所致；也许，因为用这样的方式间接地表达了我对埃米丽亚的不忠所感到的绝望心理，而这种绝望心理是与我所干的工作的雇佣性和依附性密不可分的。可是，巴蒂斯塔和埃米丽亚并没有对我这可怜巴巴的供认感到任何轻松，就像刚才对我那颇具威胁性的开场白没有感到任何窘困一样。巴蒂斯塔严肃地说道："莫尔泰尼，我敢肯定，您一定会写出一部漂亮的电影剧本来的。"

我已经滑到了错误轨道上，只能沿着这条道跑到底了。我瓮声瓮气地回答说："恐怕我没有说清楚……我是个剧作家，巴蒂斯塔，我不是那些专职的电影编剧……这部电影剧本写得再好、再完美，对我来说，也毕竟只是一部电影剧本……我实话实说吧，只是为了挣钱才接受这项工作的……如今的人，到了二十七岁的年纪，通常都想做那些可以称为理想的工作……我的理想是创作戏剧，为什么我就不能创作戏剧呢？是因为当今的世界就是如此，人们往往不能干自己想干的工作，只能干别人想干的工作……因为这里面总是牵涉金钱的问题，我们干什么工作，我们做什么人，我们想成为什么样的人，我们的事业，我们最美好的愿望，甚至我们与所爱的人的关系，都牵涉钱的问题。"

我发现自己越讲越激动，甚至满眼含泪。我感到羞愧，我在心里诅咒着我的感情之魂竟然驱使我对那个几分钟之前还成功地诱惑了我妻子的人倾吐衷肠。然而，巴蒂斯塔轻易不动声色，他说道："莫尔泰尼，这您知道，听您这么一说，我似乎重又见到了像您这样年轻时候的我。"

"噢，是吗？"我不知所措地结结巴巴地说道。

"对，当时我很穷，"巴蒂斯塔边给自己斟酒，边接着说道，"就像您说的，当时我也有理想，那是什么理想呢？……现在我说不好，也许当时我也不甚清楚……但我是有过抱负的……也许我没有过什么大的理想……后来，我遇见了一个人，我欠了他很多，至少他教会了我某些东西。"巴蒂斯塔庄重而又呆板地沉默了片刻，我情不自禁地想，他指的这个人肯定是一位如今已被人们遗忘了的电影制片人，一位在意大利电影业开创初期颇有名气的人，巴蒂斯塔肯定追随过那个人，而

175

后才开始了他飞黄腾达的制片人生涯的。不过，据我所知，那是一个只凭其能大把挣钱才赢得他人称羡的人。"我对那个人也曾经说过您今晚对我说的这类话……您知道，他是怎么回答我的吗？人们在不知道自己究竟想干什么之前，最好把理想忘掉，先把它丢在一边……然而，一旦有了立足之地，倒是应该想起自己的理想，理想就在自己的脚下……挣到第一张一千里拉的钞票，这就是理想……后来，我对自己说，理想会发展的，会变成服装公司、剧场、拍成的和将要拍成的电影……总之，我们天天要做的工作就是理想……这就是他对我说过的话……而我就按他所说的做了，我觉得自己挺不错……不过，您始终想着自己的理想是戏剧创作，这是您很大的优点……那么，您往后就做戏剧创作吧。"

"我做戏剧创作？"我感到欣慰，但又不无疑惑。

"您可以创作戏剧，"巴蒂斯塔明确地说道，"如果您真想创作戏剧，您就尽管写，即使同时为了挣钱您得工作，得为凯旋电影公司当编剧，也没关系……莫尔泰尼，您想知道成功的秘诀吗？"

"什么秘诀？"

"在生活中排队，就像在火车站售票处前面排队似的……别随便换队，只要有耐心，总有排到头的时候……总会排到头的，售票员最后会把票卖给每个排队的人……当然是根据每个人的能力大小给票……对有能力外出长途跋涉的人，兴许就给一张去澳大利亚的票……对那些经受不住旅途劳顿的人，就给一张短途旅行的票……也许就是一张来卡普里的票。"他为自己能运用上影射我们这次旅行的双关语而得意地笑了，然后又补充道，"我预祝您能得到一张奔赴遥远的目的地的票……去美国怎么样？"

　　我看了看巴蒂斯塔，他像慈父般地对我微笑着，随后，我又仔细看了看埃米丽亚，见她也在微笑，那是一种淡淡的微笑，真的，但并不因为这样而显得缺少真诚，至少我是这样觉得的。我又一次意识到，巴蒂斯塔那天的确成功地赢得了埃米丽亚的好感，使她原来对他曾有过的厌恶情绪一扫而光。一想到我似乎从埃米丽亚的眼睛里也看到了帕塞蒂太太的那种目光时，我的伤心忧郁之情就重又涌上心头。我说的是忧伤，而不是嫉妒：当时，因为长途跋涉，又因为那天发生了那么多的事情，的确弄得我疲惫不堪了，而心力交瘁的我，思绪万千，于惶恐绝望中，深感自己的无能为力，因而变得忧伤了。

　　晚饭以令人意想不到的方式结束了。埃米丽亚高兴地听完巴蒂斯塔的那一席话之后，像是突然想起了我，或者说，是意识到了我的存在，这更加深了我的困惑不安。当我随意说了句"我们可以到阳台上去，今晚大概有月亮"时，她冷淡地回答道："我不想到阳台上去……我想去睡了……我累了。"她毫不迟疑地站了起来，向我们告辞，而后就出去了。巴蒂斯塔对她这样唐突的举动似乎并不感到意外，恰恰相反，他为此感到颇为得意，好像埃米丽亚对我的冷淡正是他自己在埃米丽亚心灵中引起了骚动，并赢得了她的欢心的一个征兆似的，至少我是这么感觉的。这令我更加感到不安。我说过，尽管当时我已精疲力竭，尽管我意识到第二天再去解释更好，但我终于没能克制住自己，也以困倦为托词告别了巴蒂斯塔，并从客厅走了出去。

第十六章

    我的房间与埃米丽亚的房间相通，中间隔着一道内门。我毫不迟疑地走到这道门跟前，敲了敲门。她在房间里说叫我进去。她木然地坐在床上，像是在想什么。见到我以后，她立即以疲惫而又恼怒的声调问我："你还要我怎么样？"

    "什么也不要，"我冷静地回答道，因为现在我觉得自己平静了，清醒了，甚至也不感到那么疲惫了，"只是想跟你道个晚安。"

    "也许是想知道我对今晚你跟巴蒂斯塔说的那些话的看法吧。那好，要是你想知道，我可以马上告诉你：你说得很不得体，也很可笑。"

    我拿来一张椅子，坐了下来，问道："为什么？"

    "我真不明白，"她恼怒地说道，"我真搞不懂，你那么看重你编写的这部电影剧本，可你却跟制片人说你只是为了钱而工作，说你并不喜欢这工作，说你的理想是戏剧创作等……今晚，人家出于礼貌没有反驳你，明天，他会改变想法的，往后，他再安排你干别的工作时，就会提防你了，难道你不懂吗？这么简单的道理你怎么都不明白呢？"

她就这么责备我。尽管我心里明白，她这样做完全是为了向我掩饰她内心更大的不安，不过，从她说话的声音中，我仍然能发现某种真诚，那种令我伤心而又侮辱人格的真诚。我曾告诫过自己得镇静。然而，听到她以如此鄙视人的口气说话，我禁不住火冒三丈。"但我说的都是实话，"我突然大声喊道，"我不喜欢这工作，我从来没有喜欢过……说不定我还不干了呢。"

"算了，你会干的。"她从未像现在这样鄙视过我。

我咬紧牙关，竭力控制自己。"也许我还不干了呢，"我以正常的声音说道，"今天上午我还打算干的。但是，鉴于今天发生的某些事情，很有可能我会向巴蒂斯塔声明我放弃不干了，最迟到明天，我就去对他说。"

我有意含糊其词，似乎带着一种报复心理。她既然那么折磨我，现在我就也以影射我从窗口看到的一切来折磨她，但又不直截了当地挑明。她盯着我看了一眼，然后又平静地问道："发生了什么事？"

"很多事。"

"什么事？"

她紧追不放。我觉得她似乎真诚地希望我谴责她，责怪她的不忠。但我仍然含糊其词地说道："是关于电影的事，是我跟巴蒂斯塔之间的事，跟你说不说都无关紧要。"

"为什么你不想说？"

"因为跟你无关。"

"就算是这样，不过，你没有勇气放弃电影剧本的编写。你会干的。"

我不太清楚她这句话中是不是只包含着往常的那种鄙视，或者说还包含着我说不清的那种希望。我小心翼翼地问道："为什么你这样想？"

"因为我了解你。"她沉默了片刻之后，语气稍为缓和地说道，"何况，写电影剧本总是这样的，我见你总说你不想干这个，不想干那个，可是到头来，你还是干了。编写电影剧本中，不管遇到什么困难，总是能克服的。"

"是的，但这一回，困难并不在电影剧本本身。"

"在哪儿？"

"在我自己身上。"

"这话什么意思？"

"巴蒂斯塔吻你了。"我真想这么回答她。但我克制住了。因为我们之间的关系从来没有明朗到能说真话的程度，往往总是靠暗示而得以维持下来。在说出实话之前，得绕许多弯子。我上身略往前倾，一本正经地向她宣布说："埃米丽亚，原因你已经知道了，我在饭桌上已经说过了：总为他人干活，我已经厌烦了，我想能为自己工作。"

"谁妨碍你这样做啦？"

"你，"我郑重其事地说道，随后，当我见她当即想做出抗议的举动时，我马上又说道，"你并不是直接的原因，不过，是你在我生活中的存在。可惜，我们的关系就是那个样子；我们不说这个了……但是，你永远是我的妻子，以往我对你说过多少次了，我首先是为了你才接受这项工作的……要是没有你，我就不会接受……总之，这你很清楚，不用我重复：我们欠了很多债，我们还得付好几次分期付款，连买汽车的费用都还未全部付清呢……所以，我就只能写电影剧本……不过，现在我要你做一件事……"

"什么事？"

我觉得自己十分平静，十分清醒，十分理智；但同时又有难言的不自在，我清楚地意识到这种平静、这种清醒、这种理智是难以言喻的虚假，一种比虚假还可怕的荒谬。再说，我亲眼看到了她倒在巴蒂斯塔怀里的情景：这对我才是唯一至关紧要的。然而，我却说："我要你做的事就是：由你来决定我是不是编写这部电影剧本……我全听你的，要是你说不干，那我明天早晨就去找巴蒂斯塔说我不干了……我们乘第一班轮渡离开卡普里。"

她没有抬头，像是在沉思。"你真狡猾。"她终于说道。

"为什么？"

"因为要是你将来后悔了，你就可以说是我的过错。"

"对此我不会说什么的……既然是我求你下的决心。"

现在她显然是在考虑该怎么回答我。我心想，通过她的回答，将不言而喻地表明她对我的感情，不管是怎样的感情。要是她仍让我编写那部电影剧本，就意味着她对我的鄙视已到了无视已经发生的一切的地步，竟然愿意让我戴着绿帽子继续为巴蒂斯塔干下去；要是她的回答是否定的话，那就是说，她还对我留有几分尊重，不愿意我依附于她的情夫。这样一来，我就又回到往常的老问题上来了：她是不是鄙视我，为什么鄙视我。她最后说道："这种事不能让别人来决定。"

"可是我偏要你来下决心。"

"你可得记住，是你坚持要我下决心的。"她忽然变得庄重起来，一本正经地说道。

"对，我会记住的。"

"那好吧，我想，既然你已经干了，再推辞就不合适了……你自己也这么跟我说了多次……巴蒂斯塔会不高兴的，而且往后再也不会让你干别的了……我想，你应该继续干下去。"

她就这样劝我继续干下去；正像我预见的那样，她就以这样断然的、无可更改的方式鄙视我。我近乎难以相信，追问道："你真是这样想吗？"

"真是这样想。"

我一时不知该说些什么。我愤愤地对她说道："好极了……不过，往后你可别再说，你劝我干下去是因为你明白我实际上是愿意干……就像那天我要签合同的时候一样……先得把话说清楚，我并不想干。"

"行了，你让我烦透了，"她从床上站了起来，走到衣柜那里，轻率地说道，"这只是我的劝告……你可以按你自己的意愿去行事。"

她那种鄙视我的腔调又来了，这就证实了我的推测。我突然重又感受到在罗马她第一次冲着我说出她对我的反感和厌恶时的痛苦滋味。我情不自禁地喊了起来："埃米丽亚，这都是为什么？……为什么我们要这样相互过不去呢？"

她打开了衣柜，在穿衣镜里打量自己。她心不在焉地说道："你想怎么着，这是生活！"

我大吃一惊，木然地待在那儿一句话也说不出。埃米丽亚从未这样对我说过话，这么冷漠，这么无动于衷，又是以这么粗俗的语言。我心里清楚，为扭转局面，我本来可以直言不讳地说，我看到她与巴蒂斯塔了，她心里也清楚我全看到了；我写不写电影剧本要她为我拿主意，也只是为了考验她，这是真的；而我与她之间的疙瘩也无非就是这个。但我没有勇气，或者说没有力量说出来：我确实感到疲惫了，我无能为力，无可奈何。可我却言不由衷而又胆怯地问道："我们逗留在卡普里岛期间，我编电影剧本，你干什么呢？"

"没什么特别的事可干，去散散步、洗洗海水澡、晒晒太阳，人家干什么我就干什么。"

"一个人？"

"对，一个人。"

"你一个人不闷得慌？"

"我从来不感到闷得慌……我要想的太多了。"

"有时候也想我吗？"

"当然也想你啦。"

"怎么想呢？"我也站了起来，走到她的跟前，抓住了她的一只手。

"我们已经谈过那么多次了。"她想挣脱我的手，尽管挣脱不开。

"你总像平常那样想我吗？"

这次她往后退了一步，而后疾言厉色地说道："你听我说，你最好还是去睡觉。有些事你不爱听，这可以理解，而我只能重复说这几句。总是老生常谈，难道你不觉得烦吗？"

"不，我不觉得烦，我们谈谈嘛。"

"那又何必？为什么我总得说那些已重复过多次的东西……我并没有后悔自己来了卡普里，恰恰相反。"

"什么意思？恰恰相反？"

"恰恰相反，"她有些含糊其词地说道，"我是想说，我没有后悔，就是这个意思。"

"总之，你对我永远……永远坚贞不渝，是不是这样？"

她以近乎哭泣的语调出人意料地反驳说："可你为什么要这样折磨我……你以为我喜欢把那些事情告诉你吗？……我比你更厌烦那些事情。"

我似乎从她的声音里察觉到她内心的痛苦，这使我深为感动。我又拉着她的手说道："我只是为你好，我始终是这样考虑的，"就像是为了让她明白我真的原谅了她的不忠似的，又添加了一句，"不管发生什么事情。"

她什么也没说。她把视线转向别处，像是在等待着什么。但是，与此同时，我却感到她狡黠地、深表反感地动了动，执意想把她的手从我的手中抽回去。于是，我赶忙向她道了个晚安，走出了她的房间。我几乎立刻听到了钥匙反锁的声音，一种更强烈的痛苦涌上了我的心头。

第十七章

第二天早晨，我起得很早，没有去追究巴蒂斯塔和埃米丽亚的去向就出去了，或者说，我是从房间里逃出去了。经过睡眠和休息，我觉得头天发生的事情，尤其是我的举动，是那么令人不快，就像是荒谬地处理了一系列荒谬的事情；现在我得冷静地考虑一下我该怎么做才更合适，不要因为匆忙地做了某些无法挽回的决定而累及我行动的自由。我从屋里出来之后，重又踏上了头天晚上走过的那条路，朝赖因戈尔德住的旅馆走去。我向旅馆的人打听导演的去向，他们告诉我，他在花园里。我去了花园：我隐约地看到一条甬道尽头的观景台的栏杆，那栏杆像是镶嵌在灿烂阳光下的宁静大海和蔚蓝天空背景中，栏杆前面放着几把扶手椅和一张小桌子，当我出现时，有人站起来向我做了个打招呼的手势。那人就是赖因戈尔德，他一副海军上尉的打扮，头上戴着一顶镶有金色锚钩的天蓝色的大檐帽，身穿同样天蓝色的上衣和白色的长裤。桌上放有一个盛着剩下的早餐的托盘、一个文件夹和写作用的文具。

赖因戈尔德看上去挺高兴。他立刻问我："莫尔泰尼，对如此美好的早晨您有何感想？"

"的确是个美丽动人的早晨。"

"您看如何，莫尔泰尼？"他抓住我的一只胳膊，跟我一起趴在了栏杆上，接着说道，"我们丢下工作，去租只船，慢慢地划到海上，绕着海岛兜一圈，怎么样？那不是再好不过了吗？"

我并不信服地回答道："对，从某种意义上来说，这样做挺不错。"可我心里却想，在赖因戈尔德这种人陪同下做这样的散步，就太大煞风景了。

"莫尔泰尼，您刚才说，"他得意地大声说道，"从某种意义上来说，是哪个意义上呢？不是从我们所理解的生活这个意义上吧。对我们来说，生活就是义务，是不是这样，莫尔泰尼？首先是义务，那么，莫尔泰尼，我们工作吧。"他离开了栏杆，重又坐到小桌子旁，然后朝我倾斜着身子并注视着我的眼睛不无郑重地说道，"您请对面坐……今天早晨，我们只是谈一谈……我有许多东西要跟您讲……"

我坐了下来，赖因戈尔德整了整压在眼睛上的帽檐，又说道："莫尔泰尼，从罗马到那不勒斯，一路上我对您所做的关于《奥德赛》的解释……您大概还记得吧，但后来巴蒂斯塔来了，我没能说下去……我在剩下的旅途中又睡着了，一直没再说什么……您还记得吧，莫尔泰尼？"

"当然记得。"

"您一定还记得我是这样解释《奥德赛》的中心思想的：奥德修斯花了十年工夫才回到家，因为在他潜意识里实际上并不想回家。"

"是的。"

"那么，现在我要向您阐明为什么我认为奥德修斯不想回家。"赖因戈尔德说道。他沉默了片刻，像是表明他要开始阐述他的观点了，他紧蹙着双眉，以他那权威性的、严肃的神情盯着我看："在奥德修斯的潜意识里，他不想回家，因为他与妻子珀涅罗珀的关系实际上并不好。这就是原因，莫尔泰尼，奥德修斯出征之前，他们的关系就不好，甚至可以说，奥德修斯之所以出征，实际上是因为他在家里过得不舒心，而他在家里之所以过得不舒心，又是因为他跟他的妻子关系不好。"

赖因戈尔德沉默了一会儿之后，仍然紧皱着眉头，一副威严地教训人似的模样；我乘他不说话之际，把扶手椅转到阳光照不到眼睛的方向。他接着说道："要是奥德修斯跟珀涅罗珀的关系不错，他就不会出征了……奥德修斯不是个好大喜功的人，也不是一个好战分子……奥德修斯是一个谨慎、明智而又机灵的人……如果他与妻子的关系很好，他只要派遣他的一位心腹率领一支远征军去支援墨涅拉俄斯[1]就行了，而不必亲自出征，以打仗为借口躲开他的妻子。"

"非常符合逻辑。"

"非常符合心理学，莫尔泰尼，"也许赖因戈尔德察觉到我声音中含有某种讽刺的意味，所以就更正道，"非常符合心理学……请您记住，世上的一切都服从心理学，没有心理学就没有性格，就没有历史……那么，奥德修斯与珀涅罗珀的心理状态究竟是怎样的呢？……珀涅罗珀是古希腊封建贵族传统的女人，她忠贞、高贵、骄矜、虔诚，是个善良的家庭主妇，典型的贤妻良母……奥德修斯却有后来希腊的性格特点，诡辩派、哲学家的希腊的特点……奥德修斯是一个没有偏见的男人，可以说是个敢想敢做的男人，他敏感、理智、聪明、多疑，不相信宗教，有时也玩世不恭。"

"我觉得，"我反驳道，"您歪曲了奥德修斯的性格……实际上，在《奥德赛》中……"

但是他不耐烦地打断了我的话："我们撇开《奥德赛》不管……或者说，我们是要解释并发展《奥德赛》的中心思想……我们是要拍一部电影，莫尔泰尼……《奥德赛》的书早已写成了……而电影还需要去拍。"

我仍沉默不语，他接着又说道："奥德修斯与珀涅罗珀的

1　墨涅拉俄斯，斯巴达国王，海伦的丈夫。特洛伊城被攻克后，墨涅拉俄斯找回了妻子海伦。

关系不好的原因，应该从两个方面去探究。在特洛伊战争爆发之前，奥德修斯就干了些令珀涅罗珀痛苦的事……什么事呢？……这里就有被人称作普罗契[1]的一群求婚者的插足……我们都知道，在《奥德赛》中，这些公子哥儿向珀涅罗珀求爱，同时，他们还长期赖在奥德修斯的王宫里，肆意挥霍奥德修斯的财产……我们得把这个故事推倒，重新编。"

我目瞪口呆地看着他。"您不明白？"他问道，"那好，我立刻给您解释……我们最好把那些求爱者缩减为一个人，比如，安提诺俄斯……他们在特洛伊战争之前就爱上了珀涅罗珀……因为爱她，就按希腊人的习惯赠送给她许多礼品……珀涅罗珀这位高傲、尊贵、传统的女人，想拒绝这些礼品，更希望丈夫把这群求爱者从宫里撵出去……然而，奥德修斯却出于某种我们不得而知却又很容易猜出的原因，偏偏不想让求爱者扫兴……他是个理智的男人，不很在乎求婚者对妻子的追求，因为他知道妻子是忠实的；他甚至也不把馈赠给他妻子礼品这事看得很重，实际上，他也许不见得就不喜欢这些礼品。请您别忘了，所有的希腊人都非常看重别人的馈赠，莫尔泰尼……当然，奥德修斯绝对不会劝说珀涅罗珀顺从求婚者的意愿，而只是不想激怒他们，因为他觉得没有必要……奥德修斯想平静地过安稳日子，他怕闹得满城风雨……珀涅罗珀万万没想

---

1 普罗契，以安提诺俄斯为首的一群伊萨卡国的王子。在奥德修斯外出远征期间，他们糟蹋王宫，强迫他妻子改嫁，后来全部被奥德修斯杀掉了。

到奥德修斯是这样窝囊，所以十分怨恨，她对丈夫的举止简直难以相信。她抗议，她反对……但是奥德修斯却不为所动，他觉得不该为此发怒……就这样，他劝珀涅罗珀接受礼品，还要她表现得热情些，再说，这又用不着付出什么代价呀！珀涅罗珀最终听从了丈夫的劝告，然而，却同时对他怀有一种深深的鄙视，她觉得奥德修斯已不再爱她了，她把自己的看法对他说了。这时，奥德修斯才发现自己的谨言慎行毁掉了珀涅罗珀的爱，可惜已经太晚了。奥德修斯想竭力弥补那一切，以重新赢得妻子的爱，但已经无济于事了。他在伊塔卡国里如同生活在一座地狱中……后来，绝望了的奥德修斯，抓住了特洛伊战争的机会，离开了家园……七年之后，战争结束了，奥德修斯打算从海路回伊塔卡，然而，他深知在家里等着他的是一个不再爱他，甚至鄙视他的女人。因此，他有意识地利用一切借口推迟返回家园的行期，他很不情愿回家，生怕回家……不过，最后他还是得回去。但当他回到家时，发生了在龙的神话中骑士身上的故事，您还记得吧，莫尔泰尼？……公主恳求骑士把龙杀了，如果他想赢得她的爱的话。骑士杀死了龙，于是公主就爱上骑士了……于是，珀涅罗珀在奥德修斯回家之后，在对丈夫表示了她的一片忠贞之后，她却让丈夫明白自己的这种忠诚不等于爱情，而仅仅是尊严。她可以再爱奥德修斯，但有一个条件：他得把所有的求爱者都杀了……正像我们所知道的那样，奥德修斯不是嗜血成性的、兽性的男人，也不是充满复仇

192

心理的人，也许他更想客客气气地用好言好语耐心说服求爱者离开王宫。但是这一次他当机立断……奥德修斯知道，珀涅罗珀对他的敬重与否就决定于他敢不敢杀掉她的求婚者，而她对他的爱也将取决于此……于是，他杀掉所有的求婚者……只有到杀掉了那些求婚者的时候，仅仅到了那个时候，珀涅罗珀才会不再鄙视他，而且重新爱他……就这样，奥德修斯与珀涅罗珀在分离那么多年之后重又相爱了，他们真正结合了……他们庆祝他们建立在真正的爱的基础之上的婚礼……他们的血腥的婚礼……莫尔泰尼，现在您明白了吗？我概述一下：第一，珀涅罗珀鄙视奥德修斯，因为他表现得不像男人，不像个丈夫，不像个一国之君，他没有对妻子的求婚者的冒失行为做出应有的反应；第二，妻子对他的这种鄙视致使奥德修斯出征去特洛伊；第三，深知家里等待着他的是一位鄙视自己的女人，所以他有意识地迟迟不归；第四，为了重新赢得妻子的尊重和爱恋，奥德修斯杀死了所有的求婚者……莫尔泰尼，您明白了吗？"

我说我明白了。实际上，这一切并不费解，我对赖因戈尔德那样从心理学角度解释荷马史诗的做法从一开始就很反感，现在比以前更反感了；我迟疑不决，不置可否。这时，赖因戈尔德又学究似的对我解释道："您知道我是怎么掌握解释这一切的关键的吗？……通过对《奥德赛》中所描述的杀戮求爱者事件的思考……我注意到如此残忍、如此野蛮和如此无情的杀戮，与奥德修斯以往所表现出来的性格截然不同：他原本是个聪明、灵活、机敏、理智和精明的人……我寻思道：奥德修斯完全可以把求爱者客客气气地打发走……他完全可以这样做，因为那是他的家，他是国王，只要设法让人辨认出他来就行了……而他没有那样做，那是有他不那样做的理由……什么理由呢？……很明显，奥德修斯是想表明他不仅是个聪明、灵活、机敏、理智和精明的人，而且在必要的时候，也会像小埃阿斯[1]那样残暴，像阿喀琉斯那样不理智，像阿伽门农那样无情……如今他该向谁表现这一点呢？自然是向珀涅罗珀……于是，答案找到了！"

我什么也没说。赖因戈尔德的推理方法很合乎逻辑，这与他想把《奥德赛》拍成一部具有心理学特点的影片是相吻合的。但是，也正因为如此，我像是看到对原著的亵渎和玷污似的感到深恶痛绝。荷马笔下的一切都是那么淳朴、圣洁、高尚和单纯，甚至奥德修斯的狡黠也浪漫地被蕴含在一种文人的清高之中。然而，按照赖因戈尔德的解释，一切都沦为悲剧，一出心理性和道德说教性的现代悲剧。赖因戈尔德对自己的阐发颇感得意，最后他说："您看，莫尔泰尼，电影已经酝酿成熟了，连细节都有了。我们只要把它写出来就行了。"

1　小埃阿斯，特洛伊战争中的希腊英雄。他勇敢善战，在攻陷特洛伊城之后，进入雅典娜神庙，在那里奸污了女祭司卡珊德拉，并把她掠走。雅典娜为了报复他，在他归途中使他在海陆两面夹击下粉身碎骨。

我近乎粗暴地打断了他："赖因戈尔德，您听着，我可接受不了您的这种解释。"

他惊异地睁大了双眼，与其说是惊异于我的大胆，不如说是惊异于我居然提出异议："亲爱的莫尔泰尼，您接受不了？为什么您接受不了？"

我勉强地说着话，但我越说越充满自信："我不能接受，因为您的解释完全扭曲了奥德修斯原有的性格特点……在《奥德赛》中，奥德修斯的确被描绘成了一个机敏、理智、精明的男人，但他始终没有逾越名誉和尊严的规范……他始终是一位英雄，或者说，是一位英雄的斗士，一位国王，一位完美的丈夫……亲爱的赖因戈尔德，请恕我直言，您的解释会让他沦为一个毫无荣誉感，丧失了尊严，而且很不体面的人……且不说这样做与《奥德赛》的实际内容离得有多远。"

我说话时，赖因戈尔德那呈半月形的微笑慢慢地缩小、逐渐地消逝、最后不见了。他以他平时一直掩藏着的条顿人的粗暴声调说道："我亲爱的莫尔泰尼，请允许我郑重其事地向您指出，跟往常一样，您什么都没懂。"

"什么跟往常一样？"我生气了，以讽刺的口吻追问道。

"对，跟往常一样，"赖因戈尔德重申道，"我马上可以告诉您，我为什么这样说，您仔细听着，莫尔泰尼。"

"我听着呢，您放心吧。"

"我并不想把奥德修斯弄成一个像您所说的那样没有尊

严、没有人格、没有荣誉感的男人……我只是想把他写成《奥德赛》中那样的男人……《奥德赛》中的奥德修斯是什么样的呢？他代表了什么呢？《奥德赛》中的奥德修斯，简单地说，是一个思想开化的人，他代表了文明……在所有的英雄当中，奥德修斯是唯一的思想开化的英雄……他的思想开化体现在哪儿呢？……体现在他没有偏见，善于努力运用理智，即使在您所说的尊严、人格和荣誉问题上；他的思想开化体现在他想做一个聪明、客观而又有科学头脑的人……当然，"赖因戈尔德接着说道，"文明有它的弊病……譬如，文明很容易忽视荣誉对于不开化的人的重要性……珀涅罗珀是个不开化的传统的女人，她不懂理智，她只懂天性、血统和自尊……莫尔泰尼，请您注意了，您尽量理解我……文明对于所有不开化的人来说，常常意味着贪污、腐化、没有原则、愤世嫉俗……这是对希特勒这样一个不开化人的谴责……他当时也总把荣誉挂在嘴上。可如今我们看清楚了希特勒究竟是个什么人了，他追求的所谓荣誉是什么东西……总之，在《奥德赛》中，珀涅罗珀代表野性，奥德修斯代表文明……莫尔泰尼，我一直以为您跟奥德修斯一样是个开化的人，可是，您知道吗？您的思想方法却跟珀涅罗珀那样不开化。"

他说最后那句话时笑得很爽朗：显然，赖因戈尔德很高兴把我比作珀涅罗珀。可是，连我也不知为什么，这种比方令我特别反感。我甚至觉得自己气得脸色都白了，说话声音也反常了："要是你以为一个丈夫纵容他妻子的追求者就是开化的话，那么，亲爱的赖因戈尔德，我就是个未开化的丈夫。"

可是，令我感到吃惊的是，这一次赖因戈尔德没有发脾气。"等一等，"他举起一只手说道，"您，莫尔泰尼，今天早上您很不理智……就跟珀涅罗珀一样……这样吧……您现在去洗洗海水澡，好好想一想……然后，明天早晨您回到我这儿来，把您考虑的结果告诉我……这样行吧？"

我飞快地回答道："行，但是要我改变想法是很困难的。"

"您好好想一想。"赖因戈尔德站起身来握着我的手又重复说道。

我也站起身来。赖因戈尔德平静地补充道："您经过思考后，明天肯定会同意我的看法。"

"我想不会。"我回答道。我离开了他，顺着甬道朝旅馆走去。

第十八章

我与赖因戈尔德待了不到一个小时，全部都用在讨论《奥德赛》。看来，我一整天就得像他所提示的那样来"考虑"接受不接受他的解释了。说实在的，我从旅馆一出来，就根本不再考虑赖因戈尔德的那些想法了，把它们全抛到九霄云外，想好好享受享受大好的时光。另一方面，在赖因戈尔德的那些想法中，我感到有些已超越了电影工作的范畴；某些我说不出所以然的东西，正是我过分激烈的反应提示给我的东西。不管怎么样，我真得好好"考虑考虑"了。回想起来，那天早晨我从家里出来时，我隐约看到别墅下面有一个僻静的小海湾，我决意到那儿去：在那儿我可以照赖因戈尔德的建议好好"考虑考虑"；或者，就按我自己的意愿好好洗个海水澡而根本不去"考虑"。

于是，我就沿着人们通常走的那条环岛大路走着。时间还早，那绿树荟郁的大路上几乎没有一个人。在万籁俱寂中，只有几个光着脚丫的男孩子行走在砖石路上发出的轻微响声；一对女孩手挽手低声细语着；两三个老妇人牵着狗在路上溜达。

到了大路尽头之后，我踏上了一条羊肠小道，这条小道蜿蜒曲折地盘绕在小岛四周僻静和陡峭之处。我又朝前走了一阵，前面有一条岔道，那是一条通向悬崖上的一处观景台的山间小径。我沿着小径到了观景台，往下观看。一百米下面的大海在阳光照耀下碧波荡漾、金光闪烁，近处的海水呈天蓝色，远处的呈青紫色，更远处的呈蓝绿色。屹立在海上的那些陡峻的悬崖峭壁像是从那僻静的海面迎我飞来，光秃的岩峰像闪光的利箭密集地朝我射来。当时，我不知为什么，突然极度兴奋，我想，我是不想活了，我自言自语着，要是在那时我纵身跳入光灿夺目的无限的宇宙之中，我想也许是死得其所，不枉我一生。是的，要是用死能寻求到我一生所缺少的纯洁，我情愿去死。

这种自杀的企图是真挚的，也许我的生命在那一瞬间真的处于危险之中。随后，我几乎本能地想到了埃米丽亚，我寻思着她得知我死去的消息后会怎么样，于是，我突然对自己说："你并不是因为厌倦生活而去自杀的……你并不厌倦生活……你是为了埃米丽亚而自杀的。"想到这里，我感到惶惑了，兴奋与狂热的情绪已荡然无存。后来，我又问自己："是因为埃米丽亚还是为了埃米丽亚呢？这区别可是太大了。"我当即回答自己说："是为了埃米丽亚，为了重新赢得她的尊重，尽管是在我已经死了之后。为了让她意识到鄙视我是错误的，并因此而感到内疚。"

就像孩童把许多杂乱的积木重新拼搭成一幅画似的，我的处境所勾画的图像因为这刚形成的新想法而变得完整了："你对赖因戈尔德的推断反应是那么强烈，实际上是因为你觉得他对奥德修斯和珀涅罗珀关系的解释，无意中隐含着你和埃米丽亚的关系……当赖因戈尔德谈到了珀涅罗珀对奥德修斯的鄙视时，你就想到了埃米丽亚对自己的鄙视……总之，现实令人烦恼，你就怨恨现实。"

但整个画面还不完整；某些别的思绪又以绝对的方式充实了这一画面："你想自杀，因为你自己想不通……实际上，如果你是想重新赢得埃米丽亚的尊重，就根本不必自杀……大可不必……赖因戈尔德已提示你该怎么做了……奥德修斯为了重新赢得珀涅罗珀的爱，把所有的求婚者都杀了……从理论上讲，你应该把巴蒂斯塔杀了……但我们如今生活的世界不像《奥德赛》所表现的世界那么绝对，那么残暴……只要放弃编写电影剧本，中断与赖因戈尔德的关系，明天早晨就动身回罗马，就行了……埃米丽亚劝你别放弃电影剧本的编写，因为实际上她想鄙视你，她希望你以你自己的行为向她证实她是有理由鄙视你的……但你不应该听她的，你应该照赖因戈尔德所解释的那样去效法奥德修斯。"

这一回我正是这样：无情地、完全诚实地、透彻地考虑了我的处境。显然，我没有任何必要像赖因戈尔德建议我的那样再"考虑考虑"了；这一回我当然可以退出，向导演表明我不可动摇的决心。但后来我立即又想到，正因为已不必再"考虑考虑"，我就不该仓促行事，给人一种心血来潮的错误印象。下午，我要非常平静地去找赖因戈尔德，向他宣布我的决定。一回到家，我应以同样的平静叫埃米丽亚整理行装。至于巴蒂斯塔，我根本不想同他谈什么；明天早晨启程时给他留下一封短信，信中我将把自己的决定归因于与赖因戈尔德在思想上的无法沟通，其实这也是实情。巴蒂斯塔是个精明的人，他心里会明白，而且我不会再见到他了。

我一边这样想着，一边不知不觉地又来到了羊肠小道上，我顺着小道一直走到了别墅底下，现在我沿着一条松软、陡峭的小径朝早晨从家里出来时瞥见的那个寂静的小海湾跑去。我气喘吁吁地跑到了那儿，站在一块大岩石上喘了口气，环顾了一下四周。覆盖着鹅卵石的不长的海滩周围是成堆的大块漂砾；它们像是刚从山上滚落下来似的，紧锁着海湾两旁的险峻的海岬屹立在清澈碧绿的水面上，阳光直射到布满鹅卵石的海底。我看到了一块已完全风化并布满了孔洞的黑色岩石，那块巨石一半陷在沙子里一半没入海水中，我打算躺在那块岩石后面，以避开过分强烈的阳光。可是，当我绕着大岩石兜了一圈之后，似乎看见埃米丽亚全身赤裸地仰躺在沙滩的鹅卵石上。

说实在的，当时我并没有立刻认出她来，因为一顶大草帽遮住了她的脸；我碰见她的第一个反应就是往后退了一下，以为自己遇上了某个洗海水浴的陌生女人。后来，我的视线停驻在她伸展在鹅卵石上的胳膊上，我顺着胳膊看到了她的手，我认出了食指上那只由蛋白石和黄金精制成两颗橡子形状的戒指，那是前些时候她生日时我送给她的。

　　我站在埃米丽亚的背后，从远处望着她。我刚才说了，她全身赤条条的，衣服放在她身边的鹅卵石上，那一小堆花花绿绿的衣服看上去似乎难以遮蔽她那硕大的身体。我第一眼看见埃米丽亚时，最令我吃惊的是她的整个裸体，而不是某个部位，她的整个身体是那么高大，那么充满生机。埃米丽亚其实并不像有些女人个子那么大，这我当然知道；但在那个时刻，我觉得她的裸体是那么宽阔舒展，似乎大海与天空也把自己的辽阔无际赋予了她。她仰躺在那儿，乳房隆起之处给人以朦胧之感，高高地耸着，圆鼓鼓的，在我的眼里，乳房的轮廓那么大，体积那么大，奶头上玫瑰色的晕圈也那么大。紧贴在鹅卵石上面的胯部显得那么丰腴结实；圆润的腹部肌肉像是吸收了全部阳光似的色泽光亮；沿着斜坡伸躺着的躯体下部的双腿像是由于本身的重量而拉长了似的。突然我自问道，她给我的这种高大、有力的感觉究竟从何而来，这种感觉是这么深切，这么令人心神不安；于是，我明白了，这种感觉来自意想不到的境遇重新焕发出来的欲望。这乃是一种迫不及待、刻不容缓地想与她结合在一起的欲望，一种既不完全是肉体又不完全是精神的欲望。不是与她躯体的结合，而是透过她的躯体，进入她的体内。总之，我迫切地想得到她，要满足这种欲望不决定于我，只决定于她，决定于她愿不愿意满足我的饥渴。但我觉得她是不会愿意的，虽然只是因为视角上的差异，她暂时没看到我而这样赤身裸体地呈现在我的眼前。

但是，我不能无尽无休地一直凝望着这不容他人窥视的赤裸的身体。后来，我朝前迈出一步，在寂静中，我用清晰的声音喊道："埃米丽亚。"

她很快做了一个分两步完成的动作：先扔掉了草帽，就势伸出一只手从衣服堆里一把抓过一件小衣衫想遮住身子；同时，坐了起来，扭转身子往后看。但是，当我又说"是我，里卡尔多"时，她终于看到了是我，于是她就任衣服掉落在沙石滩上了。这时，她把身体扭向后边以便更好地看到我。于是，我想，她起先怕来的是个陌生人；后来见是我，就认为没有必要遮盖自己了，就像是把自己暴露在一个根本不存在的人面前似的。我把这实际上很荒唐的想法端出来，目的是更精确地反映我当时的思想状态。那时，我头脑里的确想到她之所以不遮盖自己，并非因为我不是陌生人，是她的丈夫，而是因为我对她来说是不存在的，对此，我深信不疑，至少从感情的角度来说，我从她那模棱两可的举动中，进一步证实了我对她来说的确是不存在的这种论断。我低声说道："我在这儿看你至少有五分钟了，我觉得自己像是第一次看到你似的，你知道吗？"

　　她什么也没说，只是把身体更加朝后转向我，以便能更清楚地看到我。同时，她以漫不经心的动作扶了扶鼻子上的墨镜。我补充说道："你愿意我留在你这里还是愿意我走？"

　　我见她端详了我一番，而后就又安详地躺在阳光下，说道："你高兴待在这儿就待着，我无所谓，只要你别挡着我的阳光。"

　　她就这样，真把我当作不存在似的：仿佛我只不过是一种可能会置于太阳与她身体之间的不透明的物体，那身体本来可以顺从我的欲望与我的身体结合在一起，以某种方式表示出这种相互结合的关系，尽管可能伴着羞涩或是不安。她这样冷漠令我痛感困惑；我突然觉得干渴，像是羞怯地擦了擦嘴；我觉得脸上不由自主地表现出一种茫然和尴尬。我说道："待在这儿真舒服……我也想晒晒太阳。"我装模作样地坐在离她不远的地方，腰背倚傍在一块大岩石上。

　　接着是长时间的沉默。金色的阳光洒照在我的身上，虽然和煦却又耀眼，我不得不闭上眼睛，深深地沉醉在惬意与安宁之中。但我无法自欺欺人地假装是为了晒太阳才待在那儿的，我感到自己已永远不能像当初埃米丽亚爱我的时候那样充分享受阳光。想到这儿我就大声说道："这儿是恋人们来的地方。"

　　"确实如此。"她一动不动地回答道，这爽朗的声音是从遮住她脸的草帽底下传来的。

"这不是我们这样不相爱的人来的地方。"

　　这一次她什么也不说了。我的眼睛盯着她，刚才我第一眼看到她时曾折磨过我的一切欲望似乎又从岩缝里冒出来，涌上了我的心间。

　　在强烈的感情冲动下，我身不由己地本能地采取行动。不知怎么，我突然不再靠岩壁坐在一旁，而是跪到已进入梦乡的一动不动的埃米丽亚的身边，我凑近她，把自己的脸对着她的脸；不知怎么，我摘去了那顶遮住她脸的帽子，打算吻她，我就像望着一只快要到嘴的果子似的望着她的嘴。那是张大而丰满的嘴，唇上的口红似乎已干裂了，好像不是阳光晒的，而是被人体的内热烘干的。我想到那张嘴已好久不吻我了，半醒半睡的我若能得到这温馨的吻，定会犹如喝了一杯陈年老酒一样沉醉。我相信，我足足有一分钟一直望着她的嘴。而后，我慢慢地把自己的嘴唇凑近她的嘴唇。但我没有立即吻她：当我的嘴唇贴近她的嘴唇时，我迟疑了一阵。我感觉到了从她鼻孔里发出来的轻微、平静的气息；而且，我还仿佛感觉到了炽热的嘴唇的温馨。我知道嘴唇里面有清凉的口水，就像贮存在一片被太阳晒热的地层底下的冰凉的雪水，那雪水出奇地解渴。我品味着这种感受，我的双唇真的触碰到了她的双唇。这一触碰并没有弄醒她，更没有令她感到意外。开始我轻轻地吻她，后来我越来越使劲了；看她总是一动不动，我就更加大胆地用力吻了她一下。正像我所期盼的那样，这一回她的嘴微微地张开了，就像是海螺，一经沐浴在清凉海水中的小动物的触碰就张开了贝壳一样。嘴越张越大，开启的双唇露出了牙龈；这时，我感到有一只胳膊搂住了我的脖子……

随着一阵强烈的震动，我惊了一下，从寂静的氛围与和煦的阳光下昏昏欲睡中突然醒了过来；埃米丽亚像刚才那样躺在鹅卵石上，那顶草帽仍然遮掩着她的脸。我明白了：原来刚才我是梦见接吻了，或者是在那种怀旧的心绪支配下头晕目眩地体验了亲吻，那怀旧之情似乎时时以近乎情理的幻象来代替惨淡的现实。我吻了她，她回吻了我；吻人者与被吻者是两个由欲望唤起来的幻象，那幻象跟分隔开的木然的我们本人是格格不入的。我看了看埃米丽亚，突然自问道："要是我现在真的试图吻她呢？"但我立即回答自己说："你不会去试探的……你深知她对你的鄙视，为此，你感到羞愧，你似乎都已经麻木了。"我突然大声说道："埃米丽亚。"

"什么事？"

"我睡着了，而且我梦见吻你了。"

她什么也没说。这沉默令我害怕，我想转换个话题，随便问道："巴蒂斯塔在哪儿？"

从帽子底下传来了她平静的声音："我不知道他在哪儿。对了，今天上午他不跟我们一起吃饭了……他跟赖因戈尔德去海边用餐。"

我还没有弄明白就说道："埃米丽亚，昨天晚上，巴蒂斯塔在客厅里吻你时，我都看见了。"

"我知道你看见我了……我也看到你了。"她说话声音完全正常，只是被帽檐稍稍挡住了。

她对我揭穿这件事的反应令我困惑不解；我也为我自己以这种方式揭穿这件事而感到困惑不解。我想，实际上，阳光的温馨、大海的宁静，把我们之间的矛盾冲突融解和消释为一般意义上的虚荣和漠然。但是我勉强地补充道："埃米丽亚，我得跟你谈谈。"

"现在不行……我要晒太阳，我必须平静地待着。"

"那么，今天下午吧。"

"行……今天下午。"

我站了起来，头也不回地朝通向别墅的小径走去。

第十九章

午饭时，我们几乎没有说话。午间的别墅里阳光灿烂，鸦雀无声；窗外寥廓的蓝天和无际的大海令人目眩，也使我们之间的距离更远了，似乎那一片蓝色如同海底的水似的那么有力量，而我们就像是坐在海底，被闪光起伏的海浪冲散了，因而无法说话。另一方面，我几乎是决意在下午之前不再听埃米丽亚做什么解释了，就像是我自己提出的建议。在那种情况下，我们那个样子，别人还以为我们两个人在一个悬而未决的重要问题上闹僵了，而别的什么都无从考虑了。我们当然不是那种情况：我根本不再去想巴蒂斯塔的吻，也不去想我们之间的关系；我肯定埃米丽亚也不想。这种僵持的状态以某种方式继续存在着，那天早晨，海滩上感受到的那种麻木和冷漠提示我应把一切解释都尽量往后拖，别自讨没趣。

刚吃罢午饭，埃米丽亚就站起身来，说她要休息，于是就出去了。我独自一人，一动不动地透过窗户久久地凝望着清晰、明亮的地平线，那儿海蓝蓝，天蓝蓝，海天相连，一望无际。一只黑色的小船行走在地平线上，就像一只苍蝇行走在一根隐约可见的细丝上，不知为什么，我眼望着这只小船，心里却荒谬地想象着此时此刻船上可能发生的一切：海员们在擦拭着门窗的铜把手，冲刷着甲板；厨师们在烹调间洗碟子；军官们也许仍坐在饭桌旁；船底机舱里光着上身的机械师们把一铲铲的煤送往炉膛里。那是一只小船，看上去只不过是一个黑点；可是一旦靠近它，便成了一个庞然大物，那里面拥挤着许多人，包容着各种人的命运。反之，我想船上的人也在从那里向卡普里岛海岸张望，也许只能兴味索然地看到岸上有一个小小的白点，根本想不到那个白点就是别墅，我就住在别墅里，跟我在一起的还有埃米丽亚，我们俩不相爱，她鄙视我，我不知该怎样重新赢得她的尊重和她的爱……

我发现自己快要入睡了，突然，我心血来潮，决定实行我的第一步计划：去告知赖因戈尔德，说我已经"考虑过了"，不想与他合作编写电影剧本了。这个决定犹如在我头上浇了一桶冷水。我完全醒过来了，便站起身，走出了别墅。

我快步走过环岛的小路，半小时之后，就走进了旅馆的前厅。我让人通报了我的来访后，就到一张扶手椅上坐下了。我觉得自己的头脑格外清醒，尽管有点儿神经质，精神也有点儿紧张。但一想到自己正要做的一切，就有一种特别的轻松和欢悦之感，我明白自己终于找到了正确的道路。几分钟之后，赖因戈尔德来到了前厅，他脸色阴沉而又惊异，对我在那种时刻来访不仅感到意外，而且还带着几分疑虑，生怕出了什么令人不快的事。我很有礼貌地问道："您可能正睡觉吧，赖因戈尔德，我把您吵醒了吧。"

"不，不，"他客气地对我说道，"我没睡，下午从来不睡觉……莫尔泰尼，您跟我来，我们去酒吧间吧。"

我跟他到了酒吧间，当时那儿空无一人。赖因戈尔德像是想拖延他预感到要引起的争论，就先问我想不想喝点什么：一杯咖啡，还是一杯烈酒。他问我喝什么时的神情迟疑而又阴郁，像是一个迫不得已才慷慨解囊请客的吝啬鬼似的。但我心里明白其中的原因：他巴不得我别来。不过，我谢绝了；寒暄了几句之后，我直截了当进入主题："也许您对我这么快就来找您感到惊讶……我考虑了整整一天……但我觉得没必要等到明天……我考虑得相当成熟了……我是来告诉您考虑的结果的。"

"结果怎样？"

"我不能与您合作编写电影剧本……总之，我决定放弃不干了。"

赖因戈尔德对我的表示并不感到惊讶：显然他是预料到了。但我觉得他相当不安。他说话的声音立刻就变了："莫尔泰尼，我们之间得说清楚。"

"我觉得我已经说得十分清楚了：我不编写《奥德赛》的

电影剧本了。"

"能说说为什么吗？"

"因为我不同意您对作品主题思想的解释。"

"那么，"他以一种令人意想不到的方式突然说道，"您是同意巴蒂斯塔的意见喽？"

不知为什么，这种意想不到的指责令我突然火冒三丈。我万没想到，不同意赖因戈尔德就意味着同意巴蒂斯塔。我恼怒地说道："这跟巴蒂斯塔又有什么关系？……我也并不同意巴蒂斯塔的想法……我坦率地跟您说吧，赖因戈尔德，如果我必须在你们两者之间选择的话，我更倾向于巴蒂斯塔……我很遗憾，赖因戈尔德，我总觉得，要么就不写，要写就得符合荷马所写的《奥德赛》的原著精神。"

"那么，就只能尽是些带着彩色面具的裸体女人、金刚、肚皮舞、只戴胸罩的女人、厚纸板制作的魔鬼、缩比模型喽？"

"我可没这么说。我说的是荷马的《奥德赛》。"

"但荷马的《奥德赛》就是我理解的《奥德赛》，"他上身前倾着，深信不疑地说道，"是我理解的《奥德赛》，莫尔泰尼。"

不知为什么，我顿时真想刺赖因戈尔德一下：当时他那装腔作势的假笑，他那盛气凌人、不可一世的样子，他那只注重精神分析的迟钝的态度，实在令我难以忍受。我愤怒地说道："不，赖因戈尔德，荷马的《奥德赛》不是您的《奥德赛》……

既然您如此咄咄逼人，那我也就只好直言不讳了：荷马的《奥德赛》令我着迷，而您解释的《奥德赛》则令我恶心！"

"莫尔泰尼！"赖因戈尔德这下子可真急了。

"真是这样，"我激动地继续说道，"您这样贬低荷马史诗中的英雄，是因为我们自己没有能力塑造出荷马笔下那样的英雄，您这种偏执的卑劣做法令我恶心，我无论如何也不能参与这项工作。"

"莫尔泰尼……您别急，莫尔泰尼。"

"您读过詹姆斯·乔伊斯的《尤利西斯》吗？"我恼怒地打断了他，"您知道谁是乔伊斯吗？"

"一切有关《奥德赛》的书籍我都读过了，"赖因戈尔德十分生气地回答道，"可是您……"

"那好，"我愤怒地接着说道，"乔伊斯以现代派的手法阐释《奥德赛》……在使作品适合现代的格调，或者在减弱、亵渎、贬低原作的做法上，都走得比您更远，亲爱的赖因戈尔德……他把奥德修斯写成了一个被妻子背叛的丈夫，一个手淫者，一个游手好闲的人，一个空想者，一个无所作为的人；把珀涅罗珀写成了一个十足的妓女……他笔下的埃俄罗斯[1]成

---

1 埃俄罗斯，希腊神话中的风神，他把代表十二种风的六个儿子和六个女儿都装在牛皮口袋里。他把这只牛皮口袋赠给了奥德修斯，并告诫他不要在途中打开，不料奥德修斯睡着时，同伴们出于好奇打开了口袋，把各种风放了出来，造成了巨大的风暴，把船又吹向了大海。

了一家报社的编辑，把下冥界写成了去一位酒肉朋友的葬礼，造访喀耳刻成了逛妓院，把奥德修斯返回伊塔卡的历程写成深夜沿着都柏林大街的回家之行，在半路上他居然还停下来在楼房墙角撒尿……不过，乔伊斯至少是撇开了辽阔的地中海，太阳、天空和古代人迹罕至的地方……整个故事都展现在北方的一座城市里，描写的是泥泞的道路、肮脏的小饭铺、下流的妓院、简陋的卧室和龌龊不堪的厕所……没有太阳，没有大海，也没有天空……一切都是现代的，或者说，一切都被丑化或贬低了，降低到现代人可怜的道德标准……可您却连乔伊斯这样的审慎态度都没有……我跟您直说了吧，如果要我在您和巴蒂斯塔之间做个选择的话，我更喜欢巴蒂斯塔那样没有个性的人……真的，我宁愿要巴蒂斯塔……您不是想知道我为什么放弃当编剧吗？……现在您知道了。"

我倒在了沙发椅上，全身都汗湿了。这时，赖因戈尔德皱着双眉，态度生硬而又严肃地看着我，说道："总而言之，您是同意巴蒂斯塔的意见。"

"不，我并不同意巴蒂斯塔的意见……我只是不赞成您的意见。"

"不过，"赖因戈尔德突然提高嗓门说道，"您不是不赞成我的意见……您是想按巴蒂斯塔的意思去做。"

我突然感到自己面无血色，我想我的脸肯定是煞白煞白的。"这话是什么意思？"我问道，声音都变了。

赖因戈尔德的身子向前一倾，气得就像一条面临威胁的蛇似的嘴里发出咝咝声："我心里想说的都说了……今天巴蒂斯塔与我一起吃了饭，他没有掩饰他的看法，他告诉我说您也同意他的这些想法……莫尔泰尼，您不是不赞成我的意见，而是听巴蒂斯塔的，无论巴蒂斯塔说什么您都听他的……对您来说，艺术无所谓，您想的只是挣钱……这就是事实，莫尔泰尼……只要能挣钱，什么条件您都可以答应。"

　　"赖因戈尔德！"我突然大声喊道。

　　"我理解您，可爱的先生，"他仍然说下去，"我再向您说一遍：您只想挣钱，什么条件都可以答应。"

　　现在我们俩都气呼呼地看着对方，我的脸像纸一样苍白，他的脸涨得像得了猩红热似的通红。我仍大声而又清晰地重复喊道："赖因戈尔德！"但我意识到，自己声音中所流露的与其说是愤怒，不如说是隐痛；而"赖因戈尔德"那一声喊叫中所蕴含的与其说是祈求，不如说是一个深受伤害的人的怒吼，是随时可以从狂暴的言语过渡到直接采取暴力行动的。的确，当时我真想扇导演一个耳光。但我没来得及。因为我心目中原本迟钝的赖因戈尔德这一次似乎出奇地从我的声音中听出了我内心的痛楚，突然恢复了常态，克制住了自己。他把身子往后一缩，谦卑地说道："请原谅，莫尔泰尼……我不是存心那么说的。"

　　我胡乱地做了个手势，像是在说"我原谅您"，我感到此时我双眼满含泪水。尴尬了一阵之后，赖因戈尔德又说道："好吧，那么就一言为定……您不做电影编剧的决定……告诉巴蒂斯塔了吗？"

"没有。"

"您想告诉他吗？"

"您去告诉他吧……我想，我不会再见到巴蒂斯塔了。"

我沉默了片刻，然后又说道："您还可以让他另外找一位电影编剧……有一点得说清楚，赖因戈尔德。"

"什么？"他惊讶地问道。

"我无论如何也不会再编写《奥德赛》的电影剧本了，不管是照您的想法，还是照巴蒂斯塔的想法……我既不想跟您合作，也不想跟另外某个导演合作……赖因戈尔德，这您明白吗？"

他终于明白了，他眼里掠过一丝会意的目光。不过，他仍然小心翼翼地问道："您是不想跟我合作，还是不愿写这部电影剧本？究竟是怎么回事？"

我考虑了片刻之后，说道："我已对您说过了，我不愿跟您合作……不过，另外，我觉得在跟巴蒂斯塔解释我推辞不干的理由时，无意中就会伤害您……所以，我们说定了，对巴蒂斯塔就说我不想当电影编剧了，而不管对作品的主题做何种解释……您只要对巴蒂斯塔说我不想干了，我疲惫了，我得了神经衰弱……这样行吗？"

赖因戈尔德对我的说法似乎感到欣慰。不过，他又问道："巴蒂斯塔会相信吗？"

"会相信的，您放心吧……他会相信的。"

接着是长时间的沉默。此时，我们俩都显得很尴尬，仍沉浸在刚才那番令人难以忘却的争吵气氛中。赖因戈尔德最后说道："您不能与我们合作这部电影，我感到很遗憾；莫尔泰尼……本来我们也许会说到一块儿去的。"

"我想不会。"

"也许差距并不是那么大。"

这时，我已完全平静下来了，态度坚决地说道："不，赖因戈尔德，差距很大……您那样解释《奥德赛》也许有您的理由……不过，我却深信，如今仍然可以照荷马的原著精神来拍摄《奥德赛》。"

"您这只是良好的愿望，莫尔泰尼……您是向往出现一个近乎荷马所描绘的那种世界……您希望有那样的世界……可惜不会有。"

我口气缓和地说道："就算是这样吧，我向往那样的世界……而您却不。"

"可我也是向往的，莫尔泰尼……谁不向往？不过，这是拍电影，光向往是不够的。"

又是一阵沉默。我望着赖因戈尔德，心想尽管他理解我推辞的理由，但他远没有完全信服。"赖因戈尔德，您肯定知道但丁作品里描述奥德修斯的那些诗句吧？"

"知道，"我这样提问令他感到诧异，他回答道，"我知道……尽管我现在记不太清楚了。"

"允许我给您背一段吗？我能背下来。"

"要是您愿意的话。"

我也不知道为什么，我竟然想背诵但丁的诗句来了；后来我想，也许我是想以最好的方式重申一下我的意思，而且又不冒进一步伤害他的风险。当导演在扶手椅上坐定时，我又按捺着性子说道："但丁在他的诗篇里让奥德修斯自己讲述他和他同伴们的历险结局。"

我沉思了片刻，低着头，开始背诵起来："古战场上的号角吹响了……"我背着背着，声音渐渐地正常了，但我无论怎么努力，也念不出诗句的抑扬顿挫来。戴着帆布小帽、紧蹙着双眉的赖因戈尔德望了我一阵之后，把目光转向大海，一动也不动地坐在那儿。我继续慢慢地一字一句地背诵着。"啊，弟兄们哪，"我接着往下背，"你们长途跋涉……"从一开始朗诵诗句，我就情不自禁地突然激动起来，声音都有点发抖了。我想到，在那不多的诗句中，不仅包含了我对奥德修斯这个人物的看法，还包含了我对自己的看法，包含着对我本来应该过的那种生活的看法，可惜，现实生活并不是那样；相形之下，我深知自己是那么无能为力，可这种想法却又是那么清晰和美好，所以我才如此激动。不过，我好容易才克制住了声音的颤抖，流畅地一直背到最后一句："最后大海吞噬了我们。"我一背完，立刻就站起身来。赖因戈尔德也从他的座椅上站了起来。

"请问，莫尔泰尼，"他当即就急匆匆地问道，"请问……您为什么对我背诵但丁的这段诗呢？出于什么原因呢？毫无疑问，诗句很美，可为什么您对我背诵呢？"

　　我说道："赖因戈尔德，这就是我想塑造的奥德修斯……我心目中的奥德修斯就是这样的……在离开您之前，我想以无须怀疑的方式向您明确这一点……我觉得用但丁这段诗比用我自己的语言来表达似乎更合适。"

　　"更合适，这当然了……不过，但丁毕竟是但丁：一个中世纪的人……而您，莫尔泰尼，是个现代人……"

　　我没有回答，我把手伸给了他。他明白了，又补充道："莫尔泰尼，没有您的合作，我还是感到遗憾，我已经习惯同您合作了。"

　　"下一次吧，"我回答道，"我本来也很想与您一起工作的。"

　　"那么，这究竟是为什么？莫尔泰尼，究竟是为什么？"

　　"这是命运。"我握着他的手微笑着说道。我离开了他。他仍待在酒吧间的桌子旁，摊开着双臂，像是还在重复问道："这究竟是为什么？"

　　我急匆匆地从旅馆走了出来。

第二十章

我回住处的时候跟来时一样急匆匆的；由于怀有一种急不可耐和好斗的狂热激情，我无法平心静气地思考所发生的一切。我顶着灼热的阳光沿着狭长的水泥路奔跑着，脑子里什么也没想。我明白自己终于打破了令人无法忍受的僵局，这种局面延续得实在太久了；而且我也清楚，过一会儿我就会最终知道埃米丽亚不再爱我的理由了，对此，我很有把握，至于其他我就不知道会怎么样了。人的思索往往是在行动之前或是在行动之后。在行动过程中，支配着我们的往往是过去了的、已经忘却了的并已转化为我们心灵激情的思维。我行动的时候，是不会考虑什么的。我知道，行动之后我就会考虑了。

回到别墅，我跑着上了通向阳台的石阶，走进了客厅。客厅里空无一人，但是扶手椅上有一本打开着的杂志，烟灰缸里有几个沾有口红的烟头，收音机还开着，在轻轻地播放着舞曲。我明白，埃米丽亚刚才还一直待在这儿。也许是因为下午和煦明亮的阳光，也许是因为那优美的音乐，我突然感到自己怒气顿消了，尽管我发怒的原因仍然是一清二楚和无可改变的。客厅里那种温馨、舒适、安详而又亲切的气氛确实打动了我。似乎我们在别墅里已经住了好几个月了，如今埃米丽亚似乎已经习惯把它当作自己最终的归宿了。那台收音机，那本杂志，那些烟头，唤起了我的回忆，连我也不知为什么，使我想起以往埃米丽亚对家庭的倾注，那是出于女人天性、本能地想置个家，想有一个固定属于她自己的天地的欲望。尽管发生了那一切，我明白，她是打算长期在别墅里住下来的，实际上她是很乐意待在卡普里，住在巴蒂斯塔家里的。可现在我却是来告知她我们得马上返回罗马。

　　我忧心忡忡地走到埃米丽亚房门口，并打开了房门。埃米丽亚不在；然而，即便在这儿我也领略到了她那种当家庭主妇的才干：仔细地搭放在床脚边的扶手椅上的睡衣，并排放在扶手椅旁的一双拖鞋；整整齐齐地摆放在梳妆台镜子跟前的美容用的小瓶子和小匣子；床头柜上放着一本书——一本她学了一段时间的英语语法书、一本练习本、一支铅笔和一个小墨水瓶；看不到她从罗马带来的许多行李箱的踪影。我本能地打开了衣柜：埃米丽亚为数不多的衣服成行地挂在衣架上；衣柜搁板上放着大大小小的手绢、皮带、腰带和几双鞋。我想，是啊，爱我或者爱巴蒂斯塔，对于埃米丽亚都无所谓：对她来说，至关重要的是有一个属于她的家，能够无忧无虑长期安安稳稳地定居的地方。

我走出卧室，沿着一条小走道朝厨房走去，厨房位于挨着别墅的另一座小房子里。我听到站在厨房门槛那儿的埃米丽亚跟厨娘聊天的声音。我在敞开着的门背后停住了脚步，木然地听了片刻。

我听出来了，埃米丽亚在指点厨娘准备晚餐。"里卡尔多先生，"她说道，"他喜欢吃清淡的饭菜，不要加汁，不要酱，最好是清蒸或烤烤……这样对您也好，可以省好多事，阿涅西娜。"

"哎呀，太太，事情总少不了的……即使是简单的饭菜，做起来也并不简单……那么，今晚我们做些什么吃呢？"

短时间的沉默。显然，埃米丽亚是在考虑。随后她问道："现在这时候还能弄到鱼吗？"

"到专给旅馆供鱼的鱼贩子那儿能买到。"

"那您去买一条大鱼来……一公斤重的，或者更大些……但要一条肉质细嫩、鱼刺少一点儿的……一条鳟鱼，最好是一条鲈鱼……反正有什么买什么……鱼烤着吃，或者清蒸……阿涅西娜，您会做蛋黄酱吗？"

"会，我会做。"

"好吧……那么，把鱼清蒸了，做蛋黄酱……再买点生菜，或者煮着吃的蔬菜……胡萝卜、西葫芦、扁豆……有什么买什么吧……还有水果，水果要多一些……您买了东西回来，马上把水果放进冰箱里，那样吃的时候端上来新鲜……"

"第一道菜吃什么？"

"哦，对了，头一道菜！……今晚我们吃得简单些：您买点火腿来，买那种带甜味儿的，别买山里出产的那种……再放些无花果……有无花果吗？"

"有。"

不知为什么，当我听着这一席意料之中的如此平静且饶有生活气息的谈话时，我不禁想起与赖因戈尔德交谈过的最后几句话：他说，我所向往的是《奥德赛》中那样安宁的世界。我认为他说得很对。当时他强调我的这种愿望是不可能得到满足的，因为现代世界不再是《奥德赛》中所展现的世界了。于是，我想："这种场面即使在几千年以前荷马所生活的时代也是存在的……女主人跟女仆谈话，吩咐她做什么晚餐。"一想到这儿，我又想起刚才充溢着客厅的午后和煦明亮的阳光，它让我魔幻似的觉得巴蒂斯塔的别墅像是伊塔卡家园，埃米丽亚就像是正在与女仆说话的珀涅罗珀。对，我这样想是有道理的，一切都像当时那样，一切都可能像当时那样；尽管一切都是如此不同。我尽力把头探向门口，叫道："埃米丽亚。"

她略略转过身来，问道："什么事？"

"你知道……我得跟你谈谈。"

"你到客厅里去等我……我还有事跟阿涅西娜交代……我

这就去。"

　　我回到了客厅，坐在扶手椅上等着。这时，我却为自己想做的一切而感到愧疚了，因为从一切迹象看来，埃米丽亚是打算在别墅里长期待下去的；而我却准备告诉她要回罗马去。这时，我又想起几天以前她还决意要离开我呢；与那天她那几乎绝望的态度相比，现在她举止这样平静，使我不得不考虑，不管怎么样，她是决心跟我共同生活的，尽管她鄙视我。换句话说，那天她曾想摆脱令人难以忍受的处境，而现在她认了。然而，对我来说，她这种容忍却比她以任何形式进行抗争都更令我伤心；体现在她身上的这种容忍是一种堕落，一种崩溃，似乎她现在不仅鄙视我，而且还鄙视她自己。一想到这里，我那一点点愧疚心理荡然无存了。对，我与她都应该走，我应该告诉她要动身的打算。

　　我又等了她片刻。埃米丽亚回到了客厅，她先去关上收音机，就坐了下来："你不是说要跟我谈谈吗。"

　　我针锋相对地回答说："你把行李都打开啦？"

　　"是啊，怎么啦？"

　　"很遗憾，"我说道，"你得把行李都收拾好……明天早晨我们回罗马。"

　　她很惊讶，像是没有听明白似的，一时摸不着头脑。随后，她粗声粗气地说道："可是，现在又发生什么事啦？"

　　"是发生事了，"我从扶手椅里站起身来，去关上通向走廊的门，"我决定不编写电影剧本了……我不干了……我们回罗马。"

她一听这话，顿时恼火极了，紧蹙着双眉问道："可你为什么要拒绝不干呢？"

我冷冷地回答说："你这样问令我吃惊……昨天我从窗外都看到了，我觉得，我只能这样做。"

她当即冷冷地反驳道："昨晚你不是这样说的……那时你也已经从窗口看到了。"

"昨晚我被你提出的理由说服了……可是，后来我明白我不应那么考虑……我不知道也不想知道你为什么还劝我继续写电影剧本，现在我只知道，对我对你来说，不写电影剧本是最好的解决办法。"

"巴蒂斯塔知道吗？"她出乎我意外地问道。

"他不知道，"我回答说，"但是，赖因戈尔德知道……刚才我到他那里去了，我对他说了。"

"你干了件大蠢事。"

"为什么？"

"因为，"她以迟疑和不满的口气说道，"我们需要这笔钱来交付买房子的钱款……再说，你自己也多次说过，撕毁一项合同，就意味着把别的路子也堵住了……你干了件蠢事，你不该那样做。"

我也火了。"可你知不知道，"我大声喊道，"你知不知道，这样我无法忍受……我怎么能给勾引我妻子的人干活呢？"

她什么也没说。我又说道："我拒绝编写电影剧本，是因为在目前的处境下，接受这份工作有伤我的尊严；但是，我放弃这份工作也是为了你，因为你，目的是让你重新信任我。我也不知为什么，如今你已把我看作一个在这样屈辱的处境中居然还能接受这份工作的男人……但是，你错了……我不是这种男人。"

我见她的眼睛里闪过敌视和凶狠的目光。她说道："你这样做是不是为了你自己，我不知道……但要是为了我你才这样做，那你还来得及改变你的决定……你是做了一件蠢事，我可以肯定地告诉你……这样只会毁了你自己，没有别的。"

"这怎么讲？"

"就是说，你做了件蠢事，这我已经说了。"

我的头像被浇了一桶冷水，知道自己脸色一定是煞白的："也就是说……"

"你先说说，你这样放弃不干，对我会起什么作用？"

我意识到已经到了做出决定性解释的时候了。这是她自己愿意这样的。我突然感到害怕。然而，我说道："你刚才说过……你鄙视我……你是这么说的……你为什么鄙视我，我不知道……我只知道应该鄙视行为可鄙的人……目前我接受这份工作就是一种可鄙的行为……再说，我现在正以我这样的决定向你表明我不是你所想象的那种男人。这就是一切。"

似乎我终于落入她布下的陷阱了，她立即以得意的口吻高兴地回答道："可你这样的决定对我来说不起任何作用……正因为这样，我劝你还是改变你的决定吧。"

"怎么？我这样做对你不起任何作用？"我几乎是自动地又坐了回去，从而流露出我的失意。我伸出手，拉住了她搁在座椅扶手上的手。"埃米丽亚，你对我就说这个吗？"

她粗暴地缩回了手："我求你了，别计较这些事了……而且请你别碰我，你别想再碰我了……我不爱你，我永远也不会再爱你了。"

我也缩回了手，反感地说道："我们不谈我们的爱，好……我们谈谈你的……你的鄙视。如果我拒绝编写电影剧本，你仍然鄙视我吗？"

她突然站了起来，好像顿时受不了似的："对，我仍然鄙视你……你让我平静些吧。"

"可你为什么鄙视我？"

"我就是鄙视你，"她突然大声说道，"因为你就是这么个人，你怎么做也无法改变你自己。"

"我是哪样的人？"

"你是什么样的人，我不知道，你会知道的……我只知道你不像个男人，你做出来的事不像个男人。"

她话语中流露出来的感情是那么坦诚和真挚，而她说出的话却那么俗不可耐，这再一次地刺痛了我。"可是像个男人又怎么样？"我以愤怒夹带着讥讽的声调问道，"难道你不觉得像个男人也无非就如此而已吗？"

"这就得了，你明白就好。"

这时，她走到窗口那儿，背对着我跟我说话。我双手捧着脑袋，绝望地看了看她。她背对着我，可以说不仅是她的身体不向着我，就连她的整个心灵也不向着我。我突然想到，她不想解释，也许她不知该怎么解释。当然，她鄙视我是有理由的，但还没有明确到可以确定地指出来的程度，所以她更愿意把对我的鄙视归因于我身上一种原始的、天生的、无根由的，因而是无可救药的、令人可鄙的东西。我突然想起了赖因戈尔德关于奥德修斯和珀涅罗珀之间关系的解释，寻思道："要是埃米丽亚认为最近几个月来，我已知道巴蒂斯塔在追求她，非但不表示反抗，还出于利害关系竭力利用这一点以成全巴蒂斯塔的美意呢？"一想到这儿，我就大吃一惊，也因为我现在又回想起某些令人难以捉摸的事情来了，这些事情可以证实我的这种怀疑：譬如，第一次我们与巴蒂斯塔晚上出去，因出租车出事我晚到了，她会把这归因于我是有意让她能跟制片人单独在一起。似乎是证实我的这些想法似的，她突然转过身来说道："昨天晚上，在目睹了那种场面之后，作为男人，绝不会像你那样表现的……可你，却装得什么也没有看见似的，还那么温文尔雅地来征求我的意见……还希望我劝你仍然当编剧……我像你所希望的那样做了，你也接受了……可是，今天，不知你跟那个德国人又嘀咕了些什么，于是你来找我，说是我的缘故你要放弃编剧工作，因为我鄙视你，而你不愿意我鄙视你……可现在我看透你了，恐怕不是你自己要放弃，而是他想让你放弃……反正，已经晚了……我对你的看法已经是那样了，即使你放弃这个世界上的一切编剧工作，我也不会改变对你的看法……因此，现在你就不必啰唆了……你就接受这项编剧工作吧，从今往后，你就让我太平点儿吧。"

这样，我们就又回到原来的起点，我不禁想道：她鄙视我，但拒不说明原因。我自己绝对不愿意去寻求其原因，一方面是因为这是个令人厌恶的原因，另一方面是因为若由我去推究它，似乎是以某种方式承认它是有根据的了。不过，我仍想追究到底，真没办法。我尽量以最平静的声音说道："埃米丽亚，你鄙视我，但你又不愿意说出为什么……也许连你自己也不知道……但我有权利知道，这是为了向你解释事情并不是像你所以为的那样，为了替我自己辩护……你听着，要是我说出你鄙视我的原因，你只需说是或不是就行了，你能答应我吗？"

她仍然站在窗子跟前，背对着我，一时什么也没说。后来，她以疲惫而恼怒的声音说道："我什么也不能答应你……哎呀，你还是让我安静些吧。"

"原因就在这儿，"我慢慢地像是十分吃力地说道："你从虚假的表象推断出我……我知道巴蒂斯塔的事，但出于利害关系，就睁一只眼闭一只眼，甚至竭力把你推给巴蒂斯塔……是不是这样？"

我抬起眼睛望着她，但她仍然背对着我，而我却等着她回答。但她不理睬我：两眼凝视着窗外的某样东西，一声不吱。我突然为自己刚才所说的话而感到羞涩，觉得自己的脸都红到耳朵根了；我明白了，正像我所担心的那样，我把这事说出来的本身，在她看来只不过增添了她鄙视我的一个依据。我绝望了，急忙补充说道："可是你弄错了，埃米丽亚，我可以对你发誓，你错了……直至昨晚以前，我对你跟巴蒂斯塔的事一无所知……当然，信不信由你……但要是你不相信我，那就意味着不管怎么样你都鄙视我，你不愿意被人说服，你希望我无法为自己辩解。"

这下子她不说话了。我知道我击中了她的要害：她也许真不知道自己为什么要鄙视我，但不管情况如何，她都情愿不知道，继续无缘无故地把我视作一个可鄙的人，根本不考虑我的实际表现，纵然我有棕褐色的头发和天蓝色的眼睛也白搭。我也明白自己怎么说都已无济于事了；然而，正如我想到的，无辜清白并不总能使人信服。强烈的冲动使我失去了控制，绝望地感到有必要用贴切的语言来表达。她一直站在窗前望着外面，我站起身来径直走到她跟前，抓住了她的一只胳膊，又补充说道："埃米丽亚，你为什么这样恨我……为什么这么不容我呢？"

我发现她把头扭向一边，像是不想让我见到她的脸。但她由着我紧挽着她的胳膊，当我凑近她，把我的胯部紧贴在她身上时，她没有往后退缩。于是，我鼓起了勇气，一把搂住了她的腰。她终于把脸转了过来，我见她满脸泪水。"我永远不会原谅你，"她大声喊道，"我永远不会原谅你，是你毁了我们的爱……原来我是那么爱你，我只爱你一个人……我永远不会再爱上其他任何人了……你这种性格把一切都毁了……本来我们可以这样幸福地生活在一起……可现在这一切都已成为不可能的了……你怎么能要求我容忍你这样呢？怎么能让我不怨恨你呢？"

我油然萌生莫名的希望：因为不管怎么样，她说她爱过我，她说她只爱过我一个人。"你听着，"我竭力想拉住她，劝慰她道，"你现在就去收拾行李，我们明天早晨就动身回罗马……到了罗马我将把一切都对你解释清楚……我肯定能让你心服口服的。"

这一回她几乎是狂怒地挣脱了我。"我不走，"她喊道，"你要我回罗马干什么？到了罗马我也得离开那个家，而我母亲不想收留我，我得去租个单人房间住，我得再去当我的打字员……不，我不走……我就留在这儿，我需要平静和休息，我要留在这儿……你想走，你尽管走好了……我留在这儿……巴蒂斯塔跟我说了，我在这儿想待多久就待多久……我留在这儿。"

我顿时也火冒三丈："你得跟我走……明天早晨就走。"

“可怜虫，你错了，我就留在这儿不走了。”

“那我也留下不走了……我会设法让巴蒂斯塔把我们俩都从这儿赶走的。”

“不，你不会这么做的。”

“会的，我会这么做的。”

她看了我一会儿，随后，就一言不发地走出了客厅。她砰的一声把她卧室的门关上了，接着我就听见钥匙在锁眼里转动的响声。

第二十一章

一怒之下，我气呼呼地说："我也留下不走。"而当埃米丽亚走出客厅之后，我就意识到，实际上我已无法再待在这儿了：唯一该走的人恰恰是我。我已断绝了跟赖因戈尔德的关系，断绝了跟巴蒂斯塔的关系，如今也完全有可能已断绝了跟埃米丽亚的关系。总之，我已经是个多余的人，我应该走开。然而，我却对埃米丽亚嚷嚷说我也留下不走，说这是我最后的希望也好，说这是气话也好，实际上，我觉得自己仍然是愿意留下的。在其他情况下，落到这般境地简直是令人可笑的。然而，考虑到当时我绝望的精神状态，那种处境却是令人焦虑的：这就好像一个登山运动员，当他攀缘到险峰时，却意识到自己无法逗留在那儿而进退维谷。我突然深感焦虑不安，在客厅里来回踱起步来，寻思着自己该怎么办。我深知，那天晚上我是不能再若无其事地跟埃米丽亚和巴蒂斯塔共进晚餐了。我当时想去卡普里镇吃饭，然后到很晚再回家，可是，那天我头顶烈日，在别墅通往镇子的小路上已来回跑了四趟，我感到累了，不想再跑了，我看了看钟：已经六点了。离吃晚饭至少还差两个小时。怎么办？最后我决定：回我的卧室去，并把门锁上。

我上好了护窗板，摸着黑躺卧在床上。我真累了，刚一躺下，我就觉得困了，四肢本能地舒展开来。当时我庆幸自己的躯体比头脑更理智，居然毫不费力地悄悄地解决了"怎么办"这一令我苦恼的问题；不久，我就呼呼地睡着了。

我睡了很久，没有做梦；后来我醒来了，从四周一片漆黑来判断，我明白天已经很晚了。我从床上起来，走到窗口那儿，打开了窗户，一看的确已是夜晚。我打开灯，看了看表，已经九点。我睡了近三个小时。我知道晚餐是八点钟开，最晚八点半。我的脑海里重又浮现出"怎么办"这个问题。但这一回因为精神恢复了，所以立刻找到了一个大胆而又便捷的答案："我就待在别墅里，我没有理由躲起来，我这就去就餐，管它怎么着呢！"我甚至觉得自己精神抖擞地准备跟巴蒂斯塔进行一场舌战，正像我威胁埃米丽亚时所说，我要设法闹得巴蒂斯塔把我们俩都撵走。我迅速地拢了拢头发，就从房间里出去了。

可是客厅里空无一人，尽管放在角落里老地方的那张饭桌上已摆好了餐具。我注意到那是为一个人准备的。似乎是为了证实我的疑虑似的，女用人很快探进头来告诉我说巴蒂斯塔和埃米丽亚已去卡普里镇吃晚饭去了。如果我愿意，我可以赶到"观景台餐馆"去找他们。如果不的话，我也可以在家里吃，晚饭半个小时之前就已准备好了。

我心里明白，埃米丽亚和巴蒂斯塔也给自己提出了"怎么办"的问题。我明白，对他们来说，问题很容易就解决，一走了事，躲得远远的就行了。不过，这一次我没有感到嫉妒，也不感到恼怒和失意。但我却不无伤感地想到，他们做了他们唯一能做的事，而我倒是应该感谢他们使一次令人不快的冲突得以避免。我也很明白，他们采用这种回避和退让的战术，实际上是暗示着要我走；而且要是往后他们仍然采取这种做法的话，他们就真的能达到他们的目的了。不过，这是将来的事了，现在还难说。我吩咐女用人，我在家里吃晚饭，上菜就是了，于是我在饭桌旁坐了下来。

我吃得很少，一点胃口都没有，满满一盘火腿我只尝了一片，埃米丽亚让女用人为我们三个人买来的那条大鱼，我也只吃了一小块。晚饭几分钟就吃完了。我对女用人说，她只管去睡，我不再需要她了。我走了出去，到了阳台上。

阳台的一角有几把折叠躺椅，我打开了其中的一把，坐在栏杆旁，面对着看不见的黑漆漆的大海。

我会见赖因戈尔德回到别墅之后，曾打算平静地思索我对埃米丽亚说过的每一句话。当时，我还一点儿都不知道埃米丽亚究竟为什么不再爱我；然而，我万万没想到我把事情向她挑明之后，自己居然仍旧装作一无所知。相反，对于过去我所担心的蹊跷之处，我却认定可以大事化小、小事化了地凑合过去，尽管是毫无道理的，以致我最后竟然感叹道："不就这点事吗……而你竟为了这样一件芝麻大的小事就不再爱我啦？"

可是，出乎我意料的事情发生了：事情是挑明了，或者至少是以我们俩可以接受的那种方式挑明了，但那都是我过去就已经知道了的。糟糕的是：我本以为埃米丽亚鄙视我的原因也许可以通过审视我们过去的关系去寻求；可是，她却不想承认它，实际上，她是想继续毫无道理地鄙视我，并排除我为自己辩护和解释的可能，因而也就排除了她自己重新尊重和爱我的可能。

总而言之，我明白了埃米丽亚那种鄙视我的感情，早在我能用自己的行为做出真正的或意向性的辩解之前就产生了。鄙视产生于我们俩长期以来性格的碰撞，这已无须再通过什么重要的、令人信服的试验，就像人们无须用试金石去碰击贵重的金属从而检验其纯度的做法一样。事实上也是如此，当我大胆提出她不爱我的原因是产生于她误解了我对巴蒂斯塔的态度时，她既不认可，也不否定，只是缄默不语。我突然痛苦地想道，实际上，埃米丽亚从一开始就以为我是一个什么事都干得出来的人，而并没有责备我是用主观猜测来断定她的感情。换句话说，在埃米丽亚对我的态度上，有一种对价值的衡量，一种对我性格的看法，这跟我的行动是毫不相干的。而我的行动似乎又证实了她的那种衡量和看法；不过，即使没有证实，她也完全不可能以另外的方式来衡量我。

其实，如果需要的话，证据就在她那怪异神秘的举动之中。本来她一开始就可以通过跟我真诚坦率地交心而消除残酷地窒息了我们之间爱的那些误会。但她没有那么做，因为正像刚才我说过的那样，实际上她是不想消除误会，而愿意继续鄙视我。

我一直仰卧在躺椅上。我的这些思绪令我情不自禁地感到烦躁不安，我木然地站起身来，走过去俯身靠在栏杆上，双手搭在上面。我凝望着那么宁静的夜色，也许，是想让自己平静下来。当海上刮来的一阵微风吹拂在我那滚烫的脸上时，我突然想到自己不该感到这样轻松，我意识到，只要这种鄙视还持续着，被鄙视的人是不能也不该去寻求平静的。就像受到最后审判的罪人，虽然他可以说："高山啊，把我覆盖起来吧；大海啊，把我淹没了吧。"然而，即使他躲到最隐蔽的地方，鄙视都一直跟随着他，因为鄙视已渗入他的心灵，无论他到何处都将带着这种受人鄙视的心情。

于是，我又那样躺在了躺椅上，用颤抖着的手点燃了一支烟。不过，不管我是不是被人鄙视，我都深信自己并不是可鄙的人，我有聪明才智和文化素养，这一点甚至连埃米丽亚都承认，这乃是我的骄傲和应该受到别人尊重的资本。我必须得思索，无论我思索的对象是什么；不管我面对什么神秘莫测的事情，我都应该大胆地运用我的聪明才智。如果我放弃运用聪明才智，那我真的要为我假设的可鄙而感到沮丧了，尽管那是未曾证实过的假设。

于是，我重又固执而清醒地思索起来。我的可鄙究竟表现在哪儿呢？赖因戈尔德无意中对我说过的话语此时又萦绕在我的脑际，他把我和埃米丽亚之间的关系，跟奥德修斯和珀涅罗珀的关系相提并论："奥德修斯是个开化的男人，而珀涅罗珀是个未开化的女人。"总之，赖因戈尔德用他对《奥德赛》的荒诞解释，无意中点破了我和埃米丽亚之间所面临的严重危机，就像阿喀琉斯所射之矛[1]，先伤害人，然后又治愈人。现在，那解释本身却给予我某种安慰，我被他说成是"开化的人"，而不是"可鄙的人"。我发现如果我愿意接受的话，这种宽慰相当灵验。实质上，我是个处于自尊心受到伤害的境遇之中的文明人，拒绝使用暴力的文明人，在对待至高无上的名誉问题时能通情达理的文明人。然而，一旦我把事情捅破，类似这样的解释——权且说它是一种传统的解释吧——就不再令我满意了。且不说我和埃米丽亚的关系是不是真的跟奥德修斯和珀涅罗珀的关系那么相似，这我很没有把握，另外，这种在历史

---

[1] 忒勒福斯曾被阿喀琉斯的矛所伤，伤口一直久治不愈，后通过神谕得知，只有造成这伤害的才能治好这种创伤。忒勒福斯找到阿喀琉斯，可是阿喀琉斯不清楚该如何治伤。奥德修斯表示，神谕说"能治好这伤的"指的不是伤人的人，而是伤人的矛。果然，将阿喀琉斯矛尖上的碎片敷在忒勒福斯的伤口上，伤口便很快愈合了。阿喀琉斯的矛比喻那些既伤害人而又能救人的事物。

范畴内无疑是有效的解释，在完全超越时空、超越良知和纯属个人内心情感的领域里，就不那么有效了。在此，支配一切的是我们内心的感受。历史只能在它本身的范畴内说服我和开导我，而我当时所处的境遇，不管它有多少"历史的"原因，使我确实都不想在那样的处境中工作和生活。

可是，埃米丽亚为什么不再爱我，为什么鄙视我呢？尤其是她为什么需要鄙视我呢？突然，我想起了埃米丽亚说过的那句话："因为你不是个男人。"她那句女人家的陈词滥调却是以坦诚的口吻说出来的，这令我十分震惊；而且，我想，埃米丽亚对我的态度的关键也许就在那句话中。那句以否定的语式说出的话里，隐含着埃米丽亚心目中理想的男人形象，用她自己的话来说，就是得像个男人：照她看来，那正是我所不具备的，而且，也是我做不到的。不过，从另一方面来看，那句话是如此平常，如此粗俗，使人觉得埃米丽亚心目中理想的男人形象并不是产生于对人的价值的有意识的体验，而是从她所生活的世界的那种世俗眼光出发的。现今世界上，一个称得上是个男人的男人，就要像巴蒂斯塔那样有兽性的力量和平庸的成就。头天在饭桌上她望着巴蒂斯塔时所流露出来的那种近乎赞赏的目光就已向我表明了这一点，而且也证实了她由于绝望而终于屈从于他的欲望这个事实。总之，埃米丽亚鄙视我，她愿意鄙视我，尽管她真挚而又单纯，或者说，正因为她的真挚和单纯，她才完全落入了巴蒂斯塔布下的罗网。在那罗网中，贫穷的男人是无力挣脱富裕男人的摆布的，或者，换句话说，是无法做一个堂堂正正的男人的。埃米丽亚是不是真的怀疑我出于利益关系而想成全巴蒂斯塔的美意，这我没多大把握。然而，要是真是这样，她也许会这样想："里卡尔多得靠着巴蒂斯塔，他是受巴蒂斯塔聘用的，他很想从巴蒂斯塔那里再得到其他的工作，巴蒂斯塔追求我，所以，里尔卡多就暗示我做巴蒂斯塔的情妇。"

　　我对自己居然没有早些想到这一点而深感诧异。奇怪的是，我如此清醒地辨别出赖因戈尔德和巴蒂斯塔对《奥德赛》的两种不同的解释乃是他们对生活的两种不同理解方式，却偏偏没有意识到，我在埃米丽亚心目中的形象竟然与我的真实形象如此不同，在这一点上，埃米丽亚实际上是仿效了电影制片人和导演篡改荷马史诗的做法。区别只在于：赖因戈尔德和巴蒂斯塔只是想当然地解释了奥德修斯和珀涅罗珀这两个形象；而埃米丽亚则是以她所因袭的令人厌恶的世俗眼光去解释她自己和我这样两个活生生的人。于是，在真挚、单纯的品格和潜意识的、平庸的观念支配下，就萌生出了埃米丽亚这种认为我想把她推入巴蒂斯塔怀抱的想法，她并没有承认自己真是这样想的，但也没有予以澄清。

　　为了进一步证实这一点，我寻思着，我们不妨设想一下，如果埃米丽亚得在赖因戈尔德、巴蒂斯塔和我就《奥德赛》所做出的三种不同的解释中选择一个的话，她肯定能理解巴蒂斯塔出于经济效益考虑而要把《奥德赛》拍得富有戏剧性的主张；她也可能同意赖因戈尔德从心理学的角度改编原著的观点。然而，鉴于她的天性和坦诚，她肯定不能升华到我对原作理解的水平，或者说，不能升华到荷马和但丁的理解水平。她做不到，不仅因为她愚昧无知，也因为她并不是生活在一个理想化的世界里，而是生活在巴蒂斯塔和赖因戈尔德那种完全现实的世界里。这就是问题的症结所在。埃米丽亚是我梦寐以求的女人，同时又是一个站在可悲的层次上判断我并鄙视我的女人；珀涅罗珀在漫长的十年期间始终忠实于远在异乡的丈夫，而现实生活中的这个女打字员却怀疑子虚乌有的所谓利害关系。而我为了拥有自己所爱的埃米丽亚，为了让她能正确地判断我，我本该带她走出她所生活的天地，把她带进一个跟她一样真挚、纯朴的世界里，那乃是一个金钱并不重要、语言保持着其完整意义的世界，一个我诚然可以向往，却又是不存在的世界，就像赖因戈尔德提请我注意的那样。

　　不过，我还得继续活下去，或者说，得继续在巴蒂斯塔和赖因戈尔德的天地里周旋和工作。那么我应当做些什么呢？我想，首先得摆脱令人痛苦的低人一等的感觉，是它导致我荒谬地怀疑自己原来就卑微，或者说，天生就卑微。这么说吧，是不应归因于行为表现，而应归因于天性的一种内在的卑微；因为实际上埃米丽亚对我的态度中似乎已流露出这种看法。如今我深信，任何人都不能平白无故地被人说成是卑微的。然而，为了摆脱我那种低人一等的感觉，我还得用这个道理去说服埃米丽亚。

我想起了在编写《奥德赛》的电影剧本中曾考虑过的奥德修斯的三重形象，从中我又悟出了人的三种不同的存在方式。巴蒂斯塔的奥德修斯形象，赖因戈尔德的奥德修斯形象，最后是我的奥德修斯形象，我感到我的奥德修斯形象是唯一正确的，那实质上是荷马的奥德修斯形象。为什么巴蒂斯塔、赖因戈尔德和我，我们三个人在塑造奥德修斯的形象上观点如此不同呢？就是因为我们三人的生活、我们的人生理想迥然相异。巴蒂斯塔所要塑造的肤浅、平庸、浮夸而又毫无意义的形象，与巴蒂斯塔的生活和理想，或者确切地说，与他的利益，是相一致的；赖因戈尔德所要塑造的那种比较现实，然而又简单化和庸俗化了的形象，这符合他当导演的精神和艺术境界。最后是我所要塑造的形象，那无疑是最崇高、最自然、最富有诗意、最真实的形象，它产生于我对一种既不被金钱腐蚀和吞噬，又没有降低到纯粹是出于生理上和物质上的需求的生活的向往，那种向往也许是软弱无力的，然而却是诚挚的，我得使自己符合这种形象，尽管我没能在电影剧本里塑造出这种形象，尽管在现实生活中体现这种形象的可能性也很小。唯有用这种方法和这种理由才能说服埃米丽亚，才能重新赢得她的尊重和爱恋。怎么去做呢？依我看，如果有必要，除了更加倍地爱她，除了再一次向她表明我对她的爱之纯洁和无私之外，别无他法。

　　然而，我想，暂时我还是不要勉强去说服埃米丽亚，我滞留到第二天，然后乘下午的轮渡离去，不希求对她说什么，也不希求见到她。到罗马后再给她写封长信，对她解释许多我口头上一直无法说清楚的事情。

　　这时，从阳台底下的小路上传来了一阵平静的说话声，我立即辨别出那是埃米丽亚和巴蒂斯塔的声音。我急忙回到里面，把我关在自己的房间里。但我并不困，再说，我觉得自己一个人憋在那个屋子里生闷气，他们俩倒悠然自得、谈笑风生地在别墅四周兜风，简直太令人难受了。由于近来我常失眠，我从罗马带来了一种很灵验的安眠药。我加大剂量服了药之后，就怒气冲冲地和衣躺倒在床上了。我几乎立刻就入睡了，因为我不相信刚才我听到的是巴蒂斯塔和埃米丽亚的说话声。

第二十二章

　　根据从百叶窗缝隙透进来的阳光来判断，我醒来时已很晚了，我注意地听了听，四周一片寂静，那是与城市里迥然不同的寂静，城里即使夜深人静，也总是以某种方式残存着平时喧闹和怠惰的气息。当我木然地躺在那儿听着这田园般的幽静时，突然觉得其中像是缺少什么似的，缺少那些恬静安宁的声音，譬如，一清早电泵把水汲到蓄水池的抽水声，或是女用人用笤帚扫地的声音，这些声音似乎像是证实并加深了寂静本身，尽管显示了一种存在。总之，此刻的寂静不是一种充满活力的寂静，而是一种被抽掉了某种生命力的寂静。终于，我找到了一个恰当的词来形容它：惨淡的寂静。这个词刚一闪过我的脑海，我就从床上蹦了起来，走到埃米丽亚卧室的门那儿。我打开了房门，首先映入眼帘的就是搁在枕头上的一封信，宽大、空荡的床上的被褥都未叠好。

信很短："亲爱的里卡尔多，既然你不想走，那么只好我走了。可是我一个人也许是没有勇气走的，趁巴蒂斯塔要走，我们就一起走了。我害怕孤单一人，不管怎么样，一路上有巴蒂斯塔陪着，总比我独自一人要好。不过，到了罗马我就离开他，我自己一个人过日子。可是，要是你知道我成了巴蒂斯塔的情妇，请你不必吃惊，因为我不是铁石心肠的女人，也就是说，我没有能抵御住诱惑，我缺乏勇气。永别了。埃米丽亚。"

读完了这封短信，我手里拿着它，眼睛盯着前方，呆坐在床头。我望着敞开的窗子，窗台外面有几棵松树，松树的树干后面是用石块垒成的墙垣。随后，我的目光离开了窗口，环顾了一下四周：房间里的一切都紊乱不堪，然而，那是人走后所留下的空空荡荡的紊乱气氛。没有衣服，没有鞋子，没有漱洗用品，只有开着的或半开着的空抽屉，敞开着的挂着空衣架的大衣柜，空无一物的扶手椅。近来一段时间我经常想过埃米丽亚很可能会离开我，我这样想的时候，如同想到一场可怕的灾难，而现在我真的置身于这场灾难之中了。我感到有一种发自内心深处的隐痛；犹如一棵断了根的树，如果有什么病痛，就必然是从支撑大树直立在地的根子里疼起。实际上我就像一棵突然断了根的树似的，我的根被拔掉了，埃米丽亚就是用她的爱滋润我的根的温馨的土壤，她永远地离开了我，这些树根也就无法再植入那爱的土壤，不能吸收其营养以滋润自己，而且将会慢慢地干枯，我已经感受到根的干枯，我以难言之隐忍受着其中的苦涩。

最后，我站起身来，回到我自己的房间。我觉得昏昏沉沉、晕头转向，像是一个人从高处摔到地上感到一阵隐痛似的，这个人心里明白，这种隐痛很快就会演化为剧痛，而且他生怕这一痛苦时刻的到来，却又不知道何时到来。我在克制着这双重痛苦的同时，竭力让自己不去想它，生怕重新唤起表面看来已麻木了的感觉。我机械地拿起了游泳衣，从别墅里走了出去，经过环岛小路，来到卡普里镇的广场上。我在那儿买了一张报纸，坐在一家咖啡馆里，处在当时情况的我似乎已经自身难保了，而令人惊讶的是我居然把报纸从第一行读到最后一行。我突然想到，一只被一个孩子猛地揪下脑袋的苍蝇，霎时间似乎不感到肢体残缺所产生的后果，在倒毙之前还悠然地行走着。午钟终于敲响了，钟楼上传来的钟声回响在喧闹的广场上空。这时，正赶上一辆开往小海湾的公共汽车，于是我上去了。

过了一会儿，我就来到了阳光普照的空地上，那里有一股刺鼻的尿臊味，停放着一些车辆和马匹，车夫们围成一圈在悠闲地聊天。我轻轻地朝着通向公共浴场的台阶走去，从海岸高处望去，是一片布满白色鹅卵石的海滩和晴空下蔚蓝的大海。海上风平浪静，像块丝绒那样光滑闪亮的海面一直延伸至天边，在灿烂的阳光下，海面上微波荡漾，一碧万顷。我寻思着，要是早晨荡起双桨划船去海上肯定令人心旷神怡，惬意非常，而且我可以一人独处，这是待在海滩上与那么多前来海滨度假的人挤在一起所享受不到的乐趣。当我走到浴场时，我招呼救生员，请他替我备一只小船。然后，我便走进一间更衣室去脱衣服。

我从更衣室出来，光着脚板行走在浴场的沙地上，我眼睛看着地面，注意不让被海水浸泡过的干木片伤到脚。我头顶着六月灼热的阳光，光线耀眼，背上晒得滚烫滚烫的。那是令我十分惬意的感觉，与我那昏昏沉沉、忧虑不安的精神状态形成了鲜明的对照。我的眼睛始终看着脚底下，走下陡直的台阶，从灼热的鹅卵石上朝海边走去。快走到海边时，我才抬起头，这时，我看见了埃米丽亚。

救生员个子瘦长，一副老当益壮的神态，皮肤跟皮革一样呈棕褐色，头上戴一顶快遮住了眼睛的小草帽，站在船身一半已被推入海中的小船旁；埃米丽亚坐在船尾，身穿一件三点式的游泳衣，那双腿紧并，双臂往后支撑着身子，臀部上方那赤裸的苗条的细腰略略歪斜着，娇美窈窕而又充满女性的魅力。她像是意识到我的惊喜似的，微笑着，而且还凝望着我，像是在说："我在这儿……但你别说话……就当你知道我会在这儿似的。"

听从了这无言的嘱咐，半死不活的我精神恍惚，心中惴惴不安，默默而机械地拉住了救生员伸过来的手，跳上了小船。海水漫过了救生员的膝盖；他把船桨插入桨架，然后把船推向远处。我坐了下来，抓住了船桨，埋头划起来。我头顶烈日，朝竖立在大海湾和小海湾之间的海岬划去。我始终沉默不语，也不看埃米丽亚，只顾拼命地划，十分钟左右就到了岬角。我已打定主意，只要还望得见海滩上的更衣室和来海滨沐浴的人，我就一直克制着自己不说话。当我想跟她谈什么事情时，我总是愿意我们周围像在别墅里一样寂静。

然而，当我划着船时，一阵苦涩之感夹杂着新奇的喜悦突然涌上我的心头，我发现自己已泪流满面。我划着桨，觉得两眼被泪水蜇得火辣辣的，从眼眶里流出来的每一滴泪挂在脸颊上时，脸上也都火辣辣的。当我抵达靠近海岬的水面时，我更加用劲地划桨，以抵御那里汹涌澎湃的激流，右边是耸出海面的一块不大的、顶部布满孔眼的黑色岩石；左边是山崖的光秃的石壁。我把船头划进这条狭道，用力在浪花奔涌的水面上划行，越过了海岬。那里沉浸在海水中的岩石呈盐白色，每当落潮时就能看到绿色的苔藓和寥寥可数的红色海葵在阳光下熠熠生辉。过了海岬，在陡峭的崖壁之下是一片布满漂砾的梯形围场；在大块的岩石之间，是一片片多砾石的荒寂的白色海滩。海面上空无一人，没有船，也没有沐浴的人；那海湾里的水湛蓝湛蓝的，看样子那里的水非常之深。往远处眺望，别的一些海岬的轮廓隐约可见，它们一个接一个地站立在平静而又光灿灿的海面上，犹如一座古怪的天然剧场里的层层侧幕。

我终于放慢了速度，仰起脸来看埃米丽亚。她好像也等着绕过海岬再说话似的，对我微微笑了笑，以温柔的声音问道："你干吗哭啊？"

我回答说："见到你我太高兴了，所以我哭了。"

"你见到我高兴？"

"非常高兴……我满以为你走了……可你却没有那么做。"

她垂下眼睛，随后又说道："我原来是决意走的……今天早晨我与巴蒂斯塔去了港口……后来，到最后一刻我又后悔了，留下没走。"

"来这儿之前你都干什么啦？"

"我在港口转了转……在一家咖啡馆里坐了会儿……后来又乘缆车回卡普里镇，我给别墅打了电话……他们告诉我你出门了。于是，我猜想你准是到小海湾来沐浴了，所以我就来这儿了……我脱了衣服，等着你……当你让救生员替你准备一只船时，我看见了你，当时我正躺在那儿晒太阳，你从我身边走过没看见我……当你去更衣室脱衣服时，我就登上了船。"

我一时没说什么。现在我们正处在已划过的那个海岬和另一座把海湾与海面隔开的屏障中间的半道上。我知道那个屏障的那一边是"绿色岩洞"，本来我是想去那儿沐浴的。我终于低声问道："那么，为什么你没有按原来的打算跟巴蒂斯塔一起走呢？为什么又留下了呢？"

"因为今天早晨我又重新考虑了一番，我深知自己错怪你了……我明白这一切都是一场误会。"

"你是怎么明白的呢？"

"我不知道……首先，也许是由于你昨晚说话的声调。"

"我从未做过你谴责过我的任何坏事，现在你真相信啦？"

"对，我相信了。"

不过，我还得问最后一个也许比其他任何问题都更为重要的问题。"可你，"我说道，"你不再以为我是可鄙的了吧……虽然我没做过那些……可鄙的事，因为可鄙的事是有其可鄙的内容的……埃米丽亚，你说说，你不相信这个是不是？"

"我从未认为你是可鄙的……我本以为你会采取另外一种态度的，所以，我不再尊重你了……但现在我明白了一切都是误会……我们不谈这些了，行吗？"

这回我沉默了，她也不再吱声，因为高兴，现在我更卖劲地划起双桨，我那一直冻僵了和麻木了的心像是被一轮旭日慢慢地暖过来了。这时，我们已抵达绿色岩洞，我朝已隐约可见的幽暗、奇特的洞里划去，那岩洞像是悬挂在像镜子一样的绿莹莹的清凉水面上。我又说道："那你爱我吗？"

她犹豫了，随后回答道："我是一直爱你的……我将永远爱你。"但是，我突然萌生出伤感之情。我惶恐地追问道："可是，你为什么显得这样伤感呢？"

"我不知道……也许是因为，我想，要是没有发生过使我们产生隔阂的那些误会，我们就会始终像过去那样相爱，那该多好。"

"是啊，"我说道，"可如今这一切都已经成为过去了……我们不应该再去想它了……今后我们将永远相爱。"她好像是点头表示赞同，但没有抬起眼睛来，总是显得那么伤心的样子。我突然放下船桨，身子往前倾着，接着说道："现在我们去红色岩洞，那是个比绿色岩洞更小却更深的岩洞。洞的深处有一片小小的浅滩，那里黑黝黝的……埃米丽亚，我们去那儿亲热亲热，你愿意吗？"

　　我见她抬起了脸，点点头表示同意，并以会意又略带羞涩的神情默默地盯着我看。我又用力划起双桨来。现在我们已进到岩洞里来了，在岩洞粗糙的拱顶表面上，浮动着一片海水和阳光映照出的密密的网状光斑，碧蓝青翠。再往前是岩洞的深处，时断时续的海浪冲击着岩壁，岩洞的拱顶回响着沉闷的轰鸣声，那里的水色幽深，几块光滑的黑色岩石像两栖动物的背脊似的露出水面。在去红色岩洞的途中，可以看到两块大岩壁之间那光亮的缝隙。此时，埃米丽亚木然地望着我，目光随着我的每一个动作移动着，她的神态是那么妩媚多情，那么婀娜多姿，就像是一个只要对方有所表示就立刻委身的女人。我不时地用船桨顶住过道的岩壁，让小船驶过顶部悬挂着钟乳石的过道，朝红色岩洞幽黑的洞口划去。我对埃米丽亚说："小心脑袋！"然后用力划了一下船桨，船就滑进岩洞里光滑的水面上了。

　　红色岩洞分成两个部分：前半部分像是个入口，一段低矮的拱顶将它与后半部分隔开；过了这段低矮的拱顶，岩洞就骤然来个急转弯，一直延伸到岩洞深处的一片浅滩。这后半部分隐没在一片漆黑之中，待眼睛慢慢地习惯黑暗之后，才能隐约地看到水底那片奇异的透出红光的小浅滩，红色岩洞就是由此而得名。我还说道："岩洞里很黑……不过，一旦我们的眼睛适应了，就立刻相互看得见了。"此时，小船在刚才那一桨的惯性作用下，滑到了幽暗低矮的拱顶下面；我什么也看不见了。最后，我听见船头触碰浅滩蹭到砾石而发出的铿然洪亮的响声。这时，我放下船桨，站起身来，朝船尾黑暗处伸过手去，说道："把手伸过来，我扶你下船。"

没有听到任何回答。我又惊异地说道："请把手伸过来，埃米丽亚。"我第二次探过身子伸出手去。后来，因为没人回应，我就又欠过身子想去摸埃米丽亚的脸，我知道她坐在船尾，我在黑暗中摸索着寻找她。但我的手什么也没摸着，我从上往下摸，手指触到的不是埃米丽亚的身体，而是那空座位上的光滑的木板。突然，我于惊异之中还杂有恐惧感。"埃米丽亚，"我喊道，"埃米丽亚。"回应我的只是冷冰冰的微弱的回声；或者至少我是这么感觉的。这时，我的眼睛已经习惯了黑暗，终于能在漆黑的山洞里辨认出搁浅在浅滩上的小船和布满黑色小卵石的沙滩以及头顶上悬挂着钟乳石的光亮的拱顶。这时，我看到船是空的，船尾上没有人，浅滩上也是空荡荡的，我四周也空无一人，我孑然一身。

我惊愕地看着船尾，说道："埃米丽亚。"但这次我声音很低。随后，我又重复说道："埃米丽亚，你在哪儿？"就在这时，我才恍然醒悟。于是，我从船上下来，纵身朝海滩跳过去，把脸浸没在海水底下的小卵石里，我想我大概昏迷过去了，因为我一动不动地在那儿待了好长好长的时间，像是没有了知觉似的。

　　后来，我站起身来，木然地登上了小船，并把船划出洞口。到了洞口，海水反射出的强烈的阳光照得我难以睁眼。我看了看手表，已经下午两点了。我在洞里待了足有一个多小时。我想起来了，中午乃是幽灵出没的时辰；我恍然大悟，原来我是跟幽灵说话来着，是面对一个幽灵哭泣来着。

第二十三章

回到海边浴场的行程很慢，因为我不时地停住桨不划，一动也不动地待在船上，船桨悬在空中，两眼迷惘地凝望着碧蓝而闪光发亮的海面。显然，刚才出现在我眼前的是一种幻象，有一点儿像两天以前，当我仿佛看到埃米丽亚赤身裸体地躺在太阳底下时，我好像俯下身去亲吻了她，而实际上我在原来的地方没有动过，也没有挨近她。这一次的幻象异常真切和清晰，但那只不过是一种幻觉，在我的幻想中与埃米丽亚的幻影所做的对话再好不过地表明了这一点；我让埃米丽亚说了我想让她说的话，让她摆出我想让她做出的姿态。一切都发生于我，一切又都回归到我；跟通常类似情况下发生的事唯一不同的是，我没有局限于满心希望地想象事情能按自己的意愿发生，然而，由于充溢着我心灵的感情自身的力量，这一切真的出现在我的幻觉之中了。说来也怪，对于自己有过这样少有的、也许是独一无二的幻觉，我却一点也不感到惊异。就像幻觉依然存在似的，我头脑里想的并不是出现幻象的实际可能性，而是幻象的一个个细节，我几乎是随心所欲地细细揣摩使我欢悦并令我感到欣慰的那些细节。坐在我船尾上的埃米丽亚是那么美，她对我不再怀有敌意，而是充满爱恋；她的话语是那么亲切温柔，当我向她倾诉自己对她的爱时，当她微微点头表示同意时，我觉得自己像是乱了分寸，而又甘之如饴。就像人做了一个淫荡的梦，醒来后还久久地回味着所有的情节和感受似的，我仍然沉溺在那幻觉之中，我深信这幻觉是真的，回忆那一幕幕情景无异于是一种享受。而究竟是不是一种幻觉，对我来说并不重要，自从我感受到这种种情意的那一刻起，一回想起来，总觉得那是一件确实发生过的真事。

当我满怀喜悦地回味着那幻象的每一个细节时，突然我又核对了一下小船从小海湾出发的时间和我从红色岩洞出来时的时间，我又惊愕地发现我在岩洞深处的浅滩上竟待了那么久：从小海湾到岩洞的路上就算花了三刻钟，那么，我在洞里待了足有一个多小时。我已经说过，我原来把自己待了这么久的原因归之于昏厥过去了，或者是失去了知觉，或者是休克了。而现在当我重新审视这样完整而又这样顺我心意的幻觉时，不禁自问，是不是自己做梦了，只不过是梦见了她而已。这也就是说，我会不会根本没有在浴场独自一人上了船，也没有带着幻影划船进洞，也没有躺在岩洞深处的浅滩上，更没有在那儿入睡。我只是梦见了跟坐在船尾的埃米丽亚划船从浴场出发，梦见跟她说话，还得到了她的回答，并向她表示我想跟她到岩洞深处去温情一番的想法。随后，我还梦见向她伸手帮她下船，可是怎么也找不到她了，我害怕了，我原来是伴随着一个幽灵到海上游逛来了，最后我摔倒在岸上昏迷过去了。

现在我觉得，这种假设比较真实；但也只是比较真实而已。我的那些幻觉使梦境与现实之间的界线模糊了、走样了、混乱了，当我躺在岩洞深处的浅滩上时，觉得梦境与现实之间的界线似乎已难以寻觅了。我躺在岩洞深处的浅滩上时，到底发生什么了？我是不是睡着了，梦见了自己跟埃米丽亚，跟活生生的埃米丽亚在一起了？莫非是我睡着了，梦见了埃米丽亚的幽灵来看望我啦？或者说我是睡着了，做了我所说的两个梦：梦见了活生生的埃米丽亚，又梦见了她的幽灵？就像中国的魔盒似的，大的套小的，一个套一个，现实本身就蕴含着梦，而梦又蕴含着现实，就这样无穷尽地延续不断。我几次收住桨停留在海面上，我自问，究竟是我在做梦，还是我的一种幻觉，抑或非同寻常地真的出现了一个幽灵；最后，我得出了结论，我不得而知，而且说不定我永远不得而知。

想到这儿，我又划起桨，终于抵达了海滨浴场。我匆匆地穿上了衣服，沿着台阶上去，走到了开阔地，刚好赶上一辆开往卡普里广场的公共汽车。这时我急不可待地想回家：连我自己也不知道为什么，从某种程度上讲，我深信在别墅里也许会找到解开这些谜的钥匙。但时间已经晚了，我还得吃午饭，还得准备行装赶六点钟的渡轮，时间全让我给耽误了。汽车一到广场，我就立即沿着环岛小路往回跑。只二十分钟我就到了别墅。

当我走进空无一人的客厅里时，我没有时间沉溺在伤感和孤寂之中。饭桌上已摆好了餐具，盘子旁边有一份电报。我隐隐地感到几许不安，但我什么也没想，拿起了黄色封套，立刻就把电报打开了。巴蒂斯塔的名字使我颇感诧异，不知为什么，他的名字似乎预示有个好消息在等着我。可是，寥寥几句的电报全文向我宣告的却是：由于一次意外的车祸，埃米丽亚情况"极为严重"。

讲到这儿，我觉得已没有什么可说的了。无须再一一叙说当天下午我如何动身，如何抵达那不勒斯，如何得知埃米丽亚实际上已因一起车祸而死在泰拉奇纳附近了。她死得很蹊跷：据说，埃米丽亚因为天气炎热，困倦疲乏，所以一路上总耷拉着脑袋打瞌睡。巴蒂斯塔跟平时一样，车开得飞快。突然，一辆牛车从旁边的一条岔道上冲了出来；巴蒂斯塔来了个急刹车；他跟赶牛车的对骂了一阵之后，继续驱车急驶。坐在他旁边的埃米丽亚，脑袋左右摇晃着，一声没吭。巴蒂斯塔跟她说话，她也不予回答；车子一急转弯，她就歪倒在他身上了。巴蒂斯塔停住了车，这时，他发现埃米丽亚已经死了。原来，为了闪过牛车，突然的急刹车使身体各部位完全处于松弛状态的埃米丽亚措手不及，入睡的人都是这样；紧急刹车后的车身的猛烈颠簸让她的脖子严重扭曲，致使颈椎折断。她几乎是在不知不觉中死去的。

天气异常炎热，这就更增添了人的烦恼。痛苦与欢乐一样，是别的任何感情都无法与之相比的。举行葬礼那天十分闷热，天色阴霾，空气潮湿，没有一丝风。葬礼完毕之后，晚上，我走进如今已彻底空荡和毫无用处的套房里，随手关上了身后的门，我终于意识到埃米丽亚真的死了，我永远也不会再见到她了。整个套间的窗子全大敞着，为的是能透进点风来，哪怕是一丝清风也好，但当我走在光亮的地板上，在落日余晖的映照下从一个房间转到另一个房间时，我仍然感到窒息。这时，附近几家邻居房子窗口的明亮灯光反照出里面的人的身影，这不禁让我产生了对生活的依恋之情，那宁静的灯光使我想到了人们毫无猜忌地相爱的世界，人们安详地生活在其中的世界，而我却似乎早已被永远排斥在这样的世界之外了。对我来说，重新进入这个世界，就意味着我得跟埃米丽亚解释清楚，得说服她，得再一次创造爱的奇迹。而为了有爱，不仅得唤起我们心中的爱，还得唤起他人心中的爱。但这已是不可能的了；当我想到埃米丽亚之死也许是敌视我的一种极端的、绝情的行为时，我似乎痛苦得都要发疯了。

不过，我还得活下去。第二天，我拿起还没打开过的行李箱，就像关上墓室似的锁上了家门，把钥匙交给了门房，我对她说，我准备度假回来就把房子卖掉。于是，我又动身去卡普里了。说来也怪，从某种意义上说，是那种能在埃米丽亚出现过的地方或是她让我见到过她的地方能再见她一面的希望驱使我回去的。那时候，我会向她重新解释为什么会发生这一切，我会重新向她表示我的爱，重新赢得她对我的理解，并重新获得她爱恋我的承诺。这种期望有一种疯狂的特性，这我很清楚。实际上，那些日子里我的智商急剧衰退也是合乎情理的，我是昏昏然地处于对现实的厌恶和对幻象的依恋之中。

幸好，埃米丽亚既没有再在梦中出现，更没有在我清醒的时候出现。那次她在我跟前出现的时间与她死去的时间对不上：我认为那天下午当我看见埃米丽亚坐在船尾时，埃米丽亚还没有死。而后来我在红色岩洞深处的浅滩上昏昏欲睡时，很可能她已经死了。生与死都不会那么巧合。当时出现在我面前的她是不是一个幽灵，是不是一种幻觉，或是一场梦，抑或某种错觉，我永远无法知道。她在世时损害了我们之间关系的那种误会，在她死后却依然存在。

出于对埃米丽亚的依恋，出于对最后一次见到她的地方的依恋，有一天，我去了别墅下面的海滩，当时我曾见她赤裸裸地躺在那儿，我曾幻想去亲吻她。海滩上空无一人；我从大块的岩石后面探出身去，抬头望着蔚蓝辽阔的大海，这使我重又想起了《奥德赛》，想到了奥德修斯，想到了珀涅罗珀，而且在自言自语，埃米丽亚如今就像奥德修斯和珀涅罗珀一样漂游在那明媚浩渺的大海之中，她的音容笑貌将永恒地留存在我的记忆之中。能否重新找到她，能否以平静的方式继续我们的对话，这取决于我，而无须靠一场梦，或是一种幻觉。唯有这样，我才能得以解脱，从感情上解脱，才能感到她似乎永远依偎在我的身边，宽慰我，并给予我美的享受。正是出于这种目的，我才写下了这些回忆。

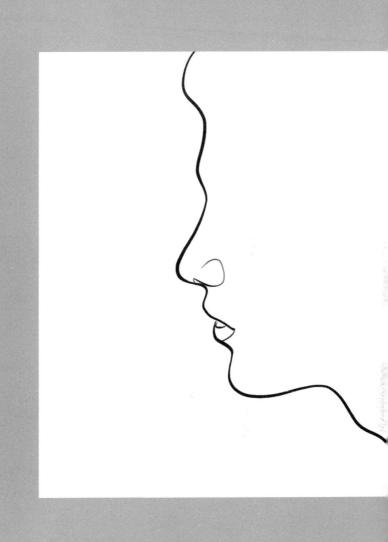

马上扫二维码，关注"**熊猫君**"

和千万读者一起成长吧！

《鄙视》别册

我渴望的其实不是分手，而是重新相爱。

卡尔维诺、加缪、埃科、苏珊·桑塔格、佩内洛普……
都是他的忠实读者

目 录

阿尔贝托·莫拉维亚

（Alberto Moravia，1907—1990）

意大利小说家、记者、剧作家、散文家、影评人

莫拉维亚简介

莫拉维亚之于意大利，如同鲁迅之于中国。

1929年，22岁的他，出版了《冷漠的人》，轰动欧洲。在20世纪中后期，他声誉日隆，在美国，他的《罗马女人》成了当时的百万畅销书。他的作品，一直处于任何既定的文学潮流之外，被当局视为异端，但在文坛、电影界的影响力绵延不绝，甚至深深塑造了中流社会的语言习惯。卡尔维诺、加缪、埃科、苏珊·桑塔格等大作家，都是他的忠实读者。1949年至1966年，他曾获得15次诺贝尔文学奖提名。他还获得了"欧洲名人"的称号，以及斯特雷加奖和维亚雷焦奖等文学大奖。

他的作品曾被法西斯查禁，莫拉维亚是他最著名的笔名（真名：阿尔贝托·平凯莱）。他原先为记者，为《民众日报》撰稿，还创办了《人物》和《今日》《新论点》等文学评论杂志，为《欧洲人》和《快报》周刊撰写电影评论。

他的代表作有：

《冷漠的人》，同名电影由马塞利执导。

《罗马女人》，同名电影由赞帕执导。

《同流者》，同名电影由贝托鲁奇执导。

《鄙视》，改编电影《蔑视》由戈达尔执导。

《愁闷》，同名电影由达米亚诺·达米亚尼执导（电影另名《空白画布》）

莫拉维亚年表

1907年　11月28日，莫拉维亚出生于罗马一个富有的犹太中产阶级家庭。父亲是建筑家、画家。

1916年　身患骨结核，卧病5年，其间阅读了大量文学作品，如薄伽丘、陀思妥耶夫斯基、詹姆斯·乔伊斯、莎士比亚等人的作品。尤其喜爱陀思妥耶夫斯基。他学习英语、法语、德语，可用这些语言创作诗歌。他曾表示，疾病改变了他的个性，他总是感到孤独，这种孤独也蔓延至他的作品中。

1925年　离开疗养院，前往布雷萨诺内。

1926年　开始写作《冷漠的人》。

1927年	开始新闻业生涯，供职杂志900，成为记者，陆续发表短篇故事。
1929年	自费出版《冷漠的人》，该作品席卷了整个欧洲，被认为是欧陆第一部存在主义小说。
1930年	合作创办报纸《新闻报》。
1933年	和Mario Pannunzio创办文学评论杂志《人物》和《今日》。
1935年	前往美国做关于意大利文学的讲座。
1936年	结识作家艾尔莎·莫兰黛。
1937年	前往中国。
1941年	作品被法西斯当局查禁。与艾尔莎·莫兰黛结婚，两人生活在卡普里岛。同年，用笔名发布作品。
1943年	在乔恰里亚避难。
1944年	罗马解放后，返回罗马，与Corrado Alvaro创办报纸，并为《世界》周刊及《晚邮报》供文。
1947年	《罗马女人》出版，影响力如日中天。后据《洛杉矶时报》报道，《罗马女人》在美国卖出100万册。

1949年	第1次获得诺贝尔文学奖提名，到1966年，他共获得15次评委提名。
1951年	出版《同流者》。
1952年	获意大利文学至高奖项斯特雷加奖，作品被翻译成多种文字，国际影响力逐年上升。
1954年	出版《鄙视》，后由戈达尔翻拍成电影《蔑视》。
1955年	赞帕翻拍《罗马女人》。
1957年	出版《乔恰里亚女人》。
1959年	担任国际笔会主席，至1962年。
1960年	出版《愁闷》，荣获维亚雷焦奖。
1962年	与莫兰黛分手，后与作家达契亚·马莱尼交往。
1967年	造访中国、日本和韩国。
1972年	前往非洲，受启发创作《你属于哪个部落》。
1982年	前往日本广岛，为杂志《快报》撰写关于原子弹爆炸的文章。
1984年	被选为欧洲议会会员。
1985年	赢得"欧洲名人"（European Personality）的称号。

1986年　　莫拉维亚与Carmen Llera结婚。同年，再次造访中国。

1990年　　9月26日，在罗马家中去世，享年82岁。Bompiani出版社出版《莫拉维亚的一生》。

他们眼中的莫拉维亚和《鄙视》

我偏爱莫拉维亚，他是意大利唯一就某个角度来说我愿称之为"风俗派"的作家；定期交出的作品中有我们这个时代时光流转间对道德所下的不同定义，与风俗、社会变动、大众思想指标息息相关。

——卡尔维诺（意大利作家）

我们的意大利朋友在今天的全部创作中，体现出一种豁达、一种由衷的热情、一种鲜明的朴实，这些是我们法国作品中所略微缺乏的。

——加缪（法国作家，诺贝尔文学奖得主）

我们不要忘了，中流社会说的意大利语，其最高尚的形式，其实源自一些作家朴实而且完全为大家所接受的散文，比如，莫拉维亚。

——翁贝托·埃科（意大利作家）

莫拉维亚的作品被看作一种对意大利社会进行批判探索的介入性文学的起点。他作品中的主要人物通常是一个既头脑清晰又无能为力的中产阶级知识分子。他远在萨特的《恶心》和加缪的《局外人》之前，就表达出一种存在的不安。丧失行动的能力，而又对自己的不行动有负疚感，他不停而又徒劳地去适应一个离他远去的世界。对生活的厌倦和冷漠是莫拉维亚世界的中心主题。

——米歇尔·玛利（《导读戈达尔》作者）

在他的小说中，爱情几乎总是受苦而不是享受。不管是在最不忠诚、最热烈的时候，还是在讨论夫妻关系的时候，它很少能解除一种咬牙切齿的疏离感，因此，他作品中的人物经常在惊讶、困惑的不同阶段中互相凝视。无论如何，他的作品是具有启发性的。他把强迫性的思考和梦幻般的情节展开结合起来，创造了一个令人信服的、完全个人化的世界观，迫使我们把书翻到最后，留给我们的是一个既一致又难以捉摸的心理结构，以至于读者会在未来数周——我身上则是数年——思考它，重新考虑它。如此，我对一本书没有更多要求。

——提姆·帕克斯（《鄙视》英文版导读作者）

在莫拉维亚的《鄙视》中，利益给丈夫和妻子带来了麻烦。丈夫里卡尔多受过良好的教育，在智力上很自豪，并对自己的心理进行了详尽的分析。他接受了一份编剧的工作，因为他需要钱来偿还他为妻子买的公寓。他把自己的生活说成被金钱"腐蚀和吞噬"了。编剧在他看来是"酷似对人的才智的一种强奸"，而对于他的剧本，他说："《奥德赛》也逃不过电影编剧惯用的愚蠢的处理方法。"他的妻子埃米丽亚是个快乐的物质主义者，曾经是个打字员，在教育、智力或道德感方面与她丈夫相去甚远，正如里卡尔多经常提醒我们的那样（小说是以他的口吻讲述的）。她对他的自我反省无动于衷，给他一个白眼，或者干脆离开房间。小说的情节是围绕着埃米丽亚在里卡尔多接受编剧工作后不久开始对他表现出的神秘的鄙视。她表现得很冷淡，决定他们应该分房睡，并在他不停地审问中承认她不再爱他了，她实际上是鄙视他。他在书的其余部分都在分析这个问题。最后他认定，在他们第一次与制片人出去吃饭时，他让制片人开着他的跑车带着她飞快地离开冒犯了埃米丽亚。

而他，里卡尔多，坐出租车跟在后面。也就是说，埃米丽亚认为她的丈夫把她献给制片人，作为编剧交易的一部分。就好像奥德修斯回到家，告诉求婚者可以对珀涅罗珀做他们喜欢的事。我仍然不清楚我们是否要相信对埃米丽亚的鄙视的这种解释。这只是里卡尔多提出的一系列假设中的一个，而埃米丽亚依次同意了其中的每一个假设。她的动机，她的真实欲望，她的心理深度，直到小说的结尾，对读者来说都是不透明的。在里卡尔多看来，她是一个完全不关心自知之明的人。对于结束她生命的那场事故，里卡尔多说，"她几乎是在不知不觉中死去的"。

——安妮·卡森（加拿大诗人）

莫拉维亚笔下的里卡尔多跟其他几部小说的主人公一

样，"他们都在与现实抗争，竭力想征服现实，因为他们感觉受到现实社会的排斥，无法融入现实生活"。小说《鄙视》就是从一对普通的夫妇感情生活的破裂这个侧面反映了当时的社会现实和现代人深刻的精神危机。

——沈萼梅（意大利文学翻译家，北京外国语大学教授）

莫拉维亚无疑是20世纪最伟大的小说家，而《鄙视》又是他的代表作之一。这部小说写于20世纪50年代，却特别贴近当今中国的生活。故事讲述了一个在罗马寻求发展的剧作家里卡尔多的遭遇，他娶了一个美丽的妻子，接了一些收入颇丰的工作之后，买了房子和车子，却遭到妻子的鄙视，两人关系破裂。他为付月供蝇营狗苟，妻子也沦为制片人的情妇。莫拉维亚用犀利的笔触揭示了经济发展时期的夫妻关系，也细致入微地描写了里卡尔多的内心世界，以及人丧失尊严，沦为工具的过程。原本幸福美满的家庭，夫妻相爱，赤诚相对，这是最普通不过的事情，为什么会变得越来越艰难？这也是作者通过整个故事，反复探讨的问题。

——陈英（意大利文学翻译，四川外国语大学教授）

莫拉维亚被认为是"天生的叙事者"。他从道德的角度出发，将复杂的社会现象简化为各种抽象的人生态度：《冷漠的人》《鄙视》《不由自主》《同流者》和《愁闷》等。继而以叙事文学的形式，创造出无穷的人物和场景，动作与行为，以及复杂的心理活动，以一个局外人的严厉而敌视的目光，从政治和社会的角度，一针见血地批判资产阶级社会里人们的生存状态，而且这些状态又主要与他所创造的知识分子形象紧密相关。在小说《鄙视》当中，影评人里卡尔多为了摆脱经济上的窘境而迎合制片人的要求，甚至被妻子怀疑有意将她献给制片人，并因此遭到妻子的鄙视。这个形象正是莫拉维亚创造的众多个性鲜明的资产阶级知识分子形象中的一个，而小说的书名又一次起到了画龙点睛的作用。

——魏怡（意大利文学翻译，北京外国语大学副教授）

莫拉维亚是意大利文学史上一位公认的来不及获得诺贝尔文学奖的伟大小说家。

——《共和国报》

莫拉维亚是意大利"本世纪继皮兰德娄之后在全世界最受推崇和赞赏的作家"。

——《新闻报》

尽管是让-吕克·戈达尔将莫拉维亚的《鄙视》改编成电影，贝托鲁奇导演了《同流者》，但莫拉维亚真正的精神亲属是费德里科·费里尼和米开朗基罗·安东尼奥尼。

——《纽约时报》

莫拉维亚如今被忽视了，这是一个很大的遗憾，因为这种道德目的和艺术完整性的罕见结合曾经使他跻身于欧洲最优秀的作家之列。我认为，现在是重新评估的时候了，也是他的作品推出新版本的时候了。

——《卫报》

意大利驻沪总领事推荐语

出版方读客文化计划出版阿尔贝托·莫拉维亚（1907—1990）最具代表性的一些作品，值得关注。今年会出版《冷漠的人》（1929）、《鄙视》（1954），未来两年还会出版《罗马女人》（1947）、《同流者》（1947）、《愁闷》（1960）。莫拉维亚作品在中国的出版，可以追溯到20世纪80年代。正是因为他的经典作品对人类精神世界的揭示，近半个世纪后，他的作品依旧被再版。

莫拉维亚是作家，也是记者，他曾多次造访20世纪的中国。他在《民众日报》《快报》《晚邮报》的文章中，或是其他更丰满的作品中直接描写中国，这些文字几乎总是讲述他亲眼所见、所审视的东西、亲身经历的日常，以及从几个特定人物口中收集到的鲜活话语。他第一次造访中国是在1937年，或许是为了克服愁闷，他写道："我在罗马很愁闷。那个英国女人从我的生命中消失了，手头的小说又写完了，因此，我决定离开罗马，前往中国。"（《莫拉维亚的一生》*Vita di Moravia*，1990）他从的里雅斯特启航，乘坐红色公爵号远洋邮轮，短暂造访孟买、锡兰、新加坡和马尼拉后，在上海登陆。在中国的两个月，他畅游了南京、苏州、香港，尤其是"帝都"北京。这次拜访给他留下了深刻的印象，因为对他而言，那是另一个世界。三十年后，1967年，在达契亚·马莱尼（注：莫拉维亚的女友）的陪同下，他第二次游历中国。当时的中国发生了根本性的变化，引起了意大利最有影响力的知识分子的关注，这次造访，也预示着1970年11月6日，中意两国官方正式达成共识，恢复双边外交关系。

事实上，莫拉维亚的所有文学作品都充斥着他那个时代原始而尖锐的现实主义，自他充满挑衅意味的处女作《冷漠的人》（1929）出版后，就一直如此。《冷漠的人》是20世纪意大利文学的里程碑，虽然发生在法西斯时代，但故事中的那个家庭反映了当代资产阶级道德堕落引发的矛盾与折磨。一种由粗鲁、无法超脱的人类堕落，以及理想抱负的缺失编织而成的现实主义，在他六十多年的写作中反复出现，始终如一，代表着从法西斯主义随波逐流（《同流者》，1951）到新资本主义人性异化（《愁闷》，1960）的当代社会。贯穿社会系统的一系列主题最终在社会弱势个体的亲密关系这点达到高潮，正如《罗马女人》（1947）与《鄙视》（1954）中描写的那样，他们的纯真每天都被打破、侵犯。因此，莫拉维亚作品在中国的出版，在某种程度上，构成了我们各自国家发展背后社会动态的对话与反思的延续，也是我们在迈向2022年庆祝"中意文化和旅游年"的道路上走出的重要一步。

最后，诚挚邀请读者亲自阅读莫拉维亚鲜活的作品，这些故事极为精彩地刻画了现代人在应对自我关系、他人关系时的内心世界。

意大利驻沪总领事

陈淇（Michele Cecchi）

《冷漠的人》精彩试读*

2021年，读客还将出版莫拉维亚的代表作《冷漠的人》

我写这本书试图解决自己的问题，却没有意识到那恰恰是整个世纪的问题。

——莫拉维亚

"我必须告诉你，"他开了个头，"在你们大家面前，我处于一个很奇妙的位置。"

"你们指的是谁？"

"你们一家子……你、莱奥、我母亲、我姐姐……"

---

* 意大利语原文中，人物所说的话用双引号表示，所想的内容用单引号表示，以作区分。为保留原文阅读体验，本书保留此特殊用法。

她用咄咄逼人的目光审视着他。"也在我面前吗？"她问，同时十分自然地、仿佛是无意地握住他的一只手。他们彼此望了一眼。

"也在你面前。"他答道，机械地捏紧她的手指，**"我应该对你们每一个人都产生某种激情，"**他鼓足勇气，继续说，**"我说的是应该，因为我常常发现环境要求我产生某种激情……好比要去参加葬礼或婚礼，在这两个场合中，必须表现出快乐或悲伤的态度，就像必须穿上合适的衣服一样……**跟在灵柩后面时你不能笑，新郎新娘交换戒指时你不能哭……否则就会出丑，或者说得更严重些，会被认为是没有人性的……**即使由于冷漠而无法产生任何激情，也应该装装样子……**我跟你们待在一起时就是这样……装作恨莱奥……装作爱我的母亲……"

"还有呢？"丽莎见他犹豫不决地住了口，便迫不及待地问道。

"没了。"他回答说。他觉得厌烦，哀伤。'如果你是在盼着我提起你！……'他看着丽莎的脸，心里想道。**"问题恰恰在于我不会装模作样，"**他接着说，

声音开始颤抖，仿佛一个抱怨性的抗议即将脱口而出，

"**所以，你明白吗？由于这些装出来的感情和姿态，这些言不由衷的话语，这些虚伪的念头，我的生活成了一出失败的喜剧……我不会装模作样……明白了吗？**" 他停顿了一会儿。丽莎注视着他，看样子她失望了。"不过，" 最后，他语无伦次、灰心丧气地说，"你对这一切是不会感兴趣的，你也不能理解……我即使向你唠叨一整天，你也不会理解我的……" 突然，他发现这间起居室中寂然无声，只有他的声音在独自回响。他低下了头。不久，他终于听见丽莎用装腔作势的亲昵声调对着他低垂的脑袋说：

"我会理解你的，我可怜的米凯莱……会理解你的，我相信。" 假如此刻他想向丽莎表白爱情，他也会用这种声调讲话的；他觉得他听到的正是这种示爱的声调。

'听，听，' 他痛苦、嘲讽地想道，'我们两个人的情况相同。' 他觉得一只手按在他的头发上，一种讨厌的怜悯感袭上他的心头：他为自己，也为这个女人感到怜悯。

'哎！可怜的女人，' 他心里想，'你难道真想教我怎么演戏吗？' 他抬起眼睛，看见了她那感情色彩过浓的目

光和表情，着实吓了一跳。'唔，难道时候到了？'他思索着。他的思绪紊乱，仿佛一个病人原以为手术前还要进行长时间的准备，但刚躺到手术台上便看见外科手术刀在眼前闪闪发亮。他睨视着丽莎的脸：半开半合的、像是在苦苦哀求的嘴唇，惊恐的眼睛，绯红的面颊。渐渐地，他在她的恳求面前屈服了。他明白，生活再次强迫他掩饰自己的冷漠，做出一种虚假的姿态。稍后，他感到丽莎的手指轻轻按在他的手指上，像是在吁请他快下决心。于是他探出身子，吻了一下她的嘴。

他们久久拥抱在一起。临时涌上天空的几朵白云使一分钟前照得小客厅雪亮的光线暗了下去，四壁立刻失去颜色，变得凉意袭人……他们一动不动地、僵直地坐在两扇窗户之间的长沙发上，嘴贴在一起，上身为了便于接吻而略微扭曲。若不是他们的嘴唇贪婪地、胡乱地凑在一起，那么这种无可指责的姿势会使人们想到他们是在交谈，而不是在接吻。米凯莱的双臂紧夹在腰部，眼睛睁得大大的，目光在对面的墙壁上懒洋洋地移动。丽莎的双手被他握住，脑袋时时晃动几下；她的动作像是一个持杯稍停后又兴致勃勃地宽怀畅饮的酒徒。最后他们的身体分开了，互相注视着对方。

'现在，'米凯莱失魂落魄地看着丽莎那张惘然、激动和忧伤的脸，心里自问，'现在怎么办？'他看见丽莎的绯红的脸颊上露出感激的表情，她那湿润、娇美的双唇微微开启，像是对他发出祈求。这几乎是一种宗教式的祈求，当然免不了要摊开手掌，合上眼睛，做出一副凄切哀恸的模样。接着，她伸出一只手，抚摸着他的头发，同时用哆嗦的、装腔作势的声音轻唤了一声："亲爱的……"

他低下眼睛；丽莎盘腿坐在那儿，很难保持平衡。她不停地抚摸着他的脑袋，同时悄悄地、笨拙地在沙发上挪动着身躯，越来越往他的身上凑去。这个动作使她的裙子渐渐撩起，一条肥胖的大腿露了出来，腿上穿着一只袜口卷起的宽松的长筒袜。他觉得很不愉快，顿时感到恼火起来，不知是由于自己听凭她抱着而愤怒呢，还是因为这些虚情假意的爱抚以及这个亲热的唤声与她有意挪动身体而露出的这条淫荡的大腿之间太不协调。'她把我当成什么人了？'他厌恶地想道。被她的搂抱激起的那一丁点儿欲念在他心中消失了；他凝视着丽莎，身子向后一缩，笨手笨脚地站了起来。

"不，"他摇着头说，"不，不行……"

丽莎大吃一惊，几乎觉得受了侮辱。但她没有拉下裙子遮住露出的大腿，也没有设法使自己的激动情绪平静下来，只是怔怔地望着他。

2021年
读客莫拉维亚作品出版计划

《鄙视》　《冷漠的人》
非最终封面

阅读莫拉维亚，
就是阅读我们时代的精神症候。